O HOMEM
QUE MATOU
GETÚLIO
VARGAS

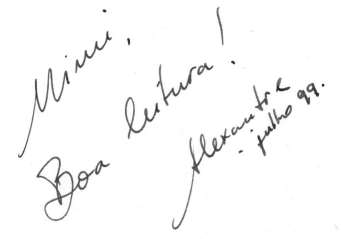

Mimi,
Boa leitura!
Alexandre
- julho 99.

JÔ SOARES

O HOMEM
QUE MATOU
GETÚLIO
VARGAS

*Biografia
de um anarquista*

2ª edição
1ª reimpressão

COMPANHIA DAS LETRAS

Copyright © 1998 by Jô Soares

Capa:
Hélio de Almeida
sobre foto do Acervo Iconographia SP

Projeto gráfico:
Jô Soares e Hélio de Almeida

Mapas:
Sírio B. Cançado

Guernica, de Pablo Picasso, p. 29
© 1998 Herdeiros de Picasso

Preparação:
Márcia Copola

Revisão:
Carmen S. da Costa
Ana Maria Barbosa

Dados Internacionais de Catalogação na Publicação (CIP)
(Câmara Brasileira do Livro, SP, Brasil)

Soares, Jô
    O homem que matou Getúlio Vargas : biografia de
um anarquista / Jô Soares. — São Paulo : Companhia
das Letras, 1998.

    Bibliografia.
    ISBN 85-7164-839-5

    1. Romance brasileiro I. Título.

98.4681   CDD-869.935

Índices para catálogo sistemático:
1. Romance: Século 20 : Literatura brasileira 869.935
2. Século 20 : Romances : Literatura brasileira 869.935

1998

Todos os direitos desta edição reservados à
EDITORA SCHWARCZ LTDA.
Rua Bandeira Paulista, 702, cj. 72
04532-002 — São Paulo — SP
Telefone: (011) 866-0801
Fax: (011) 866-0814
e-mail: coletras@mtecnetsp.com.br

Para meu filho Rafael

*Este livro é também dedicado
a Fernando Morais, Rubem Fonseca
e Hilton Marques,
amigos pacientes que, como sempre,
tiveram o carinho de ler antes.*

*Agradeço a colaboração inestimável,
nas pesquisas, de Antônio Sérgio Ribeiro, verdadeiro
arquivo vivo de Getúlio Vargas,
Carmen Miranda e de outras incontáveis informações,
a quem consultei quase abusivamente em
diversas horas do dia, da noite e da madrugada.*

*O assassinato nunca
mudou a história do mundo.*

BENJAMIN DISRAELI

*A imagem do assassino é indissociável
da vítima e de sua história.*

DON DELILLO

Benzinho, esqueci de me abaixar.

RONALD REAGAN

PRÓLOGO

A CAPITAL DO ESTADO conserva sua importância política e cultural desde os tempos da Inconfidência, grito sufocado de liberdade, quando a cidade ainda se chamava Vila Rica. Sua música sacra é comparada à européia e a famosa Faculdade de Direito, uma das mais tradicionais do Brasil, atrai alunos de todos os cantos do país.

A rivalidade entre os moradores das várias repúblicas provoca, como de praxe, atritos e discussões. São comuns as refregas de estudantes no Bilhar Helena, na rua São José, um dos pontos preferidos pelos rapazes que estudam na cidade.

Os notívagos que ali se reúnem naquela noite chuvosa de segunda-feira, 7 de junho, não demonstram a costumeira alegria dos boêmios. Apoiados no largo balcão do bar polido pelos anos, entre uma bebida e outra eles comentam, em voz baixa, que apesar de acostumados à agressividade extravasada pelos jovens universitários, jamais haviam presenciado violência igual à acontecida um dia antes.

Domingo, tarde da noite, em volta de uma das mesas, tacos de *snooker* na mão, três irmãos gaúchos, filhos de um influente general do Rio Grande, começam uma discussão tola com um aluno mineiro. Outro estudante, este paulista, também da faculdade, vendo o colega de Minas inferiorizado, entra na bri-

13

ga para defendê-lo. Atinge especialmente o mais jovem, um menino pequeno e franzino, aluno do curso de Humanidades, preparatório indispensável para mais tarde ingressar na faculdade. O garoto, ainda imberbe, acaba sendo espancado de forma brutal. Finalmente, os demais freqüentadores conseguem apartar os rapazes, porém o mal já está feito. Ao sair trôpego do Bilhar, amparado por seus dois irmãos, ele jura vingança.

A poucos metros dali, no exato momento em que os fregueses habituais do Helena relembram o funesto incidente da véspera, o rapaz de São Paulo que se envolvera na rixa volta tranqüilamente para sua república, descendo a rua do Rosário. Não deu importância ao entrevero da noite anterior. Achou graça nas ameaças do fedelho. Os gaúchos já o esperam, atrás de um muro, ocultos pela penumbra. O paulista nem tem tempo de reagir. É derrubado por nove tiros de revólver desfechados à queima-roupa. Agoniza por quatro dias antes de morrer.

Seu nome era Carlos de Almeida Prado Jr., filho do líder republicano paulista Carlos Vasconcelos de Almeida Prado. O caso comoveu o país. Os Almeida Prado desembarcaram na cidade e Carlos foi sepultado em Ouro Preto.

Para se avaliar a importância da família do morto, basta dizer que o ataúde foi carregado, entre outros, pelo presidente do estado de Minas, Crispim Jacques Bias Fortes. Mais de quatro mil pessoas acompanharam o féretro.

Quanto aos irmãos gaúchos envolvidos no sinistro episódio, Viriato, o mais velho dos três, com dezoito anos de idade, assumiu a autoria dos disparos. Protásio, o do meio, havia feito dezesseis poucos meses antes. O caçula, o menino miúdo e ainda imberbe que prometera vingar-se, tinha apenas catorze anos. Chamava-se Getúlio Dornelles Vargas.

1

- BÓSNIA — BANJA LUKA — 1897

NO MESMO INSTANTE em que sucede a tragédia de Ouro Preto, na cidade de Banja Luka, na Bósnia, às margens do rio Vrbas, nasce Dimitri Borja Korozec. A história de Dimitri é no mínimo curiosa. Sua mãe, Isabel, é uma contorcionista brasileira nascida em São Borja, no Rio Grande do Sul. Filha de uma bela escrava negra da nação Bantu e de pai desconhecido, ela vem ao mundo em 28 de setembro de 1871, já liberta dos grilhões da escravidão, pois, enquanto nos pampas soava o primeiro berro da criança, no Rio de Janeiro a princesa Isabel assinava a Lei do Ventre Livre. A menina recebe, no batismo, o nome de sua benfeitora e o da cidade onde nasceu.

Como era hábito nesses casos, os alcoviteiros maldizentes da cidade juravam que a pequena mestiça era o fruto ilegítimo de um arroubo carnal do jovem tenente-coronel Manuel do Nascimento Vargas, posteriormente pai de Getúlio. Manuel havia se destacado como herói militar na Guerra do Paraguai e, ainda solteiro aos vinte e seis anos, em 1870 se instalara como fazendeiro em São Borja. A insinuação fora negada veementemente e descartada como alcovitice. No entanto, a surpreendente semelhança entre a menina e o estancieiro estimulava essa aleivosia.

Em 1890, Isabel chegara à Bósnia integrando um circo italiano. A jovem havia fugido de casa aos quinze anos com um clown-malabarista dos Irmãos Temperani, numa das excursões que a famosa trupe circense fez ao Brasil, em 1886. Na bagagem, dois presentes que sua mãe lhe dera: uma fotografia da princesa e o romance *Mota Coqueiro*, escrito por José do Patrocínio, o herói negro da Abolição.

Em Doboj, a gaúcha abandona os jogos malabares do palhaço por Ivan Korozec, linotipista sérvio, que, apaixonado, segue a bela morena brasileira na turnê pelos Bálcãs. Anarquista empedernido, Ivan é filiado à cabalística confraria Poluskopzi. Havia, na época, uma antiga sociedade secreta russa, a Skopzi ou "Os Castrados da Rússia", cujos participantes se castravam para atingir a plenitude espiritual. Já os iniciados da Poluskopzi ou "Meio Castrados", seita ultra-radical, praticam apenas a ablação de um dos testículos: o direito. O gesto é político. Simboliza que todos os seus descendentes serão forçosamente de esquerda. A rigorosa Poluskopzi conta com menos de quarenta afiliados.

Quiseram o destino e a libido monotesticular de Ivan que Isabel logo engravidasse. Artista dedicada, trabalha até a hora do parto. Quando o circo apresenta-se em Banja Luka, após quase nove meses de excursão, o público se espanta ao ver aquela linda moça contorcendo sua enorme barriga no picadeiro. Nos últimos dias, Ivan Korozec teme que a criança nasça ali mesmo, retorcida, em meio a leões e palhaços. Seus temores não se realizam: Dimitri nasce na carroça de um trapezista búlgaro tendo a mulher barbada como parteira. É uma criança perfeita, a não ser por um detalhe: tem um dedo indicador a mais em cada mão.

Essa anomalia não chega a chocar e é pouco notada, pois os doze dedos são absolutamente simétricos. O recém-nascido é logo banhado nas águas do rio Vrbas e, sete dias depois, a despeito dos inúteis protestos de Isabel, como manda o ritual da Poluskopzi, tem seu testículo direito seccionado e comido pelo pai. Se fosse adulto, a gônada extirpada seria deglutida pelo grão-mestre da ordem, Boris Kafelnikov, um obscuro alfaiate de Vladivostok. Para assombro e orgulho dos semicastrados que participam da cerimônia, o bebê não chora.

Desde cedo, Dimitri ou Dimo, como seus pais o chamam, fala não só servo-croata, a língua paterna, mas também português, que sua mãe lhe ensinara, lendo e relendo o livro de José do Patrocínio. Isabel conta-lhe histórias romanceadas da luta pela libertação dos escravos. O lendário abolicionista assume proporções quase místicas na cabeça fantasiosa do menino. Ele o imagina como um santo guerreiro, degolando cabeças de mercadores de escravos. Tem uma facilidade fora do comum para idiomas e, no mundo multirracial do circo, logo aprende alemão, francês, inglês, italiano, russo, albanês e espanhol. Exprime-se sem sotaque em qualquer deles.

Aos oito anos já se percebe nele o homem de rara beleza no qual se tornará. Herdou os cabelos negros e encaracolados da mãe, os olhos verdes e a pele alva do pai.

Nada sabe de seu avô, porém orgulha-se do sangue africano da avó. Encrespa-se quando os palhaços riem da sua afirmação de que, sob o corpo branco, é tão negro quanto um príncipe Watusi. Sua figura longilínea e seus modos naturalmente elegantes encantam a todos. Teria, mais tarde, aquilo que as mulheres chamariam de charme irresistível. É inteligente e estudioso. Seu jeito desprotegido de poeta faz com que gostem dele à primeira vista. Tem um único defeito: talvez devido às contorções que sofrera ainda na barriga da mãe, Dimo é extremamente desajeitado. Nem os dois dedos a mais impedem que os objetos escorreguem das suas mãos. Mesmo com o rigor dos treinos intensivos a que se dedica, logo se vê que jamais será um profissional do circo. Possui um dom inato para escalar o mastro que sustenta a lona ou subir e descer pelas cordas até o trapézio, contudo falta-lhe o equilíbrio necessário para as acrobacias. Anarquista desde o berço, aos doze anos, tendo o pai como professor, já havia lido Proudhon, Bakunin e Kropotkin. Acha Proudhon muito teórico e Bakunin quase um conservador. Prefere Kropotkin, que renunciou ao cargo de secretário-geral da Sociedade Geográfica da Rússia em favor do anarquismo. Pensa, porém, que lhe falta uma certa ousadia. Malgrado a tenra idade, ele é a favor de métodos violentos. Sonha eliminar todos os tiranos do mundo.

Em 1912, Isabel é obrigada a abandonar o circo devido ao deslocamento de uma vértebra. O infeliz contratempo não ocorre durante suas exibições e sim num piquenique aos pés do monte Maglic. Enquanto tenta abrir uma garrafa de vinho branco, Dimitri tropeça na raiz de uma árvore e o casco escapa-lhe das mãos, atingindo a região lombar da mãe.

Depois de meses de tratamentos infrutíferos, Ivan Korozec muda-se com a família para Sarajevo. Graças a seus contatos, consegue emprego na tipografia de um velho anarquista, Nicolae Kulenovic. É nos fundos dessa tipografia que se encontram, tarde da noite, alguns adeptos da recém-criada Ujedinjenje ili Smrt, a "União ou Morte", também chamada de Mão Negra, sociedade secreta terrorista dedicada à unificação do povo sérvio. Para se ter idéia do clima político reinante em toda a Bósnia nesse período, convém descrever algo da história dessa organização e do seu fundador, o qual terá grande relevância no futuro de Dimitri. A União ou Morte, a Mão Negra, é formada em 9 de maio de 1911 por um grupo de dez homens. Seu objetivo: a criação de uma Sérvia unificada, incluindo a Bósnia e a Herzegovina, livre do domínio austro-húngaro. Os meios para alcançar essa meta vão do homicídio ao terrorismo.

Em apenas um ano, já contam com mais de mil ativistas preparados para tudo. Vários oficiais do Exército sérvio pertencem ao grupo.

Usam este selo como marca de identificação.

A Mão Negra treina seus homens em diversos modos de sabotagem e assassinatos políticos. É organizada

Selo da Mão Negra

em células de três ou cinco membros comandadas por comitês de distritos e as ordens vêm do Comitê Central, em Belgrado. Para manter essa hierarquia em segredo, seus membros só sabem o que é necessário para a execução das missões.

Ao serem admitidos, os iniciados fazem um juramento em reunião solene: "Juro, diante de Deus, por minha honra e por minha vida, que obedecerei às ordens e executarei todas as missões sem vacilar ou questionar. Juro, também diante de Deus, por minha

Dragutin em uniforme
de gala, de penacho
e medalhas

honra e por minha vida, que levarei para o túmulo todos os segredos desta organização".

O líder fundador da Ujedinjenje ili Smrt é o coronel sérvio Dragutin Dimitrijevic. Dragutin torna-se especialista em golpes, conspiração e assassinato. Conhecendo a força da informação, o veemente patriota permanece sempre nos bastidores do poder, jamais revelando sua verdadeira posição. Dele, disse um amigo ligado à corte do rei Pedro da Sérvia: "Nunca era visto em lugar nenhum, no entanto sabíamos que ele estava por trás de todas as ações".

Nem todas as conspirações de Dragutin são bem-sucedidas. Um ano antes, ele enviara um assassino a Viena para eliminar o imperador Francisco José e o atentado malograra.

Forte e truculento, bigodes de pontas retorcidas para cima, Dragutin Dimitrijevic enverga de modo impecável seu uniforme de oficial. Não fosse ele um homem tão poderoso, seria simplesmente ridículo. Quando adolescente, no Liceu de Belgrado, destacara-se como aluno brilhante. Incansável, de uma energia sem limites, popular entre os colegas, ganha deles o apelido de Ápis, o touro sagrado dos antigos egípcios. O cognome irá acompanhá-lo pelo resto da vida.

Ivan Korozec decide ingressar na nova seita. Crescem a admiração e o fervor quase fanático que Dimitri dedica ao pai. Este retribui da mesma forma, fascinado com a inteligência e a capacidade intelectual do filho. Dimo parece ter mais que seus quinze anos. Mede um metro e oitenta e, quando passeia pelas ruas de Sarajevo, as mulheres viram-se para observá-lo com olhos gulosos. Na sexta-feira, 20 de dezembro, uma tempestade de neve cai sobre a cidade. Atendendo às repetidas súplicas do filho, Ivan leva o rapaz a uma sessão secreta da União ou Morte. O Touro estará presente, contrariando as normas por ele mesmo impostas. Procura novos talentos nas fileiras da seita. Dimitri anseia por esse encontro. O clima é de excitação e entusiasmo cívico. Quase no final da reunião, por volta de duas horas da madrugada, sem que lhe seja solicitado, Dimo interrompe um orador que discorre a respeito do domínio do Império Austro-Húngaro sobre a Bósnia e faz um discurso apaixonado acerca da necessidade de mais ação e menos falação.

Ápis encanta-se com o impetuoso rapazote. Anos antes, em 1903, Dragutin chefiara os oficiais conspiradores que, invadindo o Palácio Real, assassinaram o detestado rei Alexandre Obrenovic e sua esposa, a ex-prostituta Draga. O carisma do coronel também não passa despercebido a Dimitri, feliz por terem ambos quase o mesmo nome.

Como professor de estratégia e tática na Academia Militar, Dimitrijevic exerce enorme influência sobre seus pupilos, que o seguem até a morte. Dragutin resolve acolher Dimo sob sua proteção. Não quer vê-lo aderir à Mlada Bosna, a "Jovem Bósnia", movimento que arrebatava os universitários da época e já lhe havia custado Gavrilo Princip, estudante com uma propensão natural para o terrorismo e atirador de elite que ele jurara ser o seu trabalho de Pigmalião. Trava, então, naquela noite, o seguinte diálogo com Dimitri e Ivan Korozec:

— Ivan, será que teu filho é tão destemido quanto aparenta ou suas palavras são apenas o eco de uma cabeça oca, como dizia meu avô? — pergunta sorrindo Dragutin.

— Não sei, camarada. Não conheci seu avô.

— A verdade é que gostei do que ele disse.

Sem dar mais atenção ao linotipista, o oficial vira-se para Dimitri:

— Que idade tens?

— Dezoito — mente Dimitri.

— Quinze — corrige Ivan.

— Quando se luta por uma causa, quanto mais jovem melhor — clicheteia o coronel.

— A falta de idade é a desculpa dos covardes — responde Dimo, com outro clichê.

Todos se divertem com a petulância do rapaz. O truculento Ápis serve-se de vodca temperada com pimenta, sua favorita, e declara:

— Veremos se possuis mesmo o coração dos sérvios. Já ouviste falar da Skola Atentatora?

— A Escola de Assassinos? É claro. Sempre pensei que fosse uma lenda.

— Pois não é. Fica num antigo convento abandonado, perto daqui, em Visoko. Se teu pai concordar, a partir de agora ocupo-me da tua educação.

Ivan não sabe o que dizer. Está dividido entre o orgulho de ter seu filho como *protégé* de Dimitrijevic e o medo da reação de Isabel. Conhece bem o temperamento da mulher. A brasileira não quer ver seu único filho envolvido com as causas extremadas do pai. Os eleitos que conseguem ser admitidos na Skola Atentatora são treinados em todas as técnicas de terrorismo e assassinato. Lá, nada é simulado. Muitos perdem a vida durante os cursos. Antes que possa falar, Dimitri responde por ele:

— Desculpe, coronel. Meu pai nada tem a ver com essa decisão — levanta as mãos mostrando os quatro dedos indicadores —, trago, desde o nascimento, a marca do meu destino.

O grupo pasma diante daquela perfeita imperfeição. Mesmo o inflexível Ápis comove-se com o aparente presságio:

— Não há mais dúvidas. És o Escolhido. O dedo do gatilho duplicado só pode ser o estigma do assassino. — Ergue o copo num brinde emocionado: — Morte aos tiranos!

Os iniciados presentes àquela reunião histórica arremessam as taças de encontro ao desgastado prelo de Nicolae Kulenovic.

Ao voltar para casa aquela noite, Ivan Korozec receia que, sabendo da notícia, Isabel arranque o solitário testículo que lhe resta.

💣💣💣💣

O ano de 1913 é conturbado para os sérvios, mergulhados na primeira e segunda guerras balcânicas, e de grande realização pessoal para Dragutin Dimitrijevic. O oficial é promovido a chefe de informações do estado-maior, o que lhe propicia estender as garras da Mão Negra por toda a Bósnia.

Cresce o movimento servo-croata nas universidades. O Touro a tudo observa. Tem agentes infiltrados entre os estudantes. O dinheiro entra a rodo. Não lhe faltam doações de simpatizantes anônimos favoráveis a uma Sérvia unida e poderosa por meio de uma ação violenta. Dragutin desvia essas verbas secretas para uma conta no Schweizerischer Glücksgeldbank, em Zurique. Os sérvios vencem rapidamente as duas guerras, a primeira contra os turcos do Império Otomano e a segunda contra a Bulgária.

Enquanto isso, distante do mundo e dos conflitos, Dimitri Borja Korozec passa o ano enclausurado no velho convento Dusa, em Visoko. O monastério, circundado por um bosque, ocupa uma área de cem mil metros quadrados, a alguns quilômetros da pequena cidade. Arrasado pelos muçulmanos em 1883, fora reerguido pelos iniciados com verbas da União ou Morte e transformado na Escola de Assassinos. A fachada do convento permanece parcialmente destruída e os membros que o freqüentam vestem-se como monges. Para evitar suspeitas, a sociedade secreta espalhara que no local funciona agora um leprosário para frades trapistas. No entanto, qualquer curioso que se aventure dentro dos muros ao redor das terras do mosteiro corre o risco de morrer ou ficar aleijado por ação das minas espalhadas pelos jardins da propriedade. Alguns alunos mais distraídos também eram vítimas dessas armadilhas.

A Skola Atentatora é dirigida de forma implacável pelo major Tankosic, ajudante-de-ordens do Touro. Os exercícios levam os iniciantes à exaustão. O próprio Gavrilo Princip, jovem de saúde precária e menina dos olhos de Dragutin Dimitrijevic, abandonara a escola fazia nove meses por não conseguir acompanhar o rigor dos treinos.

Dimo dedica-se intensamente aos estudos. Nas armas brancas, familiariza-se com o uso de punhais de dois gumes e facas curtas. Aprende esgrima, com florete, espada e sabre. Durante os treinos, seu corpo é marcado por diversas cicatrizes, fruto de sua inabilidade natural. Assimila o ofício de armar e desarmar bombas, e manuseia, com entusiasmo, explosivos como dinamite e nitroglicerina. Seu atabalhoamento cria fama entre os outros alunos, que evitam participar dessas lições. Os que sabem da extração do seu testículo direito, atribuem, chacoteando, sua *gaucherie* ao ritual da Poluskopzi. Um dos professores perde a mão ao atirar uma pequena granada preparada por ele.

Não obstante o estabanamento, Dimitri tem uma pontaria incontestável. É capaz de acertar num cigarro preso aos lábios de alguém a trinta metros de distância. Como não há voluntários para participar da demonstração, Dimo coloca o cigarro aceso entre os galhos de um arvoredo distante. Sabe como preparar poções mortíferas com cianeto, arsênico, estricnina e outras substâncias tóxicas, porém detesta os venenos. Considera-os o instrumento dos poltrões. Quer enfrentar o inimigo cara a cara. Distingue-se igualmente nas artes marciais, apesar de raras vezes terminar as aulas sem uma luxação.

Graças à sua inclinação congênita para o tiro, especializa-se nas armas de fogo, principalmente as de

Bergmann-Bayard 1901

Schuler-Reform 1904

mão. Sua preferida é a semi-automática alemã Bergmann-Bayard, desenhada por Theodor Bergmann em 1901. A pistola fora projetada para uso militar com o nome de Mars. É a primeira a utilizar projéteis de nove milímetros, balas de grande poder de penetração. Mede vinte e cinco centímetros de comprimento, pesa em torno de um quilo, possui um cano de quatro polegadas e um pente com capacidade para seis balas. Atira com a velocidade de trezentos e cinco metros por segundo. Tem um coice formidável, o que não desagrada a Dimitri.

Além da Mars, Dimo também não abre mão de carregar consigo uma pequena Schuler-Reform, modelo 1904, com munição de seis milímetros, considerada a obra-prima do armeiro August Schuler, um alemão de Suhl, inventor dessa jóia concebida para disparar quatro tiros consecutivos ou de uma vez só. Ele a leva sempre amarrada à perna.

Em junho, ao completar dezesseis anos, apaixona-se pela primeira vez. Ironicamente, o alvo do seu afeto é a professora de toxicologia, matéria que ele despreza. Mira Kosanovic é uma bela albanesa servo-croata nascida em Durrës, porto do mar Adriático. Seu rosto anguloso, talhado a faca, os zigomas pronunciados, os olhos negros e amendoados, dão-lhe uma aparência felina, quase selvagem. As roupas largas e descuidadas que usa no convento não conseguem ocultar a sensualidade do seu corpo. Comenta-se na Skola Atentatora que Mira é ainda mais perigosa do que imaginam. Na recém-terminada primeira guerra balcânica, entrava em combate corpo-a-corpo contra os turcos e, valendo-se da surpresa que causava entre os inimigos, dilacerava-lhes a carótida com os dentes. Fica conhecida como Dentes de Sabre. É oito anos mais velha, porém Dimitri já parece ser um rapaz de vinte e um, com a palidez e as olheiras fundas da imagem clássica do poeta romântico. Tem-se uma idéia da paixão curta e fulminante que envolveu os dois pela carta escrita por Dimo pouco antes de deixar a Escola de Assassinos, e que Mira Kosanovic ainda guardava junto ao seio quando foi encontrada morta em 1937, nos escombros da cidade de Guernica, bombardeada pelos alemães na Guerra Civil Espanhola. Dizem, inclusive, que o rosto de mulher à esquerda no famoso painel de Picasso é o de Mira. O pintor teria tido um affaire com a anarquista em Paris, em 1923.

O famoso quadro *Guernica* de Picasso.
Mira Kosanovic seria a mulher à esquerda

Segue o texto integral da carta.

Fac-símile da carta
encontrada
com Mira Kosanovic

Minha amada,

Quando encontrares esta missiva, em meio aos tubos de ensaio do teu laboratório, estarei bem longe daqui. Antes mesmo de partir, já lamento enormemente a tua falta. Todavia, é uma decisão sem retorno. Deixo a Skola Atentatora preparado para seguir meu caminho. Conforme as instruções de meu tutor e protetor, Dragutin Dimitrijevic, nosso líder, nem a ti posso revelar minha primeira tarefa. A bem da verdade, não poderia despedir-me de ti, mas não conseguiria viver sem esta pequena desobediência. Conhecendo o teu fervor revolucionário, sei que entenderás. Só posso dizer que esta missão será vital para nossa causa e um golpe terrível desfechado contra o tirânico domínio austro-húngaro. Se tudo correr como espero, o povo sérvio se lembrará de mim para sempre. Mais importante do que isso é a certeza de que tu também vibrarás de orgulho ao saber do gesto destemido deste a quem tanto instruíste.

Já nem falo da combinação fatal de substâncias químicas que me ensinaste com paciência. Logo eu, que odiava os venenos! Fizeste-me descobrir o romantismo do curare, o lirismo do chá de lírio-do-vale, que, na dosagem certa, faz com que o coração simplesmente deixe de bater. A poesia da pomada de rododendro, tão aromática e no entanto capaz de levar a vítima a esvair-se numa diarréia letal.

Refiro-me a ensinamentos mais profundos e pessoais. Falo de amor. Será demasiado burguês falar de amor?

Tu, mestra encantada das noites em branco, me revelaste as delícias inebriantes do sexo, despertando o prazer em cada centímetro do meu corpo. Lembras-te da primeira vez? Da minha falta de jeito? Do momento em que segredaste ao meu ouvido que eras tu, e não eu, quem deveria abrir as pernas? E como riste quando imaginei ser um orgasmo a tua crise de asma... Sinto ainda o calor dos teus seios marcando de forma indelével a palma das minhas mãos. Fecho os olhos e escuto a tua voz, dentro de mim, dizendo-me do gozo insólito que sentias ao ser tocada pelos meus quatro indicadores. Como esquecer daquele fim de tarde, nos jardins do mosteiro, em que forçaste minha cabeça de encontro à doçura do teu ventre e, em vez do púbis perfumado, eu, amante canhestro, beijava sofregamente a relva?

Sim, mais do que os venenos, tudo o que sei da vida devo a ti. Neste ano prodigioso, tu, e não as aulas, transformaste em homem o menino que havia em mim.

Não sei se voltaremos a nos ver, nem se continuarei vivo depois da perigosa façanha que me aguarda. Os riscos são grandes. Só sei, com certeza, que levo de ti a lembrança inesquecível da mulher valente e generosa que me ensinou o amor.

Adeus,
União ou morte!
Eternamente teu,

Dimo.

Dᴀᴛᴀ MAIS SAGRADA do calendário histórico dos sérvios. Celebra-se a Batalha de Kosovo, realizada há cinco séculos, em que, segundo a mística eslava, a flor dos Bálcãs foi esmagada pelo barbarismo dos turcos. Um céu sem nuvens cobre a cidade e o sol banha os telhados das casas enfeitadas com flores e flâmulas. É dia de festa. Homens e mulheres ostentando roupas coloridas e trajes folclóricos comemoram a ocasião dançando pelas ruas.

Por ignorância ou estupidez, é também o dia que o arquiduque Francisco Ferdinando, herdeiro do trono austro-húngaro, antipático ao povo sérvio, escolhe para visitar Sarajevo. O arquiduque vem observar manobras militares no acampamento de Filipovic a convite do governador da Bósnia, general Oskar Potoirek. Não sabe que, espalhados ao longo do meio quilômetro que leva da estação ferroviária à prefeitura, onde haverá uma solenidade, o aguardam pelo menos vinte e dois conspiradores armados da organização Narodna Odbrana, a "Defesa Nacionalista". Querem eliminar aquele símbolo ostensivo da tirania.

Às nove horas da manhã, Dimitri Borja Korozec entra no Café Zora, na rua Franz Joseph, onde pretende comer alguma coisa. Traz embaixo do braço o *Bosnische Post* da véspera, com o roteiro a ser cumprido por Francisco Ferdinando. Escolhe uma mesa nos fundos, de onde pode avistar todo o salão. Desde as cinco perambula pelas ruas de Sarajevo, examinando passo a passo o itinerário programado para o arquiduque e sua comitiva. Jamais sentiu tamanha excitação. Apesar do calor, enverga uma japona escura e largas calças cinza, de sarja, para melhor ocultar as armas que carrega. A automática Bergmann-Bayard, que traz enfiada na cintura, queima-lhe a pele. Volta e meia apalpa a perna para certificar-se de que a outra pistola, a Reform, continua bem fixa dentro da sua meia. Se tudo der certo, em menos de duas horas o fato estará consumado. Segundo instruções, depois do assassinato, ele deve encontrar-se com Dragutin em Belgrado. Repassa o plano mentalmente pela milésima vez. Nada pode falhar. De repente, dois rapazes entram no café. Dimo reconhece o primeiro: Vaso Cubrilovic. Vaso tem, como ele, dezessete anos. Muito magro, usa um bigode fino para demonstrar mais idade. Não consegue. A penugem rala indica apenas um menino procurando parecer mais velho. Os dois estudam juntos no mesmo ginásio e Dimitri não o vê desde que ingressou na Skola Atentatora. Dimitri tenta esconder-se atrás do jornal, porém Cubrilovic já o avistara. Aproxima-se da mesa com o companheiro, um muçulmano da província Herzegovina chamado Mohammed Mehmedbasic. Em janeiro, aos vinte e sete anos, Mohammed fora recrutado pela Mlada Bosna, a "Jovem Bósnia", para assassinar o governador militar da Bósnia-Herzegovina, general Potoirek. Para felicidade do general, a polícia faz uma inspeção de rotina no trem que o leva à capital. Mehmedbasic joga seu punhal e o veneno pela janela do vagão e desiste do atentado.

Dimitri sente que os dois estão nervosos. Trechos da conversa entre os três foram posteriormente anotados por Mohammed e extraídos do seu *Cadernos de um anarquista muçulmano,* encontrado numa gaveta, em 1940, por ocasião da sua morte, na casa onde ele trabalhava como jardineiro:

— Então, por onde andavas? — perguntou Cubrilovic, sentando-se ao lado dele.

Logo percebi que o jovem estava incomodado com a nossa presença. Era quase um menino. Não devia ter mais do que os dezessete anos de Vaso.

— Por aí — respondeu ele, desconversando.

Pressenti uma certa apreensão no rapaz. Puxei uma cadeira e instalei-me bem na sua frente. Vaso me apresentou:

— Este é Mohammed Mehmedbasic. Mohammed, quero que conheças meu amigo Dimitri Borja Korozec. Estuda comigo no ginásio e posso te garantir que é a pessoa mais estabanada do mundo — disse Cubrilovic, rindo nervosamente, sem esconder sua agitação pelo que iria acontecer em breve.

Volta e meia, olhava para a porta e consultava o relógio. Não conseguiria guardar segredo sobre o plano por muito tempo. Ainda tentei levá-lo dali, mas era tarde. Contou tudo, olhando Dimitri bem nos olhos:

— Daqui a pouco nós vamos assassinar o arquiduque Francisco Ferdinando.

Dimitri reagiu como se tivesse levado um soco:

— Nós quem?

— Nós, a Narodna Odbrana, nós, a Mlada Bosna! Somos sete: eu, Mohammed, Trifko, Ilic, Nedjelko, Popovic e Gavrilo. Sete patriotas dispostos a tudo! — vangloriou-se o falastrão e, abrindo o paletó, deixou entrever a bomba que carregava.

Achei que Vaso estava indo longe demais e disse, puxando-lhe o braço:

— Cala-te! Queres pôr tudo a perder?

Vaso deu uma gargalhada:

— Não sejas tolo. Pelas conversas que temos durante as aulas sei que Dimo simpatiza com a nossa causa.

Observei o rosto do jovem na minha frente. Seu olhar não era de medo e sim de ódio. A raiva não era dirigida ao arquiduque mas a nós, pois o rapaz levantou-se aos berros, estapeando Vaso furiosamente:

— Como ousam? Ele é meu, entende? É meu! Só meu!

Arrastei dali o perplexo Cubrilovic, antes que algum policial chegasse, atraído pelo tumulto.

Assim que os dois deixam o Zora, Dimitri sente o perigo a que se expôs. Espanta-se com sua reação. Não é dado a esses rompantes. Geralmente é de temperamento sereno. No café, todos voltam-se intrigados para olhá-lo. Se ele sair imediatamente dali a atitude será mais estranha ainda. Agentes secretos austríacos estão infiltrados por toda a cidade. Precisa disfarçar, inventar alguma justificativa para que aquela discussão inútil não levante suspeitas. Ao lembrar-se da frase que gritou, tem uma idéia genial. Volta a repeti-la, desta vez em tom lamurioso, dando à voz uma entonação de falsete:

— Ele é meu! Só meu! Eu o amo tanto! Ó meu Deus, faça com que ele não me abandone!

E, fingindo um choro histérico, dirige-se com um andar efeminado para a toalete dos cavalheiros. À sua passagem, os homens, indignados, viram o rosto e voltam a tratar de seus assuntos.

No banheiro, enquanto lava o rosto e as mãos, Dimo reavalia a situação. Nada está perdido. Nem o fato de ter outros assassinos à espreita o impedirá de ser o primeiro a alvejar o arquiduque. O único que ele teme é Gavrilo Princip. Lembra-se bem do jovem tísico, de olhos fundos, das reuniões estudantis. Não gosta dele, pois Princip sempre o desprezou como se Dimitri fosse um pirralho querendo ser gente, mas respeita sua reputação. Na Skola Atentatora, diziam que Gavrilo era bom atirador. Que seja. Basta posicionar-se no melhor lugar, no ponto estratégico, e a presa será sua. Foi preparado para situações mais difíceis na Escola de Assassinos. Não pode esmorecer diante do primeiro obstáculo. Sabe exatamente onde colocar-se para esperar o cortejo. É por isso que escolheu o Café Zora.

Para ir à prefeitura, o séquito virá pelo cais Appel, que margeia o rio Miljacka, entrará à direita em frente à ponte Lateiner, na esquina da Mercearia Schiller, pegando então a rua Franz Joseph. O Zora fica exatamente na outra esquina. Ao lado do Zora, existe uma ruela de onde Dimo pretende disparar sua automática. Em frente à pia, ele examina o pente da Bergmann-Bayard, engatilhando a arma. Abre a porta do sanitário com ânimo renovado e atravessa a sala em direção à saída. É hora de alojar-se no local da emboscada. Ao passar pelo balcão, vislumbra sua imagem refletida no imenso espelho veneziano que cobre a parede do bar. Num gesto raro de vaidade, o desleixado Dimitri passa os doze dedos pelos cabelos encaracolados.

SARAJEVO: POSIÇÃO DOS ASSASSINOS

① Mehmedbasic
② Cabrinovic
③ Cubrilovic
④ Popovic
⑤ Princip
⑥ Grabez
⑦ Ilic (sem posição fixa)
⑧ Dimitri

✹ Bomba de Cabrinovic
✫ Tiros de Princip
⟶ Caminho da prefeitura
◀- - - Caminho de volta original
◀— — Caminho de volta alterado

Às dez horas, o arquiduque Francisco Ferdinando acaba de passar a tropa em revista e parte para a prefeitura a fim de atender à recepção. Sua comitiva é composta de seis automóveis. O prefeito Fehim Curcic ao lado do chefe de polícia dr. Gerde lideram o cortejo. Logo depois, com a capota arriada, ostentando a flâmula austro-húngara dos Habsburgo, seguem Francisco Ferdinando, sua mulher Sofia e o general Potoirek, sentados no banco de trás. O dono do veículo, conde Harrach, vai ao lado do motorista. O chefe da chancelaria militar do arquiduque, a dama de companhia da duquesa e o ajudante-de-ordens de Potoirek, tenente-coronel Merizzi, estão no terceiro carro. O quarto e o quinto levam oficiais da guarnição de Francisco Ferdinando, juntamente com funcionários bósnios de primeiro escalão. Ninguém ocupa o sexto automóvel. É apenas uma precaução, caso uma das outras cinco viaturas enguice.

A multidão, alienada das questões políticas, se aglutina ao longo do cais Appel dando vivas ao casal imperial. Os sete assassinos misturam-se a ela. Princip e Grabez plantam-se junto à ponte Kaiser. Ilic, sem posto fixo, movimenta-se pela avenida. Popovic permanece um pouco afastado. Próximos à ponte Cumburja estão Cabrinovic, Cubrilovic e Mohammed. Graças à sua posição, Mohammed, o muçulmano, é o primeiro em condições de ataque. Chega a segurar a granada, porém hesita. Tem receio de ferir muitas pessoas inocentes. Enquanto resolve se deve ou não lançá-la, vê o cortejo passar lentamente por ele.

A poucos metros, Vaso Cubrilovic, o conhecido de Dimitri, mostra que seu discurso é mais explosivo do que a arma que carrega. Desiste do atentado e afasta-se atravessando a ponte Lateiner. O próximo conspirador é mais decidido. Trata-se de Nedjelko Cabrinovic, filho de um antigo espião austríaco. Agitador experiente, Nedjelko veio de Belgrado para participar do assassinato e não quer perder a viagem. Assim que o séquito passa, descendo vagarosamente pela larga avenida, ele tira sua bomba do bolso do casaco, quebra a cápsula de percussão de encontro a um poste e atira com firmeza o objeto fumegante em direção a Francisco Ferdinando.

No curto espaço de tempo que a bomba leva para percorrer a distância entre a mão de Cabrinovic e o carro do arquiduque, uma pequena ocorrência muda drasticamente o gesto mortal do terrorista.

Ao ouvir a sibilação da espoleta sendo ativada de encontro ao poste, o conde Harrach pensa que um pneu estourou e ordena ao chofer: "Pare o carro. Só faltava essa! Furou o pneu", e começa a se levantar para sair do veículo.

O motorista, que, ao contrário do conde, viu a bomba passando pelos ares, faz exatamente o oposto: acelera.

Com a arrancada do automóvel, o conde cai para trás no banco e por isso o artefato passa sobre sua cabeça. Francisco Ferdinando, por puro reflexo, levanta o braço e também desvia a bomba, que acaba detonando no chão, bem no caminho da terceira viatura. A explosão fere uma dúzia de espectadores e o tenente-coronel Merizzi é atingido na nuca. No entanto, o alvo principal continua intacto. A comitiva segue em alta velocidade até a prefeitura.

Quando descobre que o arquiduque escapou incólume, Cabrinovic bebe um vidro de cianeto e atira-se nas águas do rio Miljacka. Inutilmente: o veneno é velho e o rio é raso. O frustro assassino passa à História como "aquele que falhou".

💣💣💣💣

Francisco Ferdinando entra furioso na prefeitura. Diz ao prefeito, que tenta acompanhar seus largos passos:

— Então, senhor prefeito. Venho visitar a cidade e sou recebido com bombas? É ultrajante! Ultrajante!

O prefeito, por nervosismo ou inconsciência, começa a despejar o discurso previamente preparado, como se nada tivesse acontecido:

— Digníssima Alteza Imperial... nossos corações se enchem de alegria ao receber tão nobre dignitário...

O absurdo da situação acalma o arquiduque, e ele encerra a cerimônia agradecendo ao anfitrião pela cordial acolhida.

Enquanto isso, o quadro de oficiais que acompanha Francisco Ferdinando discute a necessidade de uma imediata mudança de planos. O general Potoirek implora ao arquiduque para que deixe a cidade pelo caminho mais curto. O herdeiro do trono austro-húngaro é mais valente do que parece. Recusa-se a interromper o roteiro programado:

— Ridículo. É preciso mais do que a bomba de um anarquista para assustar um Habsburgo!

Além da coragem, há um segredo conhecido apenas por seus auxiliares mais próximos. Francisco Ferdinando conta com uma proteção especial. Usa, sob a túnica, um novo colete à prova de balas feito de seda trançada e costurado em tiras oblíquas. Por excesso de confiança, o arquiduque faz questão de atender ao almoço na residência do governador e cumprir a visita marcada ao museu. Ele pensa na segurança da esposa:

— Sofia, não é necessário que venhas comigo. O melhor é partires imediatamente.

— Meu caro, se pensas que te livras de mim tão facilmente, estás muito enganado — responde a duquesa, olhando-o com um misto de apreensão e ternura.

Para entender a resolução da duquesa, é preciso conhecer sua situação diante da corte austríaca. O imperador jamais aprovou o casamento. Queria a tradição que Francisco Ferdinando se casasse com uma descendente da Casa dos Habsburgo ou de uma das dinastias reinantes da Europa. Sofia não preenche os requisitos necessários. A união é aceita, contudo o casamento é morganático, especificando a condição inferior da esposa.

O rígido protocolo imperial não permitia que, nas solenidades, ela andasse na carruagem ao lado do arquiduque. Como os dois se amavam profundamente, ansiavam por esta viagem a Sarajevo, onde, longe da corte e das vistas do imperador, poderiam aparecer juntos.

— Está certo. Se assim queres, assim será — concorda Francisco Ferdinando.

Os dois descem as escadarias da prefeitura e embarcam no automóvel que os espera.

💣💣💣💣

O embarque,
em frente à prefeitura

💣💣💣💣

Dimitri escuta o estrondo e o alvoroço provocado pela explosão. Pessoas passam correndo em todas as direções. Vê policiais discutindo e apontando para a ponte Cumburja. Apesar de apreensivo, resolve esperar antes de sair da ruela onde se posicionou, escondido por uma pilha de barris de cerveja vazios. Perde a noção do tempo. Finalmente, não consegue mais conter sua curiosidade. Esconde a automática no bolso e vai andando até a rua Franz Joseph para tentar descobrir o que houve. Deduz que um dos sete homens da Narodna Odbrana atirou uma bomba, mas não sabe qual o resultado. Apressa o passo em direção ao cais Appel. Quando chega quase à esquina do cais, bem em frente à Mercearia Schiller, choca-se com um rapaz que acaba de sair da mercearia comendo um sanduíche. Reconhece-o imediatamente. É Gavrilo Princip. Fingindo surpresa, ele pergunta:

— Gavrilo! Há quanto tempo! Que fazes por aqui?

— Estou comendo um sanduíche.

— Isso eu sei. Não me trates como criança.

— Acho que agora não há mal em contar, já que o atentado falhou — responde Princip, de boca cheia.

— Que atentado? — pergunta Dimitri, aparentando ignorância.

— Contra o filho do tirano, que ousa vir desfilar pelas nossas ruas no dia da Batalha de Kosovo. Pena que o canalha escapou.

— Escapou como?

— Desviou com o braço uma bomba lançada por Cabrinovic. O idiota do Cabrinovic não seria capaz de acertar num elefante deitado e dormindo.

— Os elefantes não se deitam para dormir — informa, distraído, Dimitri, lembrando-se do circo.

— Não interessa. O fato é que agora é impossível atingi-lo. O herdeiro covarde já deve ter deixado a Bósnia escondido embaixo das saias da mulher.

Dimo fica dividido entre a tristeza pelo insucesso do ataque e a alegria de ainda ter a oportunidade de matar o arquiduque:

— Pode ser que ele continue na cidade — diz, esperançoso.

— És um otimista — retruca Princip.

Ficam em silêncio, enquanto Gavrilo termina de comer seu sanduíche e pega no bolso um lenço encardido para limpar as mãos. Quando ele entreabre o paletó para guardar de volta o lenço, Dimitri vê uma pistola Browning presa ao seu cinto. Sem mais aquela, Princip muda de assunto, perguntando por um amigo comum que conhecem das discussões políticas no Café Zeatna Student, "O Estudante Sedento":

— Tens visto Milosevic?

— Não.

— Nem eu. Então, adeus.

— Adeus.

Os dois se separam, caminhando em sentidos opostos: Dimitri Borja Korozec volta à tocaia na ruela, esperando que Francisco Ferdinando resolva cumprir o resto da visita programada, e Gavrilo Princip vai de encontro ao seu destino.

💣💣💣💣

Na certeza de que o austríaco jamais ousaria continuar em Sarajevo, os outros assassinos também dispersam-se no meio da multidão, que comenta o ocorrido.

Indiferente à opinião dos conspiradores, o arquiduque recomeça o desfile com sua comitiva. Há um pequeno desvio no roteiro original. Antes de ir ao museu, Francisco Ferdinando pretende visitar as pessoas feridas no atentado. Só que o responsável por essas variações de itinerário é justamente o tenente-coronel Merizzi. Atingido por um fragmento da bomba, Merizzi também está internado no Centralna Bolnica, hospital para onde o arquiduque se dirige. Nenhum dos motoristas foi informado das alterações de percurso. O cortejo percorre uma vez mais a larga avenida do cais Appel em alta velocidade, porém, em vez de seguir reto, contornando o rio

Miljacka até o hospital, cumpre o trajeto inalterado, entrando pela rua Franz Joseph momentos depois que Dimitri e Gavrilo se separaram. Ao perceber o erro, o general Potoirek grita para o chofer: "Não é este o caminho! Tens que seguir pelo cais Appel!".

O motorista, assustado, pisa no freio para iniciar a marcha à ré, e o veículo do arquiduque pára bem em frente à esquina da Mercearia Schiller.

Dimitri não acredita ao ver o carro do tirano parado quase ao seu lado. Daquela distância, não tem como errar. Saca da cintura a Bergmann-Bayard. Para aprimorar a pontaria, apóia o braço estendido num dos barris largados na ruela onde se instalou. Sente o coração na boca. Sua exaltação só é comparável à que experimentava nos braços de Mira Kosanovic. Prende a respiração e atira. A culatra não se move. Atira novamente. Nada acontece. Tem a impressão de que, por algum motivo, seu dedo dilatou-se e não consegue pressionar o disparador da arma. Examina a mão que segura a pistola e vê horrorizado o que houve. Tamanha era sua vontade de assassinar o herdeiro que, na excitação da hora, por puro reflexo, ele enfiara os dois indicadores ao mesmo tempo no gatilho. Tenta arrancá-los molhando os dedos com saliva e girando o objeto como se fosse um anel apertado. Inútil. A automática está presa aos seus dedos. A anomalia que todos pensavam ser a marca do assassino acaba por malograr-lhe a missão. No instante em que essa ironia lhe ocorre, Dimo escuta dois disparos. Ergue a cabeça a tempo de ver uma imagem que povoará seus pesadelos para sempre. O arquiduque Francisco Ferdinando, herdeiro do Império Austro-Húngaro, jaz ensangüentado sobre o corpo da duquesa morta. De pé, a menos de dois metros do automóvel, está Gavrilo Princip, a Browning fumegante na mão.

No gatilho da arma, um único dedo. O dedo que desencadeou a Primeira Guerra Mundial.

Foto de Princip sendo preso depois do assassinato. Seta mostra esquina por onde Dimitri escapou

🖤 🖤 🖤 🖤

Ilustração do assassinato no *Le Petit Journal Illustré*. Dimo se esconde atrás da esquina

A túnica ensangüentada do arquiduque Francisco Ferdinando

Gavrilo Princip

A arma do crime: Browning modelo 1900

🖤 🖤 🖤 🖤

De nada valeu ao arquiduque o colete protetor. O tiro de Gavrilo atingiu-lhe o pescoço, seccionando a jugular. Foi impossível tirar-lhe a túnica para estancar o sangue que jorrava empapando a farda, porque, para evitar dobras no uniforme, o vaidoso herdeiro tinha o hábito de fazer costurar a túnica ao corpo, por baixo dos botões dourados.

Apesar de arrasado pelo fracasso, Dimitri Borja Korozec consegue escapar do local do crime enquanto a multidão se lança sobre o jovem assassino. Livra-se da pistola Schuler-Reform alojada na meia. Escondendo a outra arma, que ainda está incrustada nos indicadores, no bolso do paletó, ele segue pela rua Franz Joseph em sentido contrário. Precisa voltar à casa de seus pais, na Kralja Tomislava, não muito longe dali. Deve pegar a mala já pronta e seguir para Belgrado, onde Dragutin, o Touro, aguarda por ele. Não imagina qual será a reação do coronel, porém não faltará ao encontro marcado.

Em casa, pensam que Dimitri é responsável pela morte do arquiduque. Ele encontra a mãe angustiada e o pai radiante. Desfazendo o equívoco, Dimo inverte a situação: deixa a mãe radiante e o pai angustiado.

— E por que falhaste? — pergunta Ivan, entristecido.

Sem dizer uma palavra, Dimo tira do bolso a mão com a arma.

Isabel dá um grito ao ver os dedos arroxeados do filho presos na alça do gatilho. Seu instinto materno sobrepõe-se àquela visão grotesca:

— Vamos à cozinha. Com manteiga isso deve sair dos teus dedos.

Usam manteiga, gordura e sabão, mas não conseguem desprender a automática.

Os indicadores de Dimitri ficam ainda mais intumescidos. Isabel tem uma idéia:

— Gelo. Tens que deixar a mão no gelo até que os dedos desinchem.

— Não posso, mãe. Tenho que partir imediatamente. Só vim buscar minha valise e me despedir de vocês.

— Tens apenas dezessete anos! Não te autorizo a sair de casa para mais uma dessas loucuras! — revolta-se Isabel.

— Pois eu autorizo, Isabel. A vida dele não mais nos pertence e sim à Mão Negra e, desde o berço, à Poluskopzi! — declara Ivan, sempre fiel à seita dos Meio Castrados.

Sem dar tempo a mais discussões, Dimo entra rapidamente no seu quarto e sai de lá carregando a maleta. Beija mãe e pai com ternura e dirige-se para a porta.

— Espera! Não podes andar por aí com essa pistola pendurada — preocupa-se Ivan.

Os três ficam em silêncio, pensando numa solução. É quando Dimo tem uma idéia nascida da pressa e do desespero:

— Mãe, quero que tu faças uma atadura enrolando minha mão junto com a arma.

— Estás louco?!

— De forma alguma. Assim pensarão que se trata de um ferimento qualquer. Vai servir, inclusive, para afastar de mim qualquer suspeita. Sei que andam à procura de outros estudantes envolvidos no atentado.

Ivan, com a mente obnubilada pela paixão que nutre pelo filho, acha a idéia extraordinária. Muito a contragosto, Isabel atende ao pedido do rapaz. Traz do banheiro bandagens e chumaços de algodão. Com habilidade, transforma punho e arma num único e imenso curativo. Dimo despede-se dos pais e segue para Belgrado. Da janela, sua mãe acena num triste gesto de adeus. Não sabe se tornará a vê-lo. A última imagem que guardará da despedida é a de seu filho acenando de volta, braço estendido e a mão direita envolta no que parece ser uma enorme luva de boxe branca.

💣💣💣💣

• BÓSNIA — BELGRADO — SEGUNDA-FEIRA, 29 DE JUNHO DE 1914

BELGRADO AMANHECE abafada por um nevoeiro vindo do rio Danúbio. Num presságio do conflito que abalará o mundo, a neblina se estende como uma mortalha cobrindo a Cidade Branca. Dimitri Borja Korozec, roupa enxovalhada, e abatido devido à noite em claro, dirige-se para o parque do antigo palácio da princesa Ljubice. O palácio, uma relíquia em estilo balcânico, fica próximo à fortaleza Kalemegdan, construída pelos celtas no topo de uma colina em frente à junção do rio Sava com o Danúbio. É lá que Dimo deve encontrar-se com o coronel Dragutin Dimitrijevic e receber instruções. Está mais confuso do que habitualmente. A um motorista de táxi curioso que pergunta sobre as ataduras ele responde que fora atacado por um leão no jardim zoológico. Uma freira que o vê tropeçar ao saltar do veículo, notando-lhe o cansaço no rosto e o aparente desmazelo, tenta levá-lo para a Clínica Central na rua Pasterova, a fim de trocar seu gigantesco curativo. Dimo desvencilha-se daquele ataque de compaixão e cobre, em passos rápidos, a distância que o separa da entrada do parque.

Percorrendo os jardins, ele avista finalmente o coronel sentado num banco, embaixo de uma árvore. O Touro não está sozinho. Ao seu lado, de pernas cruzadas, segurando um guarda-chuva, está Milan Ciganovic. Ele conhece o velho anarquista. Ciganovic é fornecedor de armas e explosivos para a Skola Atentatora. Fora ele quem lhe dera a pequena Schuler-Reform e a Bergmann-Bayard que agora era uma extensão do seu braço. O encontro é descrito em detalhes numa longa carta de Ciganovic enviada de Bucareste, na Romênia, em 29 de agosto de 1914, à sua meia-irmã Olga Krupa, refugiada em Londres e enfermeira do Dispensário St. Mary no New Hospital for Women:

[...] De longe, o coronel fez um gesto para que ele se aproximasse. Dimo gesticulou de volta com a mão estofada. Surpreendemo-nos com a excêntrica aparência do rapaz. Dimitri parecia arrasado:
— Falhei, coronel.
Dragutin levantou-se e aplicou-lhe uma violenta bofetada:
— Nunca uses esta palavra. Nossos homens nunca falham. Tu não conseguiste, mas Francisco Ferdinando está morto. É o que interessa. — Olhando o punho enrolado de Dimitri, o coronel perguntou: — O que significa a atadura, feriste a mão?
Dimitri esclareceu envergonhado:
— Não, coronel. Foi o que me fez fa... o que me impediu de alvejar o arquiduque. Eu estava em posição, com a arma apontada, e na hora do tiro, talvez pela

excitação do momento, enfiei meus dois indicadores da mão direita no gatilho.

— Céus! E tiveste que operar os dedos?

— Não. A automática continua pendurada, oculta pelas bandagens. Foi o único recurso que encontrei, já que precisava vir a Belgrado de qualquer maneira. Não foi uma saída engenhosa?

Senti que, por um segundo, Dragutin Dimitrijevic duvidou da sanidade mental do jovem terrorista. Acabou por achar a solução criativa, o que me fez duvidar da sanidade mental do coronel.

Dimitri Borja Korozec sentou-se ao nosso lado e narrou, com minúcias, o assassinato. O coronel deu-me a impressão de estar satisfeito. Notei que ele nutria uma afeição especial por aquele jovem, quase menino. Dimitri estava visivelmente perturbado. Perguntou sobre as conseqüências do episódio. Foi então que pude apreciar a capacidade de avaliação política do coronel. Há exatamente dois meses, naquele 29 de junho, suas palavras foram proféticas. De olhos semicerrados, como se estivesse em transe, Dragutin começou a falar numa voz rouca e distante:

— Agora, vai acontecer o que mais desejávamos. O imperador enviará um ultimato à Sérvia. Mesmo que o ultimato seja respeitado, haverá guerra. Em razão das alianças, em pouco tempo todos os países da Europa serão envolvidos e veremos finalmente a destruição do Império Austro-Húngaro.

Ouvimos, estáticos, as palavras apocalípticas do Touro. Depois de algum tempo, o jovem Dimo quebrou o silêncio:

— Mas, enquanto isso, o que eu faço?

O coronel esbofeteou-o de novo:

— Como é pressurosa, a juventude! É certo que eu e o major Tankosic seremos acusados de planejar o assassinato. Provavelmente não ficarei vivo para ver a realização do meu sonho. Quanto a ti, terás que aprender a tomar decisões sozinho. Há uma conta no Schweizerischer Glücksgeldbank, em Zurique, em nome de Ápis. Dei instruções por escrito para que tu possas sacar e efetuar transferências usando a senha Nêmesis. Espantei-me ao ver a confiança que o Touro depositava no jovem. Até então, somente eu e Tankosic tínhamos acesso ao código, mesmo assim sob um controle rígido de Dragutin. Eu usava o dinheiro de Zurique para a compra de armas, e o major, para as despesas da Skola Atentatora. Nenhum outro membro da Mão Negra sabia da existência da Ápis na Suíça. Seu gesto seguinte assombrou-me ainda mais. Certificando-se de que ninguém passava pelos jardins, ele desabotoou a calça do uniforme e retirou o cinto secreto que trazia sempre junto ao corpo, repleto de moedas de ouro. Entregou a Dimitri o cinturão de couro com fechadura de aço galvanizado feito especialmente para ele por um artesão de Montenegro. Abrindo a túnica, pegou o cordão com a chave e passou-o pela cabeça do rapaz:

— Toma. É uma espécie de salva-vidas que trago comigo desde a fundação da nossa sociedade secreta. São duzentas libras esterlinas de ouro, cunhadas em 1911 com a efígie do rei Jorge. Deves trocá-las apenas em caso de extrema necessidade.

Enquanto Dimo, com a minha ajuda, colocava o cinturão

Libra esterlina de ouro cunhada em 1911 com a efígie do rei Jorge V

51

com certa dificuldade — a mão com as bandagens limitava-lhe os movimentos —, Dragutin Dimitrijevic sacou do bolso uma carteira e a guardou no paletó do jovem:

— Acharás aí alguns dinares, mil francos franceses, um passaporte em teu nome e uma passagem pelo Orient-Express até Paris. Viajas hoje à noite mesmo. Convém que te escondas enquanto as coisas se acalmam. Assim que chegares, procura por Gérard Bouchedefeu. É um anarquista amigo que já sabe da tua ida e te dará guarida. O endereço está junto à passagem.

Dimitri tentou retrucar:

— Mas, coronel, se houver guerra, eu quero estar na primeira linha de fogo!

— Cala-te! — gritou Dragutin, estapeando-o outra vez. — Tens coisas mais importantes a fazer. Não te treinei para que desperdices teus talentos em batalhas convencionais. Tua função é combater a tirania em qualquer lugar, em qualquer país. És o açoite da Mão Negra!

Entendi, então, que o coronel Dragutin Dimitrijevic, num momento de descontrole, acabara de modificar a missão da União ou Morte. Homem de bravura incontestável, mais cedo ou mais tarde seria condenado por suas ações. Escondendo os sentimentos que o abalavam, Dragutin puxou da pasta de documentos uma câmara:

— Quero levar comigo uma lembrança dos dois.

Levantou-se e, recuando três passos, tirou uma fotografia nossa, da qual te envio esta cópia. Pelo enquadramento, perceberás, como enfermeira que és, a gravidade do desequilíbrio emocional do coronel. Depois da foto, beijou Dimitri paternalmente na boca e orde-

Dimitri com a mão
enfaixada
ao lado de Ciganovic

nou que ele se afastasse dali, pois era perigoso sermos vistos juntos. Dimo despediu-se de nós, visivelmente nervoso diante do futuro incerto que o esperava. Antes de partir, virou-se para Dragutin:

— Coronel, tamanha é a confiança que o senhor deposita em mim que nem sei o que dizer.

— Então não digas nada — retrucou o coronel, desferindo-lhe um derradeiro bofetão.

Abracei Dimitri comovidamente. Num gesto reflexo, ele estendeu a mão enfaixada para Dragutin Dimitrijevic. Também sem pensar, o coronel apertou a atadura com força. A pressão fez o gatilho disparar a arma encoberta pela ligadura.

Mal escutei o som abafado da automática. A bala nove milímetros estraçalhou a cabeça de uma estátua de Diana, a Caçadora, bem às nossas costas. Jamais esquecerei o vulto de Dimitri Borja Korozec afastando-se trôpego pelo parque, balançando o braço com as bandagens fumegantes...

2

EM 1883, IMPRESSIONADO com os trens que vira nos Estados Unidos, Georges Nagemackers, filho de um rico banqueiro belga de Liège e amigo do rei Leopoldo, resolve criar a primeira linha européia transcontinental. Seu entusiasmo contagia a família e o próprio rei, que apóia o empreendimento. Nasce, assim, a Compagnie Internationale des Wagons-Lits et des Grands Express Européens. O novo trem percorre mais de três mil quilômetros de estradas de ferro ligando Paris a Constantinopla, com paradas em Estrasburgo, Karlsruhe, Munique, Viena, Budapeste, Bucareste e Giurgiu, na fronteira molhada do rio Danúbio entre a Romênia e a Bulgária. De lá, os passageiros atravessam o rio numa balsa e seguem num trem mais modesto até Varna, no mar Negro, onde baldeiam-se novamente para atingir Constantinopla.

Em 1914, o percurso de três dias já se tornara mais confortável, com a abertura de novas linhas ligando Budapeste a Constantinopla através de Belgrado e Sófia. Os vagões são do mesmo estilo dos criados por Mortimer Pullman, nos Estados Unidos. Dividem-se em carros-leitos, vagão-restaurante de excelente cozinha, *wagon-fumoir* para os cavalheiros, um vagão particular para as damas, incluindo saletas com lavatório e espelho, para que as senhoras possam recompor o penteado e a maquiagem.

Cada compartimento é ricamente decorado em estilo art nouveau, com tapetes persas, cortinas drapeadas de veludo, lambris de mogno e poltronas estofadas em couro espanhol. A longa viagem atrai a elite da sociedade européia, inclusive a realeza.

Vista de um dos vagões
do Orient-Express

É precisamente no Orient-Express que Dimitri Borja Korozec vai embarcar para sua longa viagem a Paris. Num passo apressado, evitando as ruas principais, Dimo dirige-se à estação ferroviária. O anoitecer torna mais espessa a névoa que cobre a cidade. No caminho, para disfarçar o orifício causado pelo tiro no falso curativo, Dimitri enfia no buraco da bala um ramalhete de flores do campo comprado a uma ambulante, o que dá ao arranjo um aspecto ainda mais bizarro.

Na estação, os quiosques trazem edições vespertinas especiais com a história do assassinato do arquiduque. Centenas de passageiros disputam os poucos jornais restantes para ter o privilégio de ler sobre a tragédia. As plataformas fervilham de pessoas agitadas, esbarrando umas nas outras por andarem com o olhar fixo na notícia do atentado. De longe, o abrir e fechar dos braços da multidão folheando as páginas fazia lembrar uma revoada de borboletas brancas.

Dimitri finge interessar-se pelo exemplar de um cavalheiro de vastas suíças que caminha ao seu lado. Ao perceber a intrusão, o homem dobra o diário, escondendo a informação dos olhos curiosos daquele abelhudo de atadura florida na mão.

Dimo sobe no trem e instala-se na cabine particular de primeira classe que o coronel reservara para ele. Contempla, quase acuado, o recinto em que está. Não é o primeiro a intimidar-se diante do luxo ostensivo. Qualquer passageiro mais humilde que adentra os vagões pela primeira vez, como as governantas e serviçais que acompanham seus patrões milionários, experimenta a mesma sensação. Mais tarde, o rapaz contará a Bouchedefeu, em Paris, a vergonha que sentiu ao viajar cercado por tanto luxo. "O dinheiro gasto num único vagão daria para alimentar os bairros pobres de Sarajevo durante vários meses." Dragutin Dimitrijevic sabe o que faz. Ninguém procuraria por um jovem terrorista dentro daquele fausto sobre rodas.

O chefe da estação, num ritual que se repete há vários anos, tira do bolso do colete o relógio, trila seu apito dourado e o trem parte na hora marcada. O vapor da locomotiva envolve as pessoas que vieram se despedir dos viajantes. O chefe da estação observa satisfeito o comboio que se afasta lentamente de Belgrado, contornando a gare como uma imensa serpente parda e dourada rastejando pelos dormentes. Começa mais uma viagem do legendário Orient-Express.

Linha do Orient-Express
percorrida por Dimitri a partir de Belgrado

No cais de embarque da Hauptbahnhof, em Munique, localizada perto da Karlsplatz, uma mulher esbelta, toda vestida de negro, chapéu emplumado como o de um dragão da cavalaria, aguarda, impaciente, a chegada do trem. Ela sabe que o Orient-Express saiu de Salzburgo no horário previsto. O véu de tule que esconde seu rosto acrescenta-lhe um clima de mistério. O insólito da cena é reforçado pelo anão indiano de turbante que carrega sua bagagem.

Apoiada no diminuto oriental, ela se estica na ponta dos pés, olhando em direção ao horizonte à procura da fumaça que indicaria a aproximação da locomotiva.

O nome da mulher é Margaretha Geertruida Zelle Mac Leod, mais conhecida pelo nome de Mata Hari. O motivo do inútil disfarce é simples: Mata Hari tenta viajar incógnita para Paris, a fim de encontrar um antigo affaire, o general francês Adolphe-Pierre Messimy. Não quer despertar as suspeitas do tenente Alfred Kiepert, outro ex-amante, ligado ao serviço de espionagem alemão, com quem ainda tem relações eventuais. Kiepert, homem de posses, já lhe havia fornecido vultosas quantias, em diversas ocasiões, para que ela servisse como agente ocasional. Aproveitava-se das suas turnês pela Europa para usá-la como elemento de ligação. Desde que a dançarina voltou a Berlim, ele a mantém sob rigorosa vigilância.

Mata Hari hospedara-se no Hotel Cumberland, em fevereiro, para se apresentar no Teatro Metropole, com o espetáculo *Der Millionendieb*. A opereta, porém, só estreará em setembro, e a dançarina já esgotara quase todo o dinheiro conseguido com a venda da mansão em Neuilly, dos cavalos e dos móveis.

Mata Hari não aparenta sua idade, mas nem o corpo belo e rijo nem o rosto sem rugas evitam a insegurança de uma bailarina que se apresenta nua no palco aos trinta e oito anos. Num impulso, resolveu fazer essa viagem secreta. Pretextando uma forte gripe, ela interrompeu os ensaios por alguns dias, arrumou rapidamente duas das suas quarenta e sete malas Louis Vuitton e veio a Munique aguardar a conexão do Orient-Express para Paris. Sua intuição lhe diz que o assassinato do dia 28 em Sarajevo pode, de alguma forma, vir a melhorar suas finanças. Messimy é ministro da Guerra. Muito em breve, é possível que os franceses se interessem por notícias do estado-maior alemão. "E vice-versa", pensa a dançarina. Não sabe que se transformará no agente duplo mais famoso da Grande Guerra.

A vida tempestuosa de Margaretha Geertruida Zelle Mac Leod começa na Holanda, em Leeuwarden, onde ela nasceu em 1876. Aos dezenove anos, seus dotes de beleza não passam despercebidos ao capitão Rudolph Mac Leod, um holandês de origem escocesa, vinte anos mais velho do que ela. Mac Leod orgulha-se de sua linhagem. É descendente de Olaf, o Vermelho, rei de Man. Apesar da diferença de idade, eles logo se casam e mudam-se para Haia. Em 1897, Mac Leod é transferido para Java. No dia 1º de maio a família embarca rumo às ilhas holandesas a bordo do *SS Prinses Amalia.*

Logo torna-se óbvio que a índole esfuziante da moça não se ajusta à vida pacata da ilha. Acentua-se a incompatibilidade de temperamentos entre os dois.

Após cinco anos, já separada do capitão, Margaretha retorna para a casa de seu tio, em Nimègue, na Holanda. Pouco depois faz sua primeira e triunfante exibição em Paris, a partir da qual passaria a ser cobiçada em todo o mundo.

De Java, trouxe Motilah, o anão hindu que sempre a acompanha, o segredo das danças sensuais da ilha e o nome: Olho da Manhã. Em javanês, Mata Hari.

O longo silvo da locomotiva avisa aos passageiros na plataforma que o Orient-Express está entrando na estação.

ORIENT-EXPRESS

Mata Hari

ORIENT-EXPRESS

DECIDIDO A NÃO SAIR do trem antes de chegar a Paris, Dimitri Borja Korozec observa os novos passageiros da janela do seu compartimento. Sua atenção é despertada pela invulgar figura de mulher que embarca escoltada pela liliputiana personagem. Os dois sobem para o vagão. Primeiro, a dama de negro e depois, com certa dificuldade, o anão. Ele é tão pequeno que não alcança o primeiro estribo. Como solução, deita as Louis Vuitton no chão e usa as malas enfeitadas de letras como um degrau. Esfregando as mãozinhas, ele sorri contente para sua ama e senhora, alegre com a saída encontrada para subir ao carro. Menos satisfeita fica a mulher, pois é obrigada a descer novamente ao cais para pegar a bagagem.

Apesar da sua resolução de permanecer na cabine, Dimitri não resiste ao impulso de ver mais de perto seus novos companheiros de viagem. Abre a porta e precipita-se pelo apertado passadiço no exato instante em que os dois se aproximam em sentido oposto. Como conseqüência, ele tropeça no anão e cai por cima de Mata Hari. No tombo, o véu descobre-lhe a face, e Dimo fica mesmerizado pelo belo e enigmático rosto da dançarina. Ele estica as mãos balbuciando desculpas e a ajuda a levantar-se. Mata Hari é dominada pelo ar desprotegido do jovem rapaz. Ao ver o enorme curativo do qual brota o buquê, ela diz, pegando o ramalhete:

— Obrigada. Jamais recebi flores de maneira tão original.

— E eu nunca vi mulher mais bela em toda a minha vida — declara Dimitri, esquecendo-se de sua paixão por Mira Kosanovic.

Os dois fitam-se intensamente e quedam-se, esquecidos do tempo, corpos colados pela estreiteza do corredor. O momento mágico é quebrado por uma voz cavernosa, de baixo profundo. Dimitri espanta-se ao notar que aquele som cavo vem da garganta do anão. Motilah aponta, fazendo uma reverência.

— Esta é uma das cabines, begum — ele informa, usando o respeitoso título para ama ou senhora, em urdu.

— Fantástico, bem ao lado da minha! — avisa Dimo, abrindo a porta.

— Se a begum preferir, pode usar a outra, no começo do carro. São iguais. Ofereci-lhe esta porque, no meio do vagão, sente-se menos o sacolejar do trem.

— Não, não! Fico aqui mesmo — diz Mata Hari, lançando um olhar travesso para Dimitri.

— Como a begum quiser.

Dimo aproveita a ocasião:

— Que descortesia, ainda não me apresentei: Dimitri Borja Korozec — anuncia, beijando a mão da moça.

— Mata Hari — exclama ela, esquecendo seu disfarce.

Pela ausência de reação, Margaretha percebe que o jovem nunca ouvira falar dela. Olhando para baixo, a bailarina introduz o homúnculo:

— Este é Motilah, meu fiel acompanhante, secretário, chofer, mordomo, guarda-costas, enfim, meu *homme à tout faire.*

Motilah cumprimenta com um aceno de cabeça, juntando as mãos em estilo indiano.

Dimitri avalia o homenzinho com indiferença:

— Guarda-costas?

— Convém não subestimá-lo. Muitos homens com o triplo do tamanho dele já pagaram caro por isso. Motilah é versado nas artes marciais hindus tão bem ilustradas na dança *kathakali,* aliás, uma das minhas favoritas. Não sei se sabe, mas os dançarinos de *kathakali* têm um controle tão absoluto dos seus músculos faciais que conseguem rir com um dos lados do rosto e chorar com o outro.

Dimitri está subjugado pelo jorro de erudição inútil:

— A senhorita é dançarina?!

— Bailarina exótica.

— Que coincidência! Minha mãe é contorcionista.

Mata Hari ri da comparação:

— Nunca ouviu falar de mim?

— Acabo de abandonar o seminário — mente Dimitri. — Vou passar uns tempos em Paris, na casa de um amigo dominicano, para tomar contato com o mundo exterior.

— Ótimo! Também estou indo para lá. Vamos aproveitar a viagem para nos conhecermos melhor — diz a vedete, apertando-lhe o braço cheia de segundas intenções.

Encabulado, Dimitri procura mudar de assunto. Olhando para o anão ele pergunta:

— Sendo dessa altura, como é possível que o pequenino seja também seu motorista?

— Ele recolhe o banco da frente e guia em pé.

Dimitri não sabe se deve levar a sério a esdrúxula informação. Mata Hari se despede prometendo encontrá-lo mais tarde:

— Depois nos veremos no vagão-restaurante.

Dimo volta para o seu compartimento, ainda atordoado pelo encontro.

Um leve sacolejar indica que o trem está deixando Munique. Repete-se o ritual dos apitos. Aos poucos, a locomotiva ganha velocidade, imprimindo nos trilhos o monótono ruído que acompanhará todo o percurso.

ORIENT-EXPRESS

Na sua cabine, Margaretha Mac Leod, *nom de guerre*, Mata Hari, prepara-se para cativar o jovem impetuoso com ares de poeta, seu mais recente companheiro de viagem. Ela conjetura a idade de Dimitri. "Não pode ter mais que dezoito", pressupõe, encantada com a perspectiva de seduzir o rapaz. A viagem até Paris é longa, e mais longas ainda são as noites a bordo do trem.

Nua, ela se examina no exíguo espelho veneziano do reduzido banheiro. Aprova a imagem que o espelho lhe oferece. A face lisa, os seios firmes de mamilos rosados, a pele muito branca, os lábios carnudos, enfim, toda a aura de sensualidade que emana do seu corpo, reafirmam a opinião que tem de si mesma: ninguém lhe daria mais de vinte e cinco anos. Abrindo o *nécessaire*, inicia, quase mecanicamente, o ritual da toalete. Primeiro, usando uma dezena de pequenas toalhas úmidas embebidas em lavanda, ela esfrega, com a ponta dos dedos, o rosto, as axilas, o púbis e cada reentrância do corpo. Depois, com a tampa do frasco, fricciona perfume no pescoço, nos lóbulos das orelhas e nos joelhos. Maquia apenas os olhos e a boca. Volta a vestir-se. Está pronta para exercer uma

vez mais a única forma de arte em que é insuperável:
a arte da sedução.

Na cabine ao lado, Dimitri Borja Korozec espera
a hora de ser seduzido.

Um passageiro sente-se totalmente à vontade no
estreito espaço do vagão-leito: o anão indiano Motilah
Bakash. Para ele, o compartimento ganha dimensões
palacianas. A não ser pela altura da pia no banheiro,
tudo parece ter sido feito de encomenda para as suas
medidas. Ele senta-se, de tanga e turbante, em posição
de lótus. Olhos semicerrados, Motilah repete sem ces-
sar o mantra secreto dos adoradores de Kali, a deusa
negra da destruição. Segundo eles, o universo nasceu
do sêmen infinito de Shiva, despejado em sua vagina
cósmica, gerando todo o universo. Motilah Bakash tem
na sua frente, cercada de incenso, uma estatueta de
Kali. É terrível a imagem da deusa. Seu rosto desfigurado está coberto de sangue. A boca se abre num esgar
monstruoso, repulsivo, mostrando a língua protuberan-
te e os dentes pontiagudos. Três das suas quatro mãos
empunham uma espada, um escudo e um laço de en-
forcar. A quarta mão aparece estendida num gesto in-
terpretado como uma bênção pelos seus seguidores.
Kali revela-se nua, ostentando um cinturão de crânios
humanos e uma guirlanda de cabeças decepadas.

Aos poucos, Motilah entra em transe. Atinge o
satori, a iluminação interior que leva ao nirvana. Sen-

te-se com dois metros de altura. Não é mais o anão-factótum da dançarina, mas um gigante onipotente. Ninguém sabe que Motilah Bakash é remanescente da seita Thug. A temível fraternidade de assassinos fora exterminada na Índia pelos ingleses em 1837, mas os pais de Bakash conseguiram fugir para a ilha de Java. O homenzinho havia sido educado segundo a tradição da irmandade, aprendendo o culto Vamakara, o tantrismo da mão esquerda, em que os adeptos alcançam a plenitude por meio de práticas sexuais. Várias vezes, os iniciados chegam ao orgasmo, sem se tocar, pela força da meditação. Estudou *ramasi*, o jargão Thug, e os sinais que seus membros usam para se identificar. Agora esses ensinamentos parecem inúteis, já que Motilah Bakash é provavelmente o último dos Thugs.

Motilah não despreza, todavia, a doutrina que o transformou num mestre do estrangulamento. Sua arma, de aparência inofensiva, é o *roomal*, echarpe sagrada que traz sempre em volta do pescoço. Entre os pequeninos dedos, o suave lenço de seda se transfigura num laço fatal. Em seus delírios causados pelo haxixe, Motilah se vê como a *Sistrurus miliarus*, a silente cascavel-pigméia de apenas trinta centímetros de comprimento, porém de peçonha tão mortífera quanto as outras.

Os admiradores que se aproximam de Mata Hari não sabem o risco que correm, pois o anão nutre, em segredo, uma paixão obsessiva pela bailarina. Quando o minúsculo asiático julga que, de alguma maneira, o pretendente pode ser nefasto à sua ama, ele elimina silenciosamente o infausto galanteador. Um rastro de crimes insolúveis deixado pelas cidades onde a vedete se apresenta comprova a eficiência de Bakash.

Infelizmente, Dimitri Borja Korozec não caiu nas graças do pequeno matador. Ele espera o momento oportuno para livrar-se daquele intruso. Por isso ele invoca a inspiração de Kali, a deusa dos assassinos. A cadência do mantra repetido mescla-se ao ranger da locomotiva.

ORIENT-EXPRESS

Desconhecendo o perigo que corre, Dimo, com a ansiedade da adolescência, procura preparar-se para encontrar aquela mulher misteriosa. Nunca ouvira falar em Mata Hari, mas intui que se trata de alguma celebridade tentando viajar sem ser reconhecida. Ordena ao camareiro que lhe traga óleo, um balde com gelo e sabonete. O criado o atende sem pestanejar, acostumado que está a pedidos bem mais exóticos no Orient-Express. Dimitri desenrola o falso curativo e permanece com a mão e a automática dentro do recipiente. Uma dormência sobe-lhe pelo braço. Não sente mais os dedos arroxeados pelo gelo, mas nota que os dois indicadores presos ao gatilho começam a desinchar. Pega o sabonete, aplica sobre eles uma grossa camada de espuma e massageia o local com óleo. Depois, encaixa a arma na maçaneta da entrada e, apoiando o pé na porta, usa a perna como alavanca, empurrando-se com força para trás. Como resultado, arranca a maçaneta e estatela-se no chão do carro. Consegue, no entanto, realizar seu objetivo. Finalmente a Bergmann-Bayard desprende-se dos dedos. Dimo massageia a mão até restaurar completamente a circulação e a seguir lança pela janela a automática. Não quer correr riscos ao atravessar a severa fronteira francesa. Jura para si mesmo que jamais se atrapalhará de novo por causa do indicador suplementar. "Nem que tenha de amputá-lo", pensa, drasticamente. Verifica se o cinturão com as moedas continua bem fixo, apalpa a chave por cima da camisa e arruma as roupas em desalinho.

Um criado do vagão-restaurante passa pelo corredor anunciando, em francês, a última chamada: "Dernier service! Dernier service!".

Dimitri confere mais uma vez sua aparência e segue, exultante, para o encontro marcado.

ORIENT-EXPRESS

Dimo encontra Mata Hari e Motilah Bakash já instalados numa mesa de canto do luxuoso carro. Impressiona-se com a louça Limoges, os cristais Baccarat e as finas toalhas de linho, todos com monogramas da empresa.

No restaurante, os comensais, apropriadamente vestidos a rigor, discutem os dramáticos acontecimentos, excitados pela perspectiva de um conflito:

— Ouvi dizer que existem altos oficiais sérvios envolvidos!

— Pobre Sofia! Que morte horrível, foi alvejada no abdômen!

— Parece que as últimas palavras do arquiduque foram: "Sofia, meu amor! Não morras! Tens de viver para cuidar dos nossos filhos!".

— Será que todos os assassinos foram presos?

Numa das mesas, um cavalheiro de vastos bigodes em uniforme de gala coberto de medalhas é o centro das atenções. Trata-se do general português Acácio Galhardo, a bordo do Orient-Express em viagem de férias. O general passou para a reserva há muitos anos, porém a farda empresta-lhe um indiscutível aval de perito nas ciências bélicas. Alguém pergunta:

— Então, general? Haverá guerra?

O general Acácio faz uma pausa dramática e responde com ar grave, para perplexidade geral:

— Se calhar, haverá. Caso não, veremos.

Em outras circunstâncias, Dimitri se intrometeria calorosamente em discussões como aquela. No entanto, com o entusiasmo dos jovens, nesse instante ele só pensa em Mata Hari. Esquece a luta de classes e que é um dos principais implicados na conspiração. Quer aproveitar a viagem com a extraordinária mulher que o acaso colocou no mesmo trem. Ele se aproxima da mesa, sorrindo embevecido. Tendo Motilah a seu lado, Mata Hari faz sinal para que Dimo se instale em frente a ela. Estão bebericando um kir royal, e a dançarina pede ao garçom que traga um para Dimitri.

O jantar, regado a champanhe Cristal 1910, a favorita do tzar, começa por uma Salade Aida, uma especialidade do *chef*. Em uma terrina com folhas de chicória, filetes de pimentão verde formam uma espécie de cúpula. Ao redor da cúpula, intercalam-se gomos de clara de ovo cozido e tiras de tomate e de fundos de alcachofra. As gemas picadas do ovo complementam a elegância da receita. O maître-d'hôtel mistura, diante dos passageiros, o molho feito com azeite, vinagre, mostarda, sal e pimenta-do-reino, e o deita na salada. Mata Hari, Dimitri e até o ascético anão devoram o primeiro prato e terminam a primeira garrafa de champanhe. Após a salada, é oferecido o famoso Coquetel de Camarão Orient-Express, cujo preparo já se transformara num dos mais charmosos rituais do vagão-restaurante. E mais champanhe. Depois é a vez do consomê apresentado numa sopeira de porcelana inglesa e derramado sobre pão tostado na manteiga. E mais champanhe. A pièce de résistance é o Roast-Beef avec de la Moutarde à la Menthe. Vários gourmets embarcavam no trem apenas para se deliciar com o sabor inigualável que a mostarda de menta emprestava à carne. Para acompanhar a iguaria, eles pedem outra Cristal. Não há como recusar a sobremesa, um levíssimo Crème de Thé, o pudim de chá que é servido com purê de frutas silvestres. Só então é hora do café turco e dos licores, porém os três continuam no champanhe.

ORIENT-EXPRESS

Quando o trem deixa a estação de Karlsruhe, os três ainda estão no vagão-restaurante, bastante embriagados. Amolecido, Motilah Bakash, que tem o costume mórbido de colecionar fotografias de suas vítimas, queda-se silencioso, planejando o ataque. Sua resistência ao vinho é proporcional ao seu tamanho. Sente as pálpebras pesadas, em meio a visões macabras, enevoadas pelo álcool, nas quais a carantonha negra da deusa Kali funde-se no alvo rosto de Mata Hari.

Dimitri e a dançarina, muito íntimos, entabulam uma animada conversa. Alguns trechos foram registrados cuidadosamente por Tartarin Charboneau, um garçom com veleidades literárias, o único a reconhecer a artista. Posteriormente, Charboneau tentou vender as anotações à imprensa, mas seus apontamentos

Foto de Dimitri e Mata Hari tirada
por Motilah bêbado.
Ponto de vista do anão

jamais ganharam credibilidade, nem mesmo junto à sua família e aos colegas do trem. Segue o trecho do diálogo ouvido por Tartarin:

MATA HARI: ...Dimitri Borja Korozec. Que estranho nome tens! O que faz este *Borgia*, no meio de dois nomes eslavos? É italiano?

DIMITRI: Não é *Borgia*, é *Borja*. Minha mãe é brasileira. Naturalmente, nem sabes onde fica o Brasil.

MATA HARI (*sorrindo*): Aí é que te enganas, meu caro Dimitri. Um dos meus admiradores mais fervorosos é um brasileiro que conheci ano passado em Paris. José do Patrocínio Filho. Sabes quem é?

DIMITRI (*espantado*): Não sabia que José do Patrocínio tinha um filho.

MATA HARI: Pois tem, e adora contar histórias do pai. (*curiosa*) Então já tinhas ouvido falar do negro que ajudou a derrubar a escravatura no país da tua mãe?

O jovem encarou-a fixamente e fez uma declaração que atribuí aos vapores do vinho, pois contrastava com a alvura da sua pele.

DIMITRI: Minha mãe deve a ele sua liberdade. Eu sou neto de uma escrava africana.

Mata Hari deu-me a impressão de estar tão incrédula quanto eu, porém preferiu não entrar em detalhes.

MATA HARI: Pois bem, o filho desse libertador é um dos homens mais divertidos que encontrei. É jornalista, escritor e adido do consulado do Brasil.

DIMITRI: Entendo que tenhas ficado entusiasmada. Além de tudo, ele deve ter herdado a beleza altaneira do pai.

MATA HARI: Ao contrário! Tem um charme e uma imaginação fora do comum, mas é mirrado e baixinho. Pouco maior que Motilah.

O anão bêbado das *Mil e uma noites* que os acompanhava deixou escapar um leve grunhido, provavelmente irritado com a comparação.

MATA HARI: Às vezes, aproveitava a pele escura para passar por um príncipe hindu. Um dia me contou que, por causa de uma mulher, havia se batido secretamente em duelo, no Bois de Boulogne, com o rei Alberto da Bélgica. Confesso que sucumbi aos encantos latinos desse brasileiro cheio de fantasias... Mas e tu? Como foi que vieste parar na Europa?

DIMITRI: Nunca estive na terra da minha mãe. Nasci em Banja Luka, na Bósnia. Quem sabe? Pode ser que um dia o destino me leve ao Brasil.

Por alguns instantes, o jovem pareceu-me perdido nos próprios pensamentos. Então perguntou:

DIMITRI: Como foi que o conheceste?

MATA HARI: Quem? José? Foi durante a primavera. Eu estrelava a comédia musical *Le minaret*, no teatro de la Renaissance, com enorme sucesso. Notei logo um homenzinho pardo instalado toda noite na primeira fila e que me jogava rosas no final da peça. Troquei de espetáculo no verão. Passei para o Folies-Bergère, apresentando um número de danças espanholas que conquistou crítica e público. Percebi que o mesmo homenzinho me havia acompanhado desde a estréia. Finalmente, na última noite no Folies, ele foi ao meu camarim e me convidou para cear. Não pude recusar. Daí nasceu nossa amizade. Até hoje continuamos bons amigos.

O rapaz chamado Dimitri, quase um menino, chegou-se mais para perto dela.

DIMITRI: Espero conhecê-lo algum dia.

MATA HARI: Se ficares por uns tempos em Paris, freqüentando os cafés, certamente o encontrarás.

Foi quando Mata Hari me observou de soslaio e compreendeu que eu estava escutando a conversa. Ela levantou-se, puxando o jovem pela mão.

MATA HARI: Está ficando tarde. É melhor voltarmos para as nossas cabines.

Nada mais ouvi. Ambos saíram, seguidos pelo trôpego nanico etilizado.

ORIENT EXPRESS

Ao deixar o vagão-restaurante, Dimitri Borja Korozec começa a sentir mais intensamente o efeito das bebidas. Não está acostumado a ingerir tanta quantidade de álcool. Ele se apóia na bailarina, passando o braço pela sua cintura. O trio avança pelo corredor: Dimo abraçado a Mata Hari, e Motilah Bakash mais atrás, esgueirando-se junto às janelas. Ele espera apenas que a dançarina se recolha ao leito para seguir

73

Dimitri e estrangulá-lo silenciosamente em seu compartimento. Kali, a devoradora, terá mais uma vez a fome saciada. Os acontecimentos seguintes mostram a Motilah que seus planos terão de ser modificados. Quando chegam à cabine de Mata Hari, ela puxa o jovem para dentro e fecha a porta. Bakash está perplexo. Jamais vira a begum entregar-se a alguém no primeiro encontro. Não importa. Ele sabe esperar. A paciência é tributo dos Thugs. Ele oculta seu pequeno corpo nas sombras do carro e entra em contemplação, mãos cruzadas sobre o *roomal* enrodilhado em seu pescoço. Em poucos minutos dorme em pé, rígido como um *blackamoor*.

ORIENT-EXPRESS

Na cabine, Mata Hari não perde tempo. Suga os lábios de Dimitri num longo beijo. Sua língua experiente explora a boca do jovem. As mãos, treinadas nas formas mais requintadas de carícias, percorrem-lhe o corpo trêmulo de desejo. Cola suas coxas vigorosas de dançarina ao membro túrgido do rapaz. Ele quase lhe rasga o vestido, na ânsia de lhe afagar os seios firmes. Molha os dedos na própria saliva e acaricia-lhe levemente os mamilos. Ela quase desmaia de prazer. Havia anos não desfrutava de um amante tão jovem. Deita-se no beliche arrancando o resto de suas roupas enquanto Dimitri joga longe o casaco e desabotoa, devagar, a camisa. Ele lambe com o olhar aquela mulher nua, deslumbrante, que se oferece. Seus olhos demoram-se sobre o púbis, e a cabeça de Dimo gira, num torvelinho. São duas, quatro, oito Mata Haris que se entregam, num caleidoscópio erótico que ele não consegue deter. Talvez não devesse ter bebido tanto. Súbito, lhe sobe do estômago uma náusea irresistível. Para não quebrar a atmosfera de sensualidade que os envolve, ele suplica:

— Meu amor, espera! Não te mexas. Vou ao toalete me purificar para ti.

Ela protesta:

— Não! Quero te cheirar todo, assim, como estás! Farejar o teu membro como uma cadela no cio!

Tarde demais. Dimo já saiu da cabine e parte como um raio pelo corredor à procura do banheiro.

Justiça seja feita. O fato que ocorre a seguir se deve muito mais ao enjôo inadiável causado pela embriaguez do que à contumaz falta de jeito de Dimitri. As salas de banho dos vagões do Orient-Express ficam nas extremidades dos carros. Ele poderia ter se aliviado na pequena pia da cabine, mas, como seu compartimento é contíguo ao de Mata Hari, não quer que a artista sofra os rumores do seu engulho. Dominado pela náusea, Dimo corre até o sanitário e abre a porta. Sentado impassível sobre o vaso, farda impecável e calças arriadas, está o general Acácio Galhardo, que se esquecera de puxar o trinco. O velho soldado lança um brado angustiado de batalha:

— Ocupado! Ocupado!

É inútil. Dimitri já não controla seus engulhos.

— Não vê que está ocupado?! — continua a berrar, alucinado, o general.

— Perdão, general, perdão! — replica Dimo, incapaz de controlar as golfadas que jorram sobre as medalhas reluzentes.

Finalmente aliviado do enjôo, ele fecha a porta atrás de si e dispara em direção à sua cabine. Quer refrescar-se antes de reencontrar Mata Hari. Ao longe, ainda escuta os gritos lancinantes do pobre militar em vilegiatura:

— Mas eu avisei que estava ocupado!...

ORIENT EXPRESS

Motilah Bakash desperta com o alvoroço. Sem entender o que está acontecendo, vê Dimitri voltar apressado ao seu compartimento. Retirando a echarpe do pescoço, Motilah aproxima-se sem fazer ruído. Pela porta entreaberta, observa os movimentos de Dimitri. Agarra entre os dedos o lenço de seda, preparando o bote.

Na cabine, Dimo debruça-se na janela, deixando o ar fresco da noite revigorar-lhe o físico. Sente-se melhor. Lava o rosto e gargareja com água e algumas gotas de loção dentifrícia do dr. Pinot. Em segundos estará junto a Mata Hari. O pensamento excita-o novamente. Quando vai sair para retornar aos braços da amada, ele tropeça nos cordões desatados da sua botina. Sem perder tempo, ajoelha-se para amarrar os cadarços soltos. Precisamente nesse momento, Motilah Bakash toma impulso e pula sobre ele para enrolar o laço mortal da echarpe sagrada em seu pescoço. A cena seguinte poderia ter sido coreografada por um dos saltimbancos do antigo circo de Isabel. Como Motilah não previra o repentino abaixar de Dimitri, passa direto por sobre as costas do rapaz e some pela janela aberta. Não tendo consciência de que quase fora estrangulado, o jovem pensa que o salto acrobático de Bakash deve-se à embriaguez e corre à janela para ver se ainda é possível ajudá-lo. Dimo pensa estar sofrendo uma alucinação, pois Motilah Bakash está do lado de fora do trem, voando ao lado do vagão. Olhando melhor, Dimo nota que uma das pontas da echarpe do indiano enganchou-se numa saliência do carro. Motilah segura-se firmemente à outra ponta. Dimitri inclina-se e começa a puxá-lo para dentro. Bakash demonstra sinais de fraqueza:

— Não esmoreças! Estás quase fora de perigo! — grita Dimo, recolhendo aos poucos o lenço de seda.

Curva-se mais ainda, arriscando a própria vida, e pega as mãos crispadas de Motilah. Quando acha que vai conseguir salvá-lo, seus dedos escorregam nas palmas úmidas de suor do pequeno assassino. As últimas palavras que escuta do anão imprimem-se para sempre em sua memória:

— Vou cair.

Dimitri Borja Korozec contempla, silenciosamente, a exígua silhueta de Motilah Bakash perder-se nas trevas, sem saber que quase se transformara em mais uma vítima do último dos Thugs.

Em estado de choque, ele não tem idéia de quanto tempo permanece olhando pela janela. O apito do trem o traz de volta à realidade. O Orient-Express acaba de entrar na estação de Estrasburgo.

ORIENT-EXPRESS

Outrora francesa, Estrasburgo é agora a última cidade alemã antes da fronteira. Neste início de madrugada, o cais de embarque, iluminado pelos lampiões, mostra um movimento inusitado para aquele horário. Um jovem tenente hussardo e quatro soldados do Exército alemão conversam com o chefe da gare.

Dimitri entra, esbaforido, na cabine de Mata Hari. Não sabe como dar à vedete a notícia do desaparecimento de Motilah. Prefere aguardar um momento mais oportuno. Mata Hari, cansada de esperar pelo regresso do novo amante, tornou a se vestir. Está visivelmente aborrecida:

— Pensei que tivesses caído do trem.

— Eu?! — responde Dimitri, dando uma gargalhada exagerada.

Aproxima-se buscando um beijo. Mata Hari o afasta, impaciente:

— Agora não.

— Por quê?

— É melhor esperar que o trem atravesse a fronteira. Não vejo a hora de entrarmos em território francês.

A conversa é interrompida por batidas na porta. Dimitri afasta-se dela, sobressaltado. Imagina que já descobriram o acidente com o anão indiano.

— Quem é?

A porta se abre e o tenente que estava na plataforma entra, dirigindo-se a Mata Hari:

— Madame Margaretha Mac Leod?

Ela procura disfarçar:

— Acho que está havendo um equívoco, meu caro. Nem conheço essa senhora.

— Perdão, madame, mas temos ordens expressas do tenente Alfred Kiepert para convidá-la a sair do trem e acompanhá-la de volta a Berlim.

— Já lhe disse que não sou eu! — insiste ela, nervosa diante da perspectiva de ser forçada a interromper a viagem.

O jovem hussardo vacila, em dúvida pelo impasse criado:

— Mas temos a informação segura de que madame é, de fato, Margaretha Mac Leod.

Dimitri se intromete, querendo ajudar:

— Posso lhe garantir, tenente, que esta senhora não se chama Margaretha Mac Leod. Seu nome é Mata Hari! — ele diz, enchendo a boca e deitando tudo a perder.

O tenente vira-se com elegância para a adversária vencida:

— Vamos, madame?

Mata Hari, resignada, prepara-se para deixar o trem:

— Preciso de alguns minutos para chamar meu secretário. Por onde andará Motilah?

— Vi quando ele desceu do vagão. Deve estar lá embaixo, em algum lugar — balbucia Dimitri, pronunciando uma meia verdade.

— Não temos muito tempo, madame. A conexão de volta nos aguarda no outro cais — apressa o hussardo.

— Ah, os serviçais. Nunca estão por perto quando precisamos deles! — reclama Margaretha. — Dimitri, se o vires, diga que ele retorne imediatamente a Berlim. Não posso esperar por ele.

Os soldados a ajudam a fechar as malas e saem carregando as bagagens. Mata Hari beija Dimo nos lábios e despede-se dele com um tapinha afetuoso no rosto:

— *Quel dommage...* quem sabe, algum dia, nossos caminhos não se cruzam novamente?

— Aguardo, ansioso, por esse reencontro — afirma Dimitri, beijando-lhe a mão, ainda arrasado pela gafe cometida.

Ela vira-se para o tenente:

— Vejo que subestimei a competência do serviço

secreto alemão. Só gostaria que esse desagradável incidente fosse mantido no mais absoluto sigilo. Preferia que esta *escapade* não se transformasse em mais um escândalo.

— Quanto a isso, madame pode ficar tranqüila. O tenente Kiepert deu ordens para que tudo fosse conduzido com a maior discrição. Jamais será registrado que a senhora tentou viajar incógnita para Paris.

A pequena comitiva deixa o vagão, escoltando Margaretha Geertruida Zelle Mac Leod, aliás, Mata Hari.

Dimo volta, desconsolado, para sua cabine. Não se perdoa por haver revelado a identidade da dançarina. Não fossem as palavras desastradas, e ele a teria agora em seus braços. Consola-se ao pensar que ninguém imaginaria uma exótica Mata Hari com um nome tão prosaico como Margaretha. Afinal, quem seria essa misteriosa mulher? Que influência teria ela nos destinos da Alemanha para ser retirada de maneira tão peremptória do trem? Arriscou-se muito ao interferir por ela? Afasta esses pensamentos quando um funcionário da fronteira vem inspecionar seus papéis. Feito o exame rotineiro, Dimitri deita-se, exausto, no beliche. Ainda faltam mais de oito horas de viagem e precisa chegar com as forças renovadas. Ele adormece rapidamente. Nem percebe quando o Orient-Express deixa Estrasburgo para cumprir a derradeira etapa, em direção à Gare de l'Est.

ORIENT EXPRESS

3

DIMITRI BORJA KOROZEC apaixona-se pela cidade assim que vislumbra as imponentes estruturas de ferro da Gare de l'Est. Como acontece com muitos viajantes que ali desembarcam pela primeira vez, ele tem a nítida impressão de que já viveu em Paris. Acolhido por Gérard Bouchedefeu, conforme fora acertado por Dragutin, Dimo se instala na mansarda do número 18 da rua de l'Échiquier.

Gérard Bouchedefeu

Bouchedefeu tem setenta anos, mas conserva intacta a vitalidade dos vinte. Ainda exerce o delicado ofício de taxidermista. Como trabalha em casa, o pequeno apartamento é um misto de moradia e laboratório. Vários animais empalhados, como gatos, cachorros, aves, cobras e lagartos, pertencentes a fregueses que não pagaram suas contas, decoram o local. Logo na entrada, uma coruja de asas abertas e olhos eternamente arregalados assusta os visitantes que se aventuram pela primeira vez naquele zoológico sem vida. Magro, um metro e oitenta de altura, longas barbas brancas, sempre vestido de preto e com uma indefectível boina na cabeça, Gérard Bouchedefeu é a caricatura viva do velho anarquista. Perito em falsificações, prática que aprendera com um antigo correligionário, Bouchedefeu cria para Dimitri documentos com o prosaico nome de Jacques Dupont. Deixa-o com dezoito anos, idade mínima para que o jovem possa exercer a profissão de motorista de táxi, emprego que ele consegue graças às relações do embalsamador. Nos primeiros dias, Bouchedefeu anda junto com o rapaz, mapa da cidade em punho, treinando Dimitri na nova profissão. Saem cedo, percorrendo as ruas no clássico carro vermelho escuro, cor tradicional dos carros de praça de Paris.

Em duas semanas Dimitri reúne conhecimentos suficientes para atender a clientela, enfrentando a ranzinzice eventual de algum passageiro. Como às vezes trabalha até altas horas da madrugada, leva sentado ao seu lado um imenso mastim napolitano embalsamado, verdadeira obra-prima realizada pelo velho em 1895. Bouchedefeu costuma brincar dizendo que o cão é mais velho do que Dimitri. Em pouco tempo Gérard passa a nutrir uma sincera afeição pelo jovem. O entusiasmo de Dimo pela causa lembra-lhe os anos de juventude, quando optou pela bandeira negra do anarquismo. Ensina-lhe tudo o que pode. À noite, nos bistrôs do bairro, os dois travam longas discussões com grupos de anarquistas e de refugiados sérvios.

O forte verão dos últimos dias de julho esquenta os ânimos e os acontecimentos. Conforme o coronel Ápis previra, no dia 23 o Império Austro-Húngaro enviara um ultimato à Sérvia. Todos sabem que é apenas um pretexto para as hostilidades começarem. A Rússia já havia decretado a mobilização de treze batalhões contra a Alemanha e o Kaiser Guilherme II proclamara o *Kriegsgefahrzustand*, ou seja, pusera o país em "estado de perigo de conflagração". A Inglaterra, apesar de apresentar-se como possível mediadora, está pronta para agir. Dimitri anseia por esse momento. Acredita, ingenuamente, como Dragutin, que é a única maneira de ver a Bósnia libertada. A França é a favor da luta armada, pois assim terá a oportunidade de reaver a Alsácia-Lorena, que os alemães lhe conquistaram em 1871. É a hora da revanche. Em Paris, jovens estudantes passam pelos bulevares lançando gritos de "Marchemos a Berlim! Morte ao Kaiser!" e cantando a *Marselhesa*. Jornais como *Le Figaro* e *L'Écho de Paris* publicam artigos incentivando a guerra, "[...] onde tudo se refaz [...] é preciso abraçá-la em toda a sua selvagem poesia...".

Em todo o país, apenas uma voz se levanta contra a insensatez dessas propostas: a do jornalista e deputado Jean Jaurès. Da trincheira isolada do *L'Humanité*, ele tenta despertar o bom senso dos seus compatriotas. Tudo em vão. Por mais que o jornal se empenhe numa campanha diária em favor da paz e dos seus veementes discursos na tribuna do Parlamento mostrando o absurdo da guerra que se aproxima, os franceses estão decididos. Chegam ao cúmulo de chamar o extraordinário patriota socialista de traidor.

No *Paris-midi*, Léon Daudet sugere sem meias palavras: "[...] não queremos instigar ninguém ao assassinato político, porém que o senhor Jaurès estremeça ao pensar nessa possibilidade. Seu artigo é capaz de sugerir o desejo a algum energúmeno".

Na *Sociale*, Urbain Gohier escreve estas impensáveis palavras: "[...] Se a França tivesse um chefe, o senhor Jaurès seria colado ao muro junto com os editais de mobilização".

Pacifista convicto, Jaurès não se deixa abalar por esses ataques. O líder do Partido Socialista é um homem corajoso.

Aos cinqüenta e quatro anos, gordo, ostentando uma barba que deixou crescer não por elegância e sim para não ter que fazê-la todos os dias, Jean Jaurès é, sem dúvida, o deputado mais mal vestido da Câmara. A absurda gravata preta de nó pronto comprada numa liquidação do Bon Marché mais parece um trapo velho e lustroso pendurado ao pescoço. No inverno, sobre o velho terno, veste um casaco escuro, de cor indefinida pelo uso, a maior parte do tempo abotoado de través. Um chapéu-coco várias vezes restaurado completa a indumentária. No verão, um palheta desbotado que já vira melhores tempos cobre-lhe a cabeça. Jean Jaurès ignora as pequenas vaidades.

Sua voracidade é lendária. Um correligionário comentou durante uma campanha no momento em que comemoravam a vitória do candidato do Partido Socialista: "Que apetite tem o nosso Jaurès! Deglutiu uma sopa bem gorda, meio ganso, um patê inteiro, uma omelete, e acariciou a barriga dizendo: 'Como eu gosto dessas comidinhas entre as refeições!'".

Se a gula é seu único pecado, sua vida é o *L'Humanité*, fundado por ele em 1904. Quando, em 1911, recebeu cento e vinte mil francos para realizar uma série de conferências pela América do Sul, utilizou integralmente o dinheiro para aliviar os problemas financeiros do jornal. Apesar do receio da mulher, da filha e dos amigos, que temem por sua vida, não muda uma vírgula em sua incansável campanha pela paz. Se depender dele, não haverá guerra.

Torna-se óbvio para Dimitri Borja Korozec que Jean Jaurès deve ser eliminado. Bouchedefeu não é da mesma opinião. Quer convencer o jovem da inutilidade do gesto. Procura explicar a Dimo que um conflito dessas proporções mergulhará o mundo num banho de sangue sem precedentes e que, de qualquer forma, o assassinato de Jaurès dificilmente contribuirá para precipitar os acontecimentos. Conversam horas a fio, madrugada adentro, contudo Dimitri não se rende aos argumentos do anarquista. Metodicamente, segue o político panfletário até estabelecer uma rotina. Jaurès é um homem de hábitos simples. Deixa cedo sua residência na rua de la Tour, passa no jornaleiro, com quem troca dois dedos de prosa. Compra o *Daily Mail*, para saber notícias da Inglaterra. Como não tem automóvel, pega o metrô até o *L'Humanité*, no 142 da rua Montmartre. Na hora do almoço, gosta de ir ao Coq d'Or, acompanhado de alguns amigos, porém freqüenta mais assiduamente o Café du Croissant, por sua localização — bem ao lado do jornal. À tarde, vai ao Parlamento e, feitos os discursos inflamados, volta para a redação.

Certa vez, Dimo teve a oportunidade de levá-lo em seu táxi, mas resistiu à tentação. Na última semana do mês, Dimitri está pronto. Sabe, exatamente, como eliminará o obstinado pacifista. Se tudo correr bem, Jaurès, artífice de uma paz tão guerreada, não festejará seu próximo aniversário.

ENQUANTO VAGUEIA pela reduzida mansarda, Dimitri Borja Korozec recolhe os poucos acessórios necessários à sua empreitada. O esquema é simples. Estudou minuciosamente o Café du Croissant e sabe onde fica a entrada dos fundos, utilizada pelos fornecedores. Com o auxílio de um molde de cera, tirado após o fechamento, de madrugada, confeccionou uma chave que lhe dará acesso ao local no momento oportuno. Retira, agora, essa chave da boca de um lagarto mumificado e a guarda no bolso, junto ao bigode e cavanhaque falsos adquiridos numa loja de artigos teatrais na rua Lepic, perto do Moulin Rouge. Separa o avental branco, o colete e a jaqueta preta, que completarão o disfarce.

Não terá dificuldade para entrar no restaurante travestido de garçom e aproximar-se da mesa do deputado. Só então lançará mão da bomba caseira cuidadosamente manufaturada em seu quarto. Não a bomba convencional dos anarquistas, mas uma deliciosa bomba de chocolate, envenenada. Nos cursos de envenenamento ministrados por Mira Kosanovic na Skola Atentatora aprendera a metamorfosear materiais comuns de limpeza doméstica em armas letais. Sabe, por exemplo, que a naftalina, encontrada em qualquer lugar para matar traças, ministrada na dose certa, pode ser tão tóxica e fulminante quanto o cianeto. Seus cristais destroem as células vermelhas do sangue, causando danos irreversíveis e levando o indivíduo ao coma. Os sintomas, como náuseas, febre e hematúria, começam no máximo vinte minutos após a ingestão da substância, mas o melhor é que a vítima não morre na hora, nem tem idéia do que está se passando. Utilizando um pilão de farmácia, Dimitri mói cinqüenta dessas esferas brancas até transformá-las num pó fino como açúcar.

Com um estilete, ele abre o doce comprado numa elegante confeitaria da rua de Rivoli e mistura o veneno ao delicioso creme da pâtisserie. Fecha novamente a bomba, disfarçando o corte com uma camada extra de chocolate, preparado por ele mesmo na cozinha de Bouchedefeu. Fica por alguns segundos observando a obra de arte culinária que pretende servir a Jaurès esta noite. Glutão como é, o gordo tribuno não resistirá à tentação. Engolirá tudo de uma só vez, sem nem mesmo sentir-lhe o gosto.

Sentado na sua frente, Bouchedefeu resmunga desaprovando, enquanto se ocupa em emprenhar com palha o ventre de um gato angorá de olhos azuis de vidro. Dimo não lhe dá atenção. Sorri ao pensar na ironia do que está para acontecer em poucas horas. "Já que é conhecido pela oratória brilhante e pelo apetite inesgotável, Jean Jaurès morrerá como viveu: pela boca."

- PARIS — RUA D'ASSAS — SEXTA-FEIRA, 31 DE JULHO — 15H

O QUE DIMO IGNORA é que não é o único a desejar tão ardentemente a morte do jornalista. No quarto abafado de um hotel da rua d'Assas, Raoul

Villain, um rapaz louro, estudante de egiptologia no Louvre, pouco mais velho que Dimitri, deixa-se cair sobre a velha cama junto à parede. As molas, gastas pela pressão dos corpos de centenas de hóspedes ao longo dos anos, rangem sob seu peso. Mãos cruzadas atrás da cabeça, ele contempla os dois revólveres negros pousados em cima da cômoda. Pretende usá-los em breve como ferramentas para extirpar da pátria Jaurès, o infame Judas.

Há uma diferença fundamental entre os dois jovens assassinos. Ao contrário de Dimitri, que vê a eliminação de Jean Jaurès apenas como uma tarefa a ser cumprida, Villain desenvolveu um rancor quase patológico pelo deputado. Nunca lera uma linha do que o jornalista escrevera. Detesta sem conhecer. Odeia cegamente o homem e tudo o que ele representa.

Filho de mãe louca e pai alcoólatra, Raoul se afastara da família e filiara-se cedo à Associação dos Amigos da Alsácia-Lorena. Lá aprendera a execrar Jaurès.

Numa viagem à fronteira, sonha em matar o Kaiser. Como o sonho se revela impossível, terá de contentar-se em matar o traidor. Na véspera, quando vigiava a entrada do *L'Humanité*, viu cinco homens que saíam do jornal. Alguém que passava comentou com um amigo:

— Olha lá. É Jaurès!

Villain perguntou:

— Perdão, senhores. Poderiam me dizer qual deles?

Os dois olharam espantados para Raoul, sem acreditar que houvesse em Paris alguém que não reconhecesse o célebre panfletário da paz:

— Aquele do meio, é claro!

Raoul agradeceu e seguiu o grupo até o Café du Croissant. Fingindo-se de socialista, perguntou ao gerente:

— O cidadão Jaurès vem muito aqui?

— Quase todas as noites, depois do fechamento do jornal — respondeu, orgulhoso, o gerente. Foi quando Villain resolveu que o último dia do mês seria também o último dia da vida de Jean Jaurès.

Raoul Villain vira-se na cama e pega na mesa-de-cabeceira um livro gasto pelo manuseio. É *O pássaro azul*, de Maeterlinck. Não sabe bem por quê, mas, ao ler a peça do escritor belga sobre a busca da felicidade no mundo, sente-se sempre calmo como um monge zen.

💣💣💣💣

• PARIS — PRAÇA DO PANTHÉON — SEXTA-FEIRA, 31 DE JULHO — 15H

CONSTRUÍDO EM 1764 no monte Sainte-Geneviève, no quinto *arrondissement*, o monumento fora concebido inicialmente como uma igreja dedicada à padroeira de Paris. Mais tarde, a Revolução Francesa transformara a construção num majestoso mausoléu para abrigar os restos mortais de homens ilustres, mudando-lhe o nome para Panthéon. Com a volta da monarquia e do Segundo Império, apressaram-se em alterar novamente a edificação, voltando o Panthéon a ser igreja.

Dezenove anos depois, Léon Gambetta proclama a Terceira República. As mudanças políticas requerem também mudanças alegóricas. O Panthéon torna a ser o último repositório dos notáveis da França. É preciso agora reinaugurá-lo com todas as pompas. A ocasião se apresenta em 1885, quando morre um dos mais famosos escritores do mundo: Victor Hugo. Exilado por defender os ideais republicanos, Hugo é mais do que um homem de letras. É um símbolo. Suas cinzas são transportadas ao Panthéon num cortejo fúnebre que comove o país.

É ao lado deste túmulo que dois homens mantêm a meia voz uma conversa sigilosa. Um deles é o diretor da Polícia Municipal, Xavier Guichard. O outro, um obstinado inspetor de primeira classe chamado Victorien Javert. Alto, o rosto talhado a faca, maxilares largos, a testa coberta por uma mecha de cabelos, nariz achatado de largas narinas, olhar frio e perfurante, aos trinta e seis anos Javert é o retrato cuspido e escarrado de seu avô.

Este, também policial, era uma verdadeira lenda na polícia francesa, pela persistência com que dedicou sua vida à perseguição de um certo Jean Valjean. Diziam dele: "Quando está sério, parece um cão de caça; quando ri, um tigre".

A mesma descrição caberia ao neto. Apesar da insistência do pai para que seguisse a profissão de telegrafista, desde menino Javert tem verdadeira fixação no avô. Seu nome abre-lhe as portas da Academia de Polícia, e logo fica bem claro que a semelhança entre o antigo inspetor e o atual não é apenas física. O neto herdara-lhe também a dedicação e a tenacidade quase fanáticas. Victorien Javert pergunta ao diretor:

— Desculpe a impertinência, *monsieur le directeur*, mas poderia me explicar a razão de tanto segredo e o porquê desta reunião num lugar tão afastado?

Guichard olha em volta, certificando-se de que os dois não estão sendo observados:

— O motivo é simples, meu caro Victorien. Quero encarregá-lo de uma missão nada popular. Nem meus superiores sabem o que vou lhe pedir.

— Às ordens, *monsieur le directeur* — aquiesce Javert, sem titubear.

Guichard acende o cachimbo e explica:

— O senhor já deve ter percebido a revolta que o deputado Jean Jaurès vem despertando na população, com suas declarações contra a guerra.

— Certamente, *monsieur le directeur* — responde Javert, embora não fosse leitor do *L'Humanité*, nem se interessasse por política.

— Pois bem, temo que algum exaltado atente contra sua vida. As ameaças são constantes. É preciso evitar uma catástrofe. Por isso, ordeno que o senhor siga Jaurès como um sabujo, sem que ele saiba, e proteja sua vida a qualquer custo.

Javert queda-se pensativo por um momento:

— *Monsieur le directeur*, claro que sua confiança muito me honra, mas por que eu? Sou lotado na delegacia do Châtelet, não era melhor usar alguém da rua du Mail, no segundo *arrondissement*?

— É o que desejo evitar. Jaurès conhece todos os policiais do bairro. Assim que notar que está sendo seguido, ficará furioso. O homem vem recusando teimosamente qualquer forma de proteção.

— Se é o que *monsieur le directeur* deseja, assim será — conclui Javert.

Xavier Guichard reacende o cachimbo e, paternal, coloca o braço sobre os ombros do inspetor:

— Ótimo. Saiba que esta escolha não foi feita

de maneira aleatória. Conheço a sua pertinácia e sei de quem a herdou. Quando eu não passava de um jovem gendarme, ainda se falava com admiração do velho Javert. Pena que tenha morrido de forma tão trágica.

— Obrigado, *monsieur le directeur* — diz, constrangido, o policial, que não gostava de relembrar o suicídio do avô.

Guichard retorna ao tom de comando:

— Parta imediatamente para a Câmara dos Deputados. É lá que ele se encontra. A partir de agora, quero que Javert se transforme na própria sombra de Jaurès.

O inspetor de primeira classe afasta-se a passos largos, decidido a cumprir o encargo que lhe foi confiado ou morrer tentando cumpri-lo.

💣💣💣💣💣

- PARIS — REDAÇÃO DO *L'HUMANITÉ* — SEXTA-FEIRA, 31 DE JULHO — 19H30

NO JORNAL DA RUA Montmartre, o nervosismo é quase palpável. Lembrando Zola, Jaurès resolve escrever um libelo no estilo de *J'accuse*. Assistentes de redação passam carregando arquivos de artigos anteriores. Circulando entre as diversas mesas, o deputado, que ocupou a tribuna a maior parte da tarde discursando contra a guerra, pergunta ao chefe de redação se há novas notícias sobre a posição da Inglaterra.

— Por enquanto, nada. O primeiro-ministro Asquith deve fazer uma declaração na Câmara dos Comuns.

— Antes das nove não saberemos nada de interessante. O discurso de Asquith pode ter uma tremenda influência. Vou esperar. Não quero começar a escrever sem tomar conhecimento dele.

Um redator propõe:

— Então que tal ir jantar antes? A noite promete ser longa.

Alguém sugere:

— No Coq d'Or?

— Não. Lá tem música, mulheres, muita distração. É melhor comer alguma coisa aqui ao lado, no Croissant — resolve Jaurès. Examina as anotações rabiscadas em vários pedaços amassados de papel que traz espalhados pelos bolsos: — Vamos, senhores. A noite promete ser dramática.

🎇🎇🎇🎇

• PARIS — CHEZ POCCARDI — SEXTA-FEIRA, 31 DE JULHO — 19H30

PERTO DALI, SENTADO a uma mesa junto à janela do restaurante, Raoul Villain acaricia o nó da gravata *lavallière*. Tem um sorriso fixo nos lábios. Selecionou, no menu, a refeição mais cara. Escolheu uma garrafa de *chianti* para acompanhar o pedido, apesar do *sommelier* ter torcido o nariz. Terminada a refeição, ele pede um café e um conhaque. Raramente se dá ao luxo de uma refeição tão dispendiosa. A mesada de cento e vinte francos que recebe de seu pai, escriturário da Justiça em Reims, não permite tais extravagâncias. Está calmo. O álcool e o peso dos dois revólveres que carrega nos bolsos internos do paletó transmitem-lhe uma confiança pouco habitual. Acha que o papel de justiceiro lhe cai como uma luva.

Termina a bebida, paga a refeição de sete francos, deixando ao garçom uma gorjeta generosa, e dirige-se ao banheiro. Penteia cuidadosamente os cabelos louros, lava as mãos — não como Pilatos — e sai pela rua de Richelieu, em direção ao bulevar Montmartre. Sente-se leve como um anjo. Um anjo exterminador. Villain matará o vilão.

• PARIS — RUA DE L'ÉCHIQUIER —
SEXTA-FEIRA, 31 DE JULHO — 19H30

SOZINHO NA MANSARDA, vestido de garçom, Dimitri Borja Korozec acaba de dar os últimos retoques no disfarce. Aplica o bigode e o cavanhaque, e examina-se no espelho. O resultado não é dos melhores. Os pêlos postiços contrastam com seu rosto de rapaz. Não dá importância ao fato. Evitando os passantes, ele pretende esgueirar-se pelas ruas, de cabeça baixa, até o Croissant. Não fica distante, o Café. Já escolheu o itinerário a percorrer: irá pela rua d'Hauteville até o bulevar Poissonnière, descerá a rua du Sentier e dobrará à direita na des Jeûneurs, ganhando logo a Montmartre.

Coloca a bomba de chocolate envenenada num prato de sobremesa e embrulha o arranjo num fino papel cor-de-rosa, tendo o cuidado de não amassar a pâtisserie. Gérard Bouchedefeu, irritado desde o início com o projeto, saiu para jogar xadrez com um amigo basco em Pigalle. Dimitri não se incomoda. Até prefere ficar sozinho para os preparativos finais. Tem certeza de que o velho debocharia do seu visual. Certifica-se de que a chave dos fundos do restaurante está bem guardada no bolso e sai, levando a morte nas mãos.

💣💣💣💣

- PARIS — RUA MONTMARTRE, 142 — SEXTA-FEIRA, 31 DE JULHO — 19H30

DESDE QUE JAURÈS voltou à redação, o inspetor Javert postou-se discretamente, perto da entrada do edifício. Obedecendo às instruções de Guichard, seguiu o jornalista desde o Parlamento, acautelando-se para não ser visto. É hábil na arte de espreitar sem ser notado. No quiosque da esquina compra, pela primeira vez, um exemplar do *L'Humanité*. Jamais se interessou pelos socialistas e por suas idéias progressistas. Para ele, todo movimento que procure mudar a ordem vigente não passa de subversão. A exemplo de seu avô, que não chegou a conhecer pessoalmente, pauta sua vida por dois sentimentos simples: ódio a qualquer forma de rebeldia e um inabalável respeito à autoridade.

Suas mãos enormes folheiam o jornal, que ele usa para ocultar-se dos passantes. Horroriza-se com o que lê. Como pode o governo permitir que tais absurdos sejam postos nas bancas, ao alcance de qualquer homem do povo? Sua indignação cresce a cada página. Quase duas horas se passam sem que ele se dê conta.

Repentinamente, sua atenção é despertada por um jovem garçom que passa por ele segurando, com todo o cuidado, um embrulho cor-de-rosa. Pelo modo desajeitado como leva o pacote, não parece ter muita prática em carregar bandejas. Seu instinto de perdigueiro lhe diz que também há algo estranho na fisionomia do rapaz. O bigode e o cavanhaque não combinam. Dão-lhe a aparência de um valete de baralho. Pensa se deve interpelá-lo, contudo não quer desconcentrar-se da incumbência que lhe foi confiada.

Enquanto não se decide, uma turma barulhenta sai do prédio, dobrando à esquerda na rua Montmartre. Entre eles, falando mais alto do que os outros, está Jean Jaurès. O jovem vira-se e, ao ver que o grupo caminha em direção à esquina, apressa o passo. Javert detecta um certo nervosismo no olhar daquele bisonho personagem. Deixa seu posto de vigília e sai nos calcanhares de Jaurès, sem perder de vista o rapaz de cavanhaque.

O jovem dobra numa ruela escura, e os jornalistas vão para o café na esquina. Javert lê o nome na fachada: "Café Restaurant du Croissant". Fica indeciso por um momento. Deve perseguir o garçom ou colar-se em Jaurès como lhe foi expressamente ordenado? A obediência cega incutida durante anos de serviço fala mais alto. O inspetor de primeira classe Javert guarda o jornal no bolso e entra no restaurante atrás de Jean Jaurès.

💣 💣 💣 💣

- PARIS — PORTARIA DO *L'HUMANITÉ* —
  SEXTA-FEIRA, 31 DE JULHO — 21H20

U M MOÇO LOURO de boas maneiras e gravata
lavallière aproxima-se de madame Dubois, a re-
cepcionista do jornal. Sorrindo para a velha senhora,
ele tira o chapéu e pergunta respeitosamente:
— Perdão, minha senhora. O deputado Jaurès
está?
Acostumada à falta de modos do pessoal da redação, ela se encanta com o jeito educado do rapaz:
— Não, monsieur. Foram todos jantar aqui perto, na esquina.
— Obrigado, madame. Desculpe incomodá-la.
— Foi um prazer, monsieur.
Raoul Villain recoloca seu chapéu, apalpa os dois
revólveres por sobre o paletó e caminha sereno para
o Le Croissant.

💣 💣 💣 💣

- PARIS — LE CROISSANT — SEXTA-FEIRA,
  31 DE JULHO — 21H30

N ÃO HÁ MAIS nenhuma mesa livre no Café Restaurant du Croissant. Em meio à alegre agitação
habitual, garçons e garçonetes passam despejando ha-

bilmente pratos de comida na frente dos fregueses. O calor aumenta ainda mais a sede da clientela. No bar, um funcionário serve a cerveja de pressão com a regularidade de uma máquina. Os copos passam sob o sifão como peças na linha de montagem de uma fábrica. Instalado atrás do caixa, Albert, o gerente, a tudo supervisiona com seu mau humor costumeiro.

O pessoal do *L'Humanité* e a cúpula do Partido Socialista ocupam três mesas no fundo, à esquerda da entrada. Jaurès come, participando da animada conversa. Volta e meia, o grupo se dirige em voz alta aos jornalistas do *Bonnet Rouge*, sentados mais distantes. O assunto, é claro, gira em torno da possibilidade de haver guerra. Alguém argumenta que o *L'Humanité* perdeu uma boa ocasião de engajar-se numa causa popular ao não exigir o retorno da Alsácia-Lorena ao domínio francês. Jaurès responde de boca cheia: "Se há quarenta anos suportamos essa situação para manter a paz, não vejo por que entrar nessa briga por causa da Sérvia".

Diversos conhecidos passam pelo grupo e se detêm por um momento para trocar idéias. Os jornalistas terminam o prato principal. Alguns, como Jaurès, pedem uma sobremesa; outros, somente café. Têm pressa de voltar à redação.

Em pé junto à porta, o inspetor Javert finge que aguarda uma mesa. Não tira os olhos de Jaurès. Nem nota quando um rapaz louro cruza por ele, esbarrando em seu ombro. O jovem desculpa-se e aproxima-se do bar. Javert nem responde. Seu olhar continua fixo no jornalista. Subitamente, vindo de trás do salão, o mesmo garçom de bigode e cavanhaque que ele avistara pouco antes na rua entra no seu campo de visão.

Avança para Jaurès trazendo, num prato, uma bomba de chocolate. O instinto do inspetor lhe diz que há algo errado naquela situação. Num relance, ele percebe o que é: o suor causado pelo intenso calor começa a descolar os apliques no rosto do garçom. "São falsos!", pensa Javert. O bigode quase desprende-se, pendendo dos lábios, e a barbicha escorrega lentamente para baixo do queixo. O moço parece não notar que seu disfarce está derretendo. Avizinha-se de Jaurès, estendendo-lhe o prato. Javert precipita-se para interceptá-lo, porém vários passos o separam dos dois. Ele afasta um casal que se despede do gerente e quase tropeça numa garçonete. O inspetor quer impedir que o rapaz chegue até Jaurès. Fareja o atentado, sente que a vida do jornalista corre perigo. Antes que consiga se mexer, ouve-se o estrondo ensurdecedor de um tiro e a bala passa raspando pela sua orelha. Jean Jaurès tomba ferido mortalmente, o rosto caído por sobre a mesa. Javert custa a entender o que se passa. De onde veio o disparo? Não viu o desajeitado garçom com a bomba de chocolate puxar uma arma. Só então vira-se e vê o jovem louro que acabara de passar por ele, revólver fumegante na mão, sendo subjugado pelos outros jornalistas. O estupor bloqueia-lhe o raciocínio.

Alguém sai para a rua gritando: "Mataram Jaurès! Mataram Jaurès!".

Dimitri Borja Korozec, a barbicha falsa dependurada no queixo, não acredita no que aconteceu. Lívido, fita, como que hipnotizado, o corpo ensangüentado do panfletista. Alguém chama por um médico. Um farmacêutico que jantava no local toma o pulso do socialista. Balança a cabeça em desalento. Apoiada no balcão da entrada, uma pequena florista chora convulsivamente. Dimo não consegue desviar os olhos do cadáver. Seu espírito perde-se em pensamentos de frustração e derrota. Depois de toda a preparação, alguém usurpara-lhe o direito de liquidar o inimigo.

Segura, boquiaberto, o doce que envenenara com tanto desvelo, enquanto é afastado pelos amigos de Jaurès. Um deles, sem se dar conta, esbarra com força no seu cotovelo. O empurrão enfia a bomba mortífera na boca entreaberta de Dimitri. Desatento, ele mastiga a guloseima envenenada.

Logo na primeira dentada, o gosto acre da naftalina traz o desastrado terrorista de volta à realidade. Sente o tóxico queimar-lhe a garganta e o esôfago. Amaldiçoa a própria distração. Se não encontrar um hospital em poucos minutos, certamente morrerá. Tomado de pavor, ele joga no chão o resto do doce e dirige-se cambaleando para a porta dos fundos.

O inspetor Javert recupera-se do choque. Possuído por um ódio intenso, acompanha os passos de Dimitri. Não fosse por ele, teria salvado a vida de Jaurès. Fora o atrapalhado garçom que desviara sua atenção. Pela primeira vez em sua carreira de inspetor de primeira classe falhara ao seu dever. E numa missão recomendada pelo diretor da Polícia Municipal. Jamais se perdoará. Ele recolhe o resto da pâtisserie. Não precisa cheirá-la duas vezes para saber que está envenenada. Enrola o resto do *éclair* no lenço e o guarda no bolso. Vários gendarmes das redondezas já cercaram o assassino. Raoul Villain, semblante sereno, pronuncia com a solenidade dos estúpidos: "O que fiz, fiz pela pátria".

Javert nada mais pode fazer por Jaurès, mas sabe que não sossegará enquanto não levar à Justiça o outro jovem, o quase-homicida. Seria um cúmplice? Obcecado, ele atravessa a cozinha derrubando panelas e sai como um louco no encalço de Dimitri.

Porta do Croissant
logo após o atentado

Ganhando novamente a rua Montmartre, Dimo começa a sentir os primeiros sintomas do veneno corroendo-lhe as entranhas.

Arranca o resto do disfarce que ainda traz pendurado no rosto e segue, veloz, pela calçada, empurrando os transeuntes que lhe barram o caminho.

Conhece uma clínica particular bem próxima, o Hospital Lachaparde, na rua de Paradis com a d'Hauteville. Atravessa uma esquina movimentada desviando-se dos carros e corre pela rua de Trévise. Chega à rua Richer, bem em frente ao Folies-Bergère.

Mapa com as seguintes referências:

1. Chez Poccardi
2. Jornal L'Humanité
3. Café du Croissant
4. Apartamento de Bouchedefeu
5. Hospital Lachaparde

Pensa estar sendo vítima de algum delírio provocado pela naftalina: na porta do teatro, a figura de Mata Hari seminua baila na sua frente. Sacode a cabeça e percebe que não se trata de um devaneio. O que ele vê é o cartaz do verão passado, quando a bailarina se apresentara no Folies, no espetáculo de danças espanholas.

Afasta-se e entra na rua des Petites Écuries. Tropeçando e apoiando-se nas paredes, Dimitri alcança finalmente a rua de Paradis e desmaia, balbuciando, nos braços de uma mulher, em frente à porta do Hospital Lachaparde.

A duas esquinas dali, resfolegando pela corrida, o inspetor Javert tem tempo de ver sua presa, ao longe, ser recolhida por dois enfermeiros para dentro do edifício.

Trecho extraído do caderno incompleto
de Dimitri Borja Korozec, intitulado
**Memórias e lapsos – Apontamentos
para uma autobiografia**, encontrado
em novembro de 1954 num dos esconderijos
da seita Confraria Muçulmana,
em Alexandria, no Egito

- ## PARIS, 31 DE JULHO DE 1914 – SEXTA-FEIRA À NOITE NO HOSPITAL LACHAPARDE

Despertei numa enfermaria vazia do primeiro andar. Ao meu lado, apenas outro leito era ocupado por um paciente que aguardava, sedado, algum procedimento. A notícia da morte de Jaurès espalhara-se rapidamente pelo estabelecimento. Internos e atendentes cochichavam, nervosos, pelos cantos, e os corredores estavam mais agitados do que o habitual. Voltei a mim, alheio àquela movi-

Caderno de Dimitri
encontrado
em Alexandria, no Egito

mentação. De pronto, eu não sabia ao certo se estava acordando ou se havia chegado ao paraíso: o rosto belo e sereno de uma jovem senhora fitava-me docemente, destacando-se sobre a alvura das paredes do quarto. Ela aparentava meia-idade e vestia-se com discrição. Usava uma longa saia cinza, plissada, e uma blusa branca lisa, de gola alta, presa ao pescoço por uma fita larga de veludo negro ostentando um camafeu. Seus cabelos castanhos e encaracolados enrodilhavam-se num coque displicente. Lembro-me de ter pensado que a efígie do camafeu parecia-se com minha mãe. Um suave sorriso iluminava-lhe os lábios. O que mais me impressionou foram seus olhos. Olhos que me perfuravam com uma expressão de intensa curiosidade. Ela dirigiu o olhar para os meus seis dedos crispados em volta do seu pulso. Só então notei que estava segurando firmemente a mão da mulher entre as minhas. Tentei levantar-me, mas ela impediu, sentando-se na cama e dizendo com firmeza:

— Calma, meu jovem. Ainda estás muito fraco. Basta o trabalho que deste aos enfermeiros na hora da lavagem.

— Lavagem?— espantei-me.

— Lavagem estomacal. Não te lembras? Antes de desmaiar, disseste-me que havias engolido naftalina. Bombearam teu estômago com bicarbonato de sódio e te deram um diurético para proteger os rins. Não corres mais perigo. Posso ter minha mão de volta?

Relaxei a pressão dos dedos e perguntei:

— A senhora é médica?

A mulher sorriu, enigmática:

— Não, mas digamos que meu trabalho é ligado à medicina.

— Sei, enfermeira — afirmei tolamente.

A jovem senhora respondeu, divertida:

— Não podes estar mais longe da verdade. Sou Marie Curie.

Mesmo conhecendo história e política como poucos rapazes naquela idade, minha cultura em outros assuntos ainda deixava bastante a desejar. Confesso que, até então, nunca ouvira falar da cientista, já consagrada por dois prêmios Nobel: o primeiro de Física, em 1903, e o segundo de Química, em 1911. Disfarçando minha brutal ignorância, beijei-lhe a mão arrebatadamente:

— Madame, devo-lhe a vida.

Madame Marie Curie achou graça do meu arroubo:

— Não me deves nada. Foi apenas o acaso que fez com que caísses nos meus braços quando eu saía do hospital.

Meu encontro com a famosa física não poderia ter sido mais fortuito. Marie Curie contou-me que passara no hospital ao cair da tarde para ver o professor Aristides Grimot, diretor do centro cirúrgico do Lachaparde.

Disse-me que Grimot, membro da Académie des Sciences, ficara mais conhecido por sua extraordinária pesquisa na área de transplantes de órgãos. No seu laboratório, uma galinha poedeira dos Pireneus sobrevivera quase vinte minutos com o coração de um frango legorne. Mantinha estreito contato com Alexis Carrel, que realizara a primeira operação cardíaca num cão, no Rockefeller Institute for Medical Research, em Nova York.

Preocupada com a guerra iminente, madame Curie queria o apoio de Grimot junto aos fabricantes de materiais radiológicos, para criar postos de raio X em todos os hospitais da região de Paris. Ela mesma pusera à disposição toda a aparelhagem de seu laboratório. Desejava também recrutar, entre professores e técnicos, voluntários especializados que pudessem operar aqueles equipamentos.

Como o professor se atardara devido a várias cirurgias de emergência, quis o destino que madame Marie Curie se chocasse comigo, quando já deixava o local, depois da reunião com Grimot. Mesmo desmaiado, eu não largara sua mão desde a chegada e, comovida, Marie providenciara o tratamento, comandando os dois enfermeiros com sua eficiência característica. Não fosse o respeito que sua posição impunha, certamente não me atenderiam com tanta presteza e eu morreria.

Talvez para poupar-me, no início ela não disse uma palavra sobre o assassinato de Jaurès. Nem poderia supor que acabara de salvar a vida de um assassino frustrado. Apesar de muito fraco, eu sabia que precisava sair logo daquele lugar:

— Madame, tenho que voltar para casa. Minha mãe deve estar preocupada — menti.

— Não convém que saias neste estado, há uma multidão pelas ruas.

— Multidão a essa hora? Por quê?— perguntei, fingindo-me de inocente.

A fim de não me causar um choque maior, ela hesitou entre dizer-me a verdade e inventar uma história qualquer. Concluiu que um rapaz tão jovem não se interessaria por acontecimentos políticos:

— Não sabes ainda, mas mataram Jaurès. A França está de luto. Não será mais possível deter os vendilhões da guerra — disse ela, triste, seus pensamentos provavelmente tomados por visões de morte. Jamais imaginaria que a guerra era o que eu mais desejava.

Procurei convencê-la a deixar-me partir:

— Moro perto, madame. Não se preocupe.

Madame Curie nem me deu atenção. Perguntou, mudando de assunto:

— Ainda não me disseste como conseguiste comer naftalina.

— Foi uma brincadeira do meu irmão pequeno. Enfiou as bolinhas em bombons de chocolate — inventei.

— Como te chamas?

— Jacques. Jacques Dupont — menti outra vez.

— Pois bem, Jacques. Prometes que não sairás daqui antes de uma boa noite de sono?

— Prometo — respondi, mentindo de novo.

Percebi que seria obrigado a fugir daquele hospital e que não poderia fazê-lo enquanto ela não se fosse dali. Bocejei longamente e fingi adormecer.

Poucos instantes depois, vi, com os olhos semicerrados, que ela se dirigia na ponta dos pés para a saída da enfermaria. Como uma sombra benfazeja, ganhou o corredor fechando a porta atrás de si. Foi a última visão que tive da minha salvadora, a descobridora da radioatividade, madame Marie Curie.

💣💣💣💣

- PARIS — RUA DE PARADIS — SEXTA-FEIRA, 31 DE JULHO — 23H

COM A PACIÊNCIA dos abutres, um vulto de negro aguarda na penumbra à entrada do Hospital Lachaparde. O inspetor Javert não tem pressa. Viu quando Dimitri Borja Korozec foi recolhido ao hospital. Seu ângulo de visão permite observar também os portões laterais do prédio. Ele sabe que o rapaz suspeito não tem por onde escapar. Teria ido no seu encalço, não fosse o inoportuno aparecimento de madame Curie e toda a agitação que se seguiu. "Mulheres...", pensa ele, "deviam é ficar em casa em vez de bisbilhotar nos laboratórios. Daqui a pouco também vão querer entrar para a polícia..." Arrepende-se, na hora, do pensamento irreverente. Javert nutre um respeito quase doentio pelas instituições e, afinal de contas, madame Curie é uma instituição. Só lhe resta esperar. "Afinal, ele entrou no hospital e, respeitando as leis da física, tudo o que entra, sai", conclui Javert, sem humor. De repente, ele avista madame Curie à porta do edifício. Seu coração se sobressalta. Terá coragem de interrogá-la? Ele aproxima-se, compelido pelo profundo sentido do dever. Obsequioso, chapéu na mão, a esquálida figura aborda a Prêmio Nobel:

— Madame Curie?

— Sim?

— Inspetor de primeira classe Javert. Perdoe-me a ousadia, madame, mas gostaria de colher algumas informações sobre o rapaz que a senhora teve a generosidade de atender.

Marie abespinha-se. Desde cedo, na Polônia, sempre se rebelou contra a arbitrariedade:

— Em nome de quê?

— Em nome da investigação que faço sobre a morte do deputado Jaurès.

— Parece-me que suas investigações estão um pouco atrasadas. Soube que o assassino foi preso em flagrante.

— Sei disso, madame. Porém, minha intuição me diz que talvez o jovem esteja implicado no crime. Gostaria de...

Ela o interrompe:

— Sua intuição é ridícula, meu amigo. Ele não passa de um menino. Nem barba tem.

— Mas tinha. É que caiu — afirma Javert, puxando do bolso a barbicha postiça que recolhera no caminho.

Marie Curie assusta-se ao ver o monte de pêlos na mão do inspetor. Não sabe se está realmente diante de um policial ou de um degenerado. Recompondo-se, ela diz, alteando a voz:

— Não tenho explicações a lhe dar. Saia já do meu caminho. É o cúmulo! Envolver uma criança nesta tragédia! Fique certo de que relatarei sua impertinência ao ministro da Justiça! Boa noite, monsieur.

Madame Curie afasta-se em direção ao carro que a espera, enquanto Javert, suando muito, pronuncia desculpas tentando livrar-se do falso cavanhaque que o suor lhe colara na palma da mão.

🖤🖤🖤🖤

Dimitri Borja Korozec espera alguns minutos para certificar-se de que sua inesperada benfeitora não voltará. Seus ouvidos não escutam mais nenhuma atividade no corredor. Ele se levanta com a intenção de pegar suas roupas jogadas no encosto de uma cadeira. Tinha razão Marie Curie, ele não tem noção do quanto ainda está fraco. Assim que dá dois passos, sente a cabeça girar. Tenta voltar para deitar-se, mas acaba desmaiando sobre a cama do paciente desacordado, que é seu único companheiro de quarto, empurrando-o para o chão.

Com o impulso do tombo, o pobre homem rola para debaixo de outro leito. Num movimento quase sincronizado, assim que o homem desaparece sob a cama, dois enfermeiros apressados, trazendo uma maca, entram na enfermaria:

— Vamos logo com isso que o dr. Grimot e sua equipe estão aguardando — diz o primeiro.

— Não sei o que deu no homem hoje. Três cirurgias seguidas — comenta o segundo.

— Não te metas nisso. São casos que não podem esperar — completa o primeiro.

Pegando Dimo pelas extremidades, jogam o rapaz na maca. O segundo enfermeiro observa o rosto de Dimitri:

— Estranho, quando o trouxemos para cá, parecia bem mais velho. Não achas?

O outro responde sem lhe dar muita trela:

— Sei lá, pode ser efeito da doença. O que é que tu entendes de medicina? Depois, só pode ser ele. Estás vendo mais algum doente aqui dentro? Chega de conversa. Sabes que o professor Grimot odeia esperar.

Os dois saem céleres, levando Dimitri, inconsciente, para a sala de operações.

Dimo volta a si sob a intensa luz do centro cirúrgico, cercado de homens e mulheres enluvados e vestidos de branco. Do rosto, só lhes vê os olhos, pois uma peça retangular de pano cobre-lhes a boca e o nariz. Ele indaga aflito:

— O que houve? Onde estou?

Dr. Grimot, o chefe da equipe, procura tranqüilizá-lo:

— Calma, meu jovem. Não há motivos para preocupação. Logo estarás dormindo.

— Dormindo!?

— Evidente. Ou pensavas que íamos extrair-te um rim acordado?

Um terror abissal apodera-se de Dimitri e ele ameaça levantar-se, porém três membros do grupo o seguram com firmeza:

— Mas eu não tenho nada no rim!

— Queres saber mais do que os médicos? — pergunta Grimot, virando-se para uma enfermeira que segura uma máscara de borracha contendo um chumaço encharcado de éter por onde passará o gás de óxido nitroso. — Vamos logo com essa anestesia.

Antes que Dimitri possa dizer alguma coisa, seu nariz é coberto pela máscara e a enfermeira libera o tubo que permite a passagem do gás. Grimot continua:

— Apesar de indigente, tens a sorte de te beneficiares da última palavra em anestésicos, a combinação de éter com óxido nitroso, mais conhecido pelos leigos como gás hilariante.

O efeito da mistura é quase imediato. Dimo tenta explicar o equívoco, mas o que sai da sua boca é uma grande gargalhada. Suas palavras são entremeadas de um riso histérico:

— Vão me tirar um rim? Ha! Ha! Ha! Ha! Em vez de doze dedos, teria sido melhor nascer com quatro rins! Ha! Ha! Ha! Ha! Eu garanto que os senhores estão enganados! Meu rim está ótimo! Ha! Ha! Ha! Ha!

Depois do grotesco desvario, Dimitri Borja Korozec perde a consciência sob o olhar perplexo dos médicos:

— O que os senhores presenciaram foi apenas um

ligeiro delírio causado pelo óxido nitroso. Apesar desse efeito colateral observado em alguns pacientes, é muito mais eficiente que o clorofórmio — pontifica o professor Grimot para seus pupilos, enquanto executa com perícia uma longa incisão no corpo inerte de Dimitri.

Até a paciência dos abutres tem limite. Cansado de esperar, o inspetor Javert resolve prosseguir a busca dentro do hospital. Bate à porta do prédio e é atendido por um plantonista noturno:

— Pois não? — pergunta o atendente sonolento.

— Inspetor Javert. Estou à procura de um rapaz que deu entrada aqui há aproximadamente duas horas — identifica-se, mostrando os documentos.

— O nome?

— Já disse. Inspetor Javert.

— O nome do rapaz — explica o atendente.

— Não sei, mas foi a última pessoa a ser recolhida. Vi quando desmaiou na porta e foi ajudado por madame Curie e dois enfermeiros.

— Deve ser o jovem com intoxicação. Está de repouso na enfermaria do primeiro andar, mas isso não são horas de visitas. Se o senhor voltar amanhã de...

— Estou aqui fazendo uma investigação em caráter oficial — corta, ríspido, Javert, brandindo novamente sua carteira de polícia. — Onde, no primeiro andar?

— Segunda porta à direita no corredor — responde o enfermeiro.

Javert afasta-o do caminho e sobe rapidamente a escada.

O paciente sedado que aguardava cirurgia acorda

debaixo da cama para onde rolara empurrado por Dimitri. Não tem idéia do que aconteceu. Ainda tonto, ele volta ao seu leito com dificuldade, cobrindo-se com os lençóis, no momento em que Javert entra no recinto. Na penumbra, o inspetor enxerga apenas um vulto deitado e atira-se sobre ele:

— A mim tu não tapeias! Sei muito bem que querias Jaurès! Só que teu cúmplice foi mais rápido! Vamos! Confessa! — berra Javert, desvairado, sacudindo o coitado pelo pescoço.

Com muito custo, o enfermo consegue afastar o lençol que lhe cobre o rosto. Ao ver a sinistra figura de negro que quase o estrangula, um grito esganado lhe sai da garganta:

— Socorro!

Javert se dá conta do erro que cometeu e pula da cama assustado:

— Desculpe, senhor. Eu o confundi com um envenenador.

O pobre paciente aterrorizado ainda tem forças para apertar a campainha chamando a enfermeira, antes de tombar fulminado por um ataque cardíaco. É a vez de Javert entrar em pânico. Sua vasta experiência lhe diz que o homem está morto. Se for encontrado ali, certamente será acusado de homicídio. Tudo não passou de um lamentável engano, porém ele sabe perfeitamente que sua posição de inspetor de primeira classe não permite equívocos. Sai para o corredor esgueirando-se pelas sombras, corre até a primeira janela que encontra e, num salto, alcança a rua e se perde na escuridão.

PELA PRIMEIRA VEZ em sua carreira, Javert sente-se completamente desorientado. Confuso, está dividido entre o dever e a vergonha. Sabe, como profissional impecável, que tem a obrigação de entregar-se e confessar o monstruoso desacerto, responsável pela morte de um inocente. Ao mesmo tempo, não suportará a humilhação e a desonra acarretadas pelo seu gesto precipitado. O nome Javert, quase uma instituição para a polícia da França, graças à lendária carreira do avô, ficará manchado para sempre. Dilacerado pela dúvida, há horas ele perambula pelas ruas de Paris, perdido em pensamentos aterradores, longe do tempo e do espaço.

Por volta das quatro da madrugada, contorna a praça do Châtelet, em frente à sua delegacia. Ao ver diante de si o prédio que simboliza para ele o respeito absoluto à autoridade, toma, enfim, uma decisão: entra no edifício e dirige-se como um autômato à sua escrivaninha, sem nem mesmo responder à continência do sargento de plantão. Senta-se muito ereto, pega caneta e papel, e escreve com mão firme:

Ao Ilustríssimo Senhor Xavier Guichard,
diretor da Polícia Municipal
Prezado senhor:
Sou obrigado a lhe informar, com imenso desgosto, não ter sido capaz de realizar com sucesso a tarefa que Vossa Excelência teve a generosidade de me delegar.
Minha falta de atenção levou a duas tragédias irreparáveis. A primeira culminando com o assassinato

do deputado Jaurès, a quem eu deveria proteger com a própria vida, e a segunda redundando no infeliz passamento de um inocente no Hospital Lachaparde, morto de susto devido à minha precipitação.

Com plena consciência de que um funcionário público da força policial não tem o direito de se enganar, e muito menos duas vezes, rogo a Vossa Excelência a bondade de

Fac-símile
da carta de Javert

aceitar minha demissão em caráter irrevogável, para que os atos imperdoáveis do neto não venham a macular o nome irreprochável do avô.

Respeitosamente,
Inspetor de primeira classe Victorien Javert,
lotado no Châtelet.

Paris, 1º de agosto de 1914

Ele coloca cuidadosamente a carta dobrada num envelope. Dirige-se ao sargento de plantão e ordena que esta seja entregue em mãos ao diretor, logo pela manhã.

Sai da delegacia e atravessa a praça em direção ao *quai*. Debruça-se no parapeito e observa as águas revoltas do rio. Ali, as correntes subterrâneas criam redemoinhos mortíferos. Ele tira o chapéu e o pousa na borda do parapeito do cais. Depois, num salto ágil, joga-se no rio Sena, desaparecendo no mesmo local onde, havia precisamente oitenta e dois anos, suicidara-se seu idolatrado avô.

No começo de setembro, apenas um mês após o início da guerra, o Exército alemão avança em território francês como uma avalanche. Paris se apronta para a invasão. Às onze da noite do dia 2, o governo segue para Bordeaux pela estação do Quai d'Orsay para evitar cair nas mãos do inimigo, que se aproxima perigosamente. Os ministros temem um ataque aéreo. O subsecretário de Belas-Artes leva, numa pasta de couro, as jóias da Coroa, habitualmente expostas na Galeria Apolo, do Louvre. Dezenas de caminhões saem da capital, carregando para locais seguros o ouro do Banco da França, as obras mais importantes dos museus e os arquivos do Estado.

O presidente Poincaré partira antes, num trem especial, saindo da Gare d'Auteuil-ceinture. Além do êxodo oficial, vários parisienses deixam a capital em todos os trens que vão para o sul do país. Para defender a cidade, fora convocado, algumas semanas antes, o general Joseph Gallieni, herói da Guerra Franco-Prussiana. Gallieni sai da reserva para assumir a ingrata tarefa. Militar de grande engenhosidade, o novo comandante está disposto a cumprir suas ordens a qualquer preço. Antes que o alto escalão do governo embarque para Bordeaux, ele diz, com firmeza, a Millerand, novo ministro da Guerra:

— O senhor sabe o que isso significa, ministro? Talvez a destruição da Torre Eiffel, de todas as pontes de Paris, inclusive a de la Concorde, das fábricas e das indústrias importantes, para que nada fique em poder dos alemães.

— Faça o que for necessário — responde secamente o ministro, antes de partir.

Ao sair do hospital com dois quilos a mais e um rim a menos, Dimitri Borja Korozec se depara com esse clima de desânimo e tristeza. A perda do órgão fora compensada por uma alimentação sadia e refeições regulares, benesses que ele não usufruía desde que deixara a casa de seus pais. Durante o longo período de recuperação, seu ar desprotegido de menino conquistara todas as enfermeiras, que o mimavam com petiscos.

O professor Grimot não dera o braço a torcer quanto à inutilidade da cirurgia e ia visitá-lo como se tivesse lhe salvado a vida, trazendo alunos e discorrendo sobre o caso. Dimo conformara-se com sua sorte.

Assim que pôde receber visitas, mandou um recado para Bouchedefeu por um dos funcionários, que o encontrou transtornado, pois fazia vários dias que o velho anarquista não tinha notícias suas.

Abominando toda forma de governo, Gérard chegara a pensar que Dimitri havia sido preso secretamente durante o atentado a Jaurès e torturado até a morte nos porões da Sûreté.

Bouchedefeu passava as tardes no hospital, falando sobre sua nova paixão: o estudo dos bidês através dos tempos e sua influência na liberação da classe operária. Segundo o velho, o bidê era o símbolo da decadência e responsável, cedo ou tarde, pelo enfraquecimento da classe dominante. Ele explicava entusiasmado:

— Se bem que existam registros de instrumentos semelhantes na Idade Média, foi durante o reinado de Luís xv, em 1739, que o ebanista Rémy Pèverie criou o primeiro objeto especificamente destinado à higiene íntima. O nome *bidê* vem do verbo *bider*, que em francês arcaico queria dizer "trotar", devido à posição de cavaleiro que a pessoa assume ao utilizá-lo.

— Eu pensava que *trotar* vinha de *trottoir* — zombou Dimitri.

Bouchedefeu fingiu não ouvir:

— Em 1742, Petri, um obscuro poeta florentino, chegou a compor um soneto em que chamava as prostitutas de "Le amazzone del bidet", "As amazonas do bidê". O sucesso junto à corte foi imediato. Madame Du Barry chegou a possuir um, com as bordas forradas de marroquim.

— Foi por isso que o rei Luís se apaixonou? — cortou Dimitri, com ar de mofa.

Bouchedefeu prosseguiu:

— Em 1785, o próprio Voltaire encomendou um ao abade Moussinot, que cuidava de suas finanças, dizendo numa carta: "Meu cu, ciumento da beleza dos meus móveis, pede um belo acento perfurado com grandes bacias sobressalentes".

— E o que tem isso a ver com o enfraquecimento das classes dominantes? — perguntou, divertido, Dimitri.

— Não percebes?! — retrucou, furioso, Bouchedefeu. — Este conforto higiênico leva à ociosidade e à decadência. Para mim, o bidê foi o grande responsável pela Revolução Francesa, e, depois, pelo declínio dessa mesma revolução. O próprio Marat morreu apunhalado no bidê.

— Foi na banheira — corrigiu Dimo.

— É o que dizem os livros de história. Para mim, a verdade é bem outra... — insinuou o anarquista, com ares de quem tem informações secretas sobre o fato.

Finalmente, trinta e quatro dias depois de ter dado entrada no Hospital Lachaparde, Dimitri circula de novo pelas ruas quase vazias de Paris a bordo de seu táxi da Companhia Kermina-Métropole. Nem imagina que em breve estará envolvido na guerra que tanto desejou.

💣 💣 💣 💣

No dia 3 de setembro, quando os soldados do I Exército alemão, comandado pelo general Von Kluck, estão a apenas trinta quilômetros de Paris, uma desobediência muda o fado da História.

Em vez de invadir a cidade, como lhe fora ordenado, o general ruma para Meaux, na região dos rios Ourcq e Marne. Com essa manobra, ele pretende aproveitar o espaço deixado pelas tropas inglesas em retirada e surpreender, pela retaguarda, todos os exércitos franceses do general Joffre. Seu propósito é aniquilá-los numa única e definitiva batalha. A desguarnecida Cidade-Luz pode esperar.

O que Von Kluck ignora é que Gallieni conseguira reagrupar o VI Exército em Paris, sob o comando do general Maunoury. Por não esperar nenhum ataque vindo daquela direção, ele deixa seu flanco direito, composto do 4º Regimento germânico, totalmente desprotegido.

Em três dias de sucessos consecutivos, Maunoury chega ao Marne.

É quando a situação muda de figura. Apesar de enfrentar ao sul uma contra-ofensiva dos exércitos de

Joffre, Von Kluck desiste da estratégia de envolver todo o Exército francês e volta com toda a carga em auxílio de seus homens. Desbaratar o plano de Gallieni torna-se, para ele, um desafio pessoal.

Maunoury resiste, porém necessita desesperadamente de reforços para salvar Paris. Esses reforços existem. São os homens da 7ª Divisão Colonial, do general Trentinian, que chegaram à capital vindos de Verdun. Estão exaustos, mas dispostos a tudo para impedir o avanço de Von Kluck.

Só existe um problema, aparentemente incontornável: não há comboios militares suficientes para levar os seis mil soldados até o Marne.

Às nove horas da noite do dia 6 de setembro, no seu gabinete do Liceu Victor-Duruy, onde instalara seu QG, o criativo general Gallieni tem uma idéia inusitada. Manda chamar às pressas o capitão Jacquot, oficial encarregado das requisições. O jovem capitão tem plena confiança no seu comandante. Sente por ele uma afeição quase filial. Entra na sala e perfila-se numa saudação:

— Às ordens, meu general.

— Jacquot, acho que encontrei a maneira de transportar a tropa para o campo de batalha — informa o general, os olhos brilhando de excitação.

O capitão anima-se ante a perspectiva. Há dois dias não dorme, imaginando sua bela cidade invadida pelos boches:

— Tinha certeza de que o general encontraria uma solução.

Gallieni levanta-se da mesa e aproxima-se de Jacquot:

— Quero que o senhor requisite todos os táxis de Paris.

Jacquot pensa que não ouviu direito:

— Os táxis?

— Sim, os táxis e os seus motoristas.

O capitão se espanta:

— Mas, general, os motoristas de táxi são civis.

— E então?

— Os civis nunca participaram de operações militares.

— Há sempre uma primeira vez para tudo. Ou o senhor prefere ver Paris cair nas mãos dos alemães?

Jacquot recompõe-se imediatamente:

— Claro que não, meu general. Qualquer coisa é melhor do que isso. Até mesmo ir à guerra de táxi.

— Então, mãos à obra. É preciso que a primeira caravana parta esta noite mesmo. Não se esqueça de que tudo deve ser feito no mais absoluto sigilo.

O capitão Jacquot bate uma continência entusiasmada e sai para cumprir a extravagante missão. Deve acionar todos os policiais da cidade e a Guarda Republicana. Da sua sala, liga para a Préfecture de Police, esbravejando ao telefone:

— É isso mesmo! Táxis! Todos os táxis com os motoristas! São ordens do governador militar, general Joseph Gallieni!

E assim, com seiscentos táxis, Gallieni vai possibilitar a vitória francesa na Batalha do Marne e introduzir na História o transporte automotivo das tropas de infantaria.

💣💣💣💣

No apartamento da rua de l'Échiquier, Dimitri Borja Korozec bebe vinho e disputa uma partida de gamão com Gérard Bouchedefeu, sem ter a menor idéia de que, nesta mesma hora, alguém lançou os dados de outro jogo, no qual ele será uma pequena pedra do tabuleiro: o jogo da guerra.

Na tarde do dia 8 de setembro, Dimitri dirige seu carro pelas ruas de Paris à procura de passageiros, cada vez mais escassos. Quando entra na rua de Rivoli, perto da praça de la Concorde, um guarda faz sinal para que ele pare. Dimo encosta o táxi, aborrecido com aquela interrupção. Já aprendera o tom irritado dos taxistas de Paris:

— O que foi, agora? O que fiz de errado?

— Nada, meu rapaz. Só que você e seu calhambeque foram requisitados.

— Por quem?

— Pelo governador militar, general Gallieni.

— E eu posso saber para quê?

— Para levar tropas até Meaux — responde o guarda, entrando no carro. — Vamos logo com isso. Há um destacamento saindo em alguns minutos da esplanada des Invalides.

— Mas antes eu preciso passar em casa, trocar de roupa!

— Essa serve. Não é hora de se preocupar com elegâncias.

Quando chegam aos Invalides, uma imensa fila de táxis repletos de soldados está deixando o local. Um tenente se aproxima:

— Tenente Alexandre Lefas, da Divisão de Transportes. Quantos homens achas que cabem na tua carroça?

— Quantos o tenente mandar — responde Dimo, já mordido pela aventura.

— Se apertarmos, uns seis — avalia o tenente.

— Se apertarmos bem, uns oito — exagera Dimitri.

— É muito. Não quero que quebres pelo caminho — diz Lefas, ordenando que um grupo de soldados da infantaria ocupe o veículo. Entrega um mapa nas mãos de Dimitri. — Toma. Está assinalada a rota para Meaux, saindo pela porta de la Villette.

— Não se preocupe, tenente. Sei muito bem qual é o caminho.

— De qualquer forma não há como errar. Basta seguir os que vão na frente. Boa sorte — despede-se o tenente, saindo, atarefado, na direção de outro carro.

Tentando um gracejo, Dimo vira-se para os fardados passageiros que se espremem no carro e, abaixando a bandeira do taxímetro, pergunta:

— Então, cavalheiros, aonde vamos?

Os soldados respondem em uníssono:

— Ao Marne!

Dimitri engrena a marcha e junta-se ao cortejo armado que parte para o front.

💣💣💣💣

"Ao Marne!" O último táxi é o de Dimitri

💣💣💣💣

Por volta das oito horas da noite, o destino intervém mais uma vez na vida atribulada de Dimitri.

Ao passar por uma vala oculta pelas sombras, estoura o pneu dianteiro esquerdo do carro. Os soldados saltam para ajudar, enquanto vêem a fila dos outros automóveis que se estende à sua frente perder-se na escuridão. O tempo que levam trocando o pneu faz com que eles se vejam sozinhos, separados da coluna. Os valentes infantes se preocupam: não querem perder a batalha. Dimitri tranqüiliza-os:

— Não se aflijam. Conheço essa área como a palma da minha mão. Logo ali há um atalho por onde nós vamos recuperar o tempo perdido. Meaux fica a menos de vinte quilômetros daqui.

Voltam novamente ao táxi e Dimitri entra por uma trilha à direita da estrada principal.

Três horas se passam antes que Dimo resolva confessar que está completamente perdido.

Depois de andar em círculos, examinar o mapa e atropelar uma vaca, eles se aproximam, enfim, de uma cidade. A escuridão é total e o silêncio pesado. Ninguém circula pelas ruas. Saltam do táxi, esticam as pernas e procuram reconhecer o lugar. Dimitri afirma:

— Pronto. Chegamos.

Os seis soldados entreolham-se como se estivessem diante de um idiota. Um deles, o cabo Fouchard, homenzinho atarracado e de poucos amigos, indaga:

— É óbvio que chegamos. Mas onde?

— A Meaux, é claro — garante Dimitri.

Bernadet, outro dos passageiros, de vastos bigodes, afirma nervoso:

— Não é Meaux. Já estive em Meaux. Aqui não é Meaux. É maior que Meaux.

— Então onde estamos? — pergunta Delesserd, o mais alto de todos.

— Em qualquer lugar menos Meaux — conclui Bernadet.

Picardin, mecânico de bicicletas na vida civil e o mais prático de todos, sugere:

— O melhor é entrar na cidade e perguntar.

Pegam outra vez o táxi e aproximam-se cautelosamente do centro. Poirot e Balardin, que por serem calouros na tropa ainda não se manifestaram, gritam ao mesmo tempo, apontando uma casa de esquina com uma luz de lamparina bruxuleando numa das janelas:

— Olha lá, Albergue du Vieux Cochon!

Dimitri dá uma freada brusca fazendo os passageiros do banco traseiro se esparramarem no chão do carro. Ele estaciona o veículo e todos se dirigem para a estalagem. Fouchard, com a autoridade que o posto de cabo lhe confere, puxa a corda da campainha. Uma senhora gorda entreabre a porta, assustada:

— Quem é?

— É o Exército francês! — exagera Fouchard.

— Que susto! Pensei que fossem os prussianos — desabafa a gorda senhora. — Entrem, entrem. O que fazem aqui a esta hora? Toda a cidade dorme.

— Estávamos indo para Meaux e nos desviamos do caminho — explica Delesserd.

— E como se desviaram! Meaux fica a cinqüenta quilômetros ao norte.

— Então aqui não é Meaux? — insiste Dimitri, sob o olhar furioso dos soldados.

— Claro que não. Vocês pegaram à direita em vez de seguirem à esquerda — responde a estalajadeira.

Desolados e exaustos, os homens sentam-se a uma mesa no canto do salão.

— E que cidade é essa? — pergunta Balardin.

— Melun.

— Melun? Mas é aqui que fazem o melhor queijo brie do mundo! — diz Poirot, que sonha um dia ser chefe de cozinha num grande restaurante.

Bernadet cofia os bigodes com a autoridade de quem entende do assunto:

— Ah, não! O melhor brie do mundo é justamente o brie de Meaux. Nem há como comparar o brie de Meaux com o brie de Melun.

— Só quem nunca provou o brie de Melun pode afirmar tamanha tolice — teima Poirot.

— A crosta do brie de Meaux é mais uniforme. A matriz formada pelo fungo deixa o brie de Meaux muito mais cremoso — pontifica Bernadet.

— Mas tira-lhe o sabor — retruca Poirot. — O que não acontece com o brie de Melun, que amadurece em três dias, ao contrário do brie de Meaux, que leva quatro para amadurecer.

— Balelas — desdenha Bernadet.

— Eu prefiro o Pont-l'Évêque — intromete-se Fouchard.

— E alguém te perguntou alguma coisa? — corta Bernadet.

— Não, mas também tenho direito a minha opinião. Estou no Exército há mais tempo do que tu. Ou te esqueces que sou cabo?

Balardin resolve entrar na discussão:

— Concordo com Fouchard. Fui criado na Normandia e o Pont-L'Évêque é incomparável. Mesmo sendo um queijo pequeno, tem um aroma de dar água na boca.

— Aroma por aroma fico com o Bleu d'Auvergne — resmunga Picardin, metendo-se na arenga.

— E o roquefort? Ninguém defende o roquefort? Queijo dos reis e dos papas? O favorito de Carlos Magno? — grita, indignado, Delesserd.

Balardin, que estava quieto, vira-se para Dimitri:

— E tu, o que achas?

— Sou civil. Sendo queijo, eu como — responde Dimo, não querendo tomar partido.

Poirot retoma a palavra:

— Não me interessa, agora, o sabor dos outros queijos. O que eu afirmava era que o brie de Melun é me-

Foto dos seis tirada por madame
Bourdon. Sentados, Poirot e Bernadet.
Dimitri tinha ido buscar mais vinho

lhor que o brie de Meaux. Aliás, é fácil provar o que eu estou dizendo. — Virando-se para a proprietária, ele pergunta: — Perdão, madame. Como é o seu nome?

— Marguerite Bourdon, e concordo com o senhor. Nosso brie é muito melhor.

— Pois, para tirar a dúvida, traga um dos seus deliciosos queijos e uma garrafa de vinho tinto — ordena Poirot.

— Traga logo duas. Estamos morrendo de sede — pede Dimitri.

Doze garrafas e quatro queijos mais tarde, Dimitri, os seis soldados e a gorda estalajadeira continuam discutindo, bebendo e comendo, sem chegar a uma conclusão.

À mesma hora, a cinqüenta quilômetros dali, o Exército francês ganha a batalha surpreendendo os alemães num fulminante ataque noturno. Dos táxis de Gallieni, apenas um não chegou: o de Dimitri Borja Korozec.

Na manhã seguinte, todos ainda dormem abraçados embaixo da mesa. O cantar de um galo desperta o cabo Fouchard, com a boca seca e o olhar esgazeado. Ele acorda Dimo, que dorme como um anjo sobre a imensa barriga de madame Bourdon:

— Sabes o que eu acho, meu rapaz? — diz Fouchard, a voz rouca, tonto de sono e vinho.

— Não faço idéia — responde Dimitri, bocejando e esfregando os olhos.

— Jamais chegaremos ao Marne — conclui ele. Depois arrota, e volta a dormir o sono dos justos.

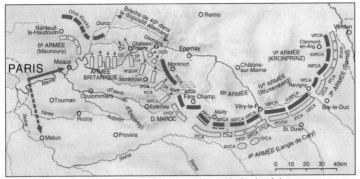

➤ O itinerário certo do comboio de táxis
┅➤ O caminho errado de Dimitri

Medalha prussiana
cunhada prematuramente,
comemorando a vitória
das tropas alemãs
em Paris

💣💣💣💣💣

Trecho extraído do manuscrito incompleto
**Memórias e lapsos — Apontamentos
para uma autobiografia,** de Dimitri Borja
Korozec, encontrado em novembro de 1954
num esconderijo da seita Confraria Muçulmana, em Alexandria, no Egito

▪ PARIS, 7 DE JUNHO DE 1917

Hoje, faço vinte anos. Aproveito a calma desta tarde chuvosa para registrar as inquietações que me açu-

lam a mente. Na sala, Bouchedefeu está terminando de empalhar um camundongo preso em nossa ratoeira. Pretende presentear-me, nesta data, com o delicado animal. À quietude vespertina, contrapõe-se a matança incontrolável dos campos de batalha. A guerra, que ambos os lados previam curta e sem muitas perdas, já se estende por quase três anos. Depois da Batalha do Marne, da qual me vi alijado por circunstâncias alheias à minha vontade, tanto alemães como aliados cavaram linhas de trincheiras sinuosas, protegidas por arame farpado. Essas trincheiras se estendem por mil quilômetros, da Suíça ao mar do Norte, e assemelham-se a imensos formigueiros. Os soldados passaram a exercer uma vida subterrânea. Verdadeiras cidades foram construídas embaixo do solo, com postos de comando, depósitos de suprimentos, enfermarias, cozinhas e latrinas. As linhas são equipadas estrategicamente com metralhadoras, para evitar ataques inimigos, e com abrigos subterrâneos, para proteger os homens dos bombardeios aéreos. Em algumas áreas esses abrigos chegam a ter mais de cinqüenta metros de profundidade. Soube por uma carta de Poirot, de quem fiquei amigo, que o cabo Fouchard morreu atingido por uma bomba. O artefato não chegou a explodir, mas caiu por acaso precisamente sobre a sua cabeça.

No banheiro, lugar a que sempre me recolho quando pretendo meditar, sentado no vaso sanitário, anoto meticulosamente estas considerações. Fazendo uma avaliação da minha vida como assassino treinado pela União ou Morte, reconheço que os meus dotes ainda não puderam ser aproveitados em toda a sua plenitude. Espero, no entanto, que a perícia adquirida na Skola Atentatora não seja desperdiçada. Talvez o futuro me reserve projetos maiores. Mesmo assim, sinto-me frustrado ao pensar que, na minha idade, Alexandre da Macedônia já havia conquistado a Pérsia.

Duas notícias me deprimem em especial. A primeira veio numa carta de meu pai. Em Salonica está ocorrendo o julgamento da Mão Negra, e é dada como certa a condenação do coronel Dragutin. Sei que sentirei falta dos conselhos do Ápis. O que deve fazer um assassino solitário em tempos de guerra, quando milhares morrem diariamente e os tiranos comandam o banho de sangue a salvo, longe do front? A segunda ocupa a primeira página dos jornais: Mata Hari foi detida como espiã e aguarda julgamento diante do 3º Conselho de Guerra na prisão de Vincennes. Sem dúvida será fuzilada.

Minha mãe também escreveu. Parece preocupada com o desenrolar dos acontecimentos e sinto, pela maneira como se expressa, que ela tem a impressão de que jamais tornarei a vê-la. Pela primeira vez, fez questão de revelar o nome de meu avô brasileiro, um certo general Manuel do Nascimento Vargas, de quem ela seria filha bastarda. Esse segredo sempre foi guardado a sete chaves, o que para mim nunca fez sentido algum. Que importância pode ter na minha vida saber seu nome? Orgulho-me muito mais do sangue negro da minha avó. Ela também quer que eu faça o juramento solene de um dia conhecer sua terra natal. Sempre que me escreve toca no assunto. Essa vontade está se transformando numa verdadeira obsessão. Enfim, coisas de mãe.

Li que madame Curie, minha salvadora, havia criado unidades radiológicas móveis, com verbas levantadas pela Union des Femmes de France. Os franceses chamam carinhosamente as caminhonetes equipadas por ela de Les Petites Curies. Cheguei a me apresentar como voluntário para dirigir uma das viaturas, porém fui recusado no exame físico, devido aos meus dedos. Os tacanhos médicos militares acharam que essa insignificante anomalia poderia prejudicar minha habilidade como motorista.

Os americanos entraram na guerra. A França se prepara para recebê-los. Os primeiros contingentes devem chegar na próxima semana. Apesar do conflito, Paris retoma as atividades artísticas e culturais. Os teatros voltam a abrir suas salas. Livros e espetáculos enaltecem a coragem dos soldados.

Algumas atitudes chegam a atingir um exagerado chauvinismo. *La Parisienne*, de Henry Becque, saiu de cartaz com casas lotadas, só porque conta a história de uma mulher casada que tem dois amantes. Não querem que o inimigo se aproveite para denegrir a imagem das francesas. Tola patriotada. Havia uma berlinense, professora de alemão em Sarajevo, que tinha quatro.

Interrompo agora minhas reflexões, pois Gérard bate à porta querendo usar o banheiro. Mais tarde sairemos para comemorar meu aniversário. Bouchedefeu conseguiu com um amigo anarquista, contra-regra no Casino de Paris, dois convites para assistir aos ensaios da nova revista *Laisse-les tomber*. Excita-me a perspectiva de ver as belas coristas nuas desfilando emplumadas pelo palco. Depois, jantaremos na Brasserie Lipp, onde hoje em dia se reúne a fina flor dos artistas, políticos e intelectuais da cidade.

Quem sabe, ao completar vinte anos, encontrarei lá alguém que mudará o rumo da minha existência? A noite é promissora e a vida é um hóspede inesperado.

A Brasserie Lipp está superlotada a despeito do adiantado da hora. O aroma de havanas da melhor qualidade impregna o ambiente. Famosa por sua cerveja, salsichas e chucrutes, a brasserie foi fundada por Léonard Lipp em 1870 e preserva todo o charme da Belle Époque. Os espelhos art nouveau das paredes duplicam o tamanho das salas.

A um canto do restaurante, bebendo garrafas de Brouilly num alegre alarido, estão Pablo Picasso, o poeta Guillaume Apollinaire, Jean Cocteau, o compositor Erik Satie e Modigliani, um jovem artista plástico italiano muito querido pelo grupo. A discussão gira em torno da crítica publicada por Jean Poueigh no *Carnet de la Semaine,* a respeito do balé *Parade,* criação de Cocteau com música de Satie, cenários e figurinos de Picasso. Apollinaire escreveu uma apresentação para o programa. Grandiloqüente, Modigliani lê o texto quase ofensivo:

— "Malgrado a propaganda e a balbúrdia organizadas em torno do nome de Picasso, o argumento e a música do balé *Parade* têm de igualmente graves a idiotice de um e a banalidade da outra. Colocando a nu sua imaginação, MM. Jean Cocteau e Erik Satie nos mostraram isso claramente. Às vezes é divertido constatar a que níveis a incompetência pode chegar." — O jovem pintor dobra o recorte do jornal e segue debochando: — O que pretendem os meus amigos fazer a respeito desta ignomínia? Se fosse comigo iria à redação e obrigaria o verme a engolir a página inteira.

— És um italiano passional. Maior não responde a menor... — afirma Cocteau, com sua fleuma habitual.

No fundo, todos se divertem com a reação causada. Era justamente o que pretendiam. *Parade* foi feito com o intuito de sacudir as convenções, arrepiar os espíritos conservadores. Nada melhor do que escandalizar a pequena burguesia.

Apollinaire, que, mesmo afastado da batalha por um ferimento na cabeça, ainda enverga a farda de oficial da artilharia, puxa do bolso da túnica uma carta amarrotada e vira-se para Picasso:

— Também tenho novidades. Não havia comentado contigo, mas o alto comando resolveu seguir os teus conselhos.

— Que conselhos? — pergunta o pintor.

— Se me permites, quero ler isto para os outros. Vejam só a carta que o nosso querido Pablo me enviou no dia 7 de fevereiro de 1915.

Tirando a folha amassada do envelope, começa a ler com inflexões falsamente pomposas:

— "Vou lhe dar uma ótima sugestão para a artilharia. Mesmo quando pintados de cinza, a artilharia, os canhões, podem ser avistados pelos aviões, porque mantêm suas formas. Em vez disso, devem ser pintados com cores bem brilhantes, partes em vermelho, amarelo, cinza, azul, branco, como um arlequim."

Cocteau comenta jocoso:

— Fantástico, conseguiste levar tua obsessão pelos arlequins até a frente de batalha! Devias propor a mesma mistura para os uniformes dos soldados. Já os generais se vestiriam de pierrô, e as enfermeiras, de colombina.

Erik Satie aproveita a deixa:

— Ótima idéia. Assim, a guerra se transformaria numa grande commedia dell'arte.

O grupo cai numa gostosa gargalhada. Virando-se para Picasso, Apollinaire continua no mesmo tom:

— Nunca se sabe como funciona a cabeça dos militares. Quem sabe não inventaste sem querer um novo tipo de disfarce?

Modigliani põe-se de pé, solene, taça na mão:

— Saúdo a Pablo Picasso. O inventor da arte da camuflagem!

Todos se levantam e sorvem suas bebidas, rindo-se a valer do disparate.

🎇🎇🎇🎇

O que logo chama a atenção de Dimitri ao entrar com Gérard Bouchedefeu na Lipp após a extraordinária revista do Casino de Paris é o mesmo homenzinho de pele escura que gritava "bravos" entusiasmados na primeira fila do teatro durante o ensaio. Senta-se à mesa oposta à de uma roda de boêmios, provavelmente artistas, que acabam de erguer um brinde a alguém.

Brasserie Lipp. Seta indica mesa ocupada por Dimitri e Bouchedefeu dentro do restaurante

O pequeno homem lembra um elfo dos contos de fadas que povoavam sua infância. A despeito de sua estranha aparência, possui um charme indiscutível. Fuma um cigarro preso à longa piteira de ébano e veste-se com esmero. Usa bengala de castão, luvas e polainas. Uma gravata-borboleta de bolas destaca-se sobre o colarinho de ponta virada. Nota-se que suas roupas já viram melhores dias. Contudo, os punhos puídos não abalam sua pose aristocrática. Dão-lhe, ao contrário, um ar romântico de nobreza falida. As lindas mulheres que o acompanham parecem fascinadas por ele. Dimo reconhece as moças ainda fartamente maquiadas. São três das mais belas coristas do espetáculo a que acabaram de assistir: uma loura, uma ruiva e uma morena. Bebem champanhe e conversam animadamente.

Atraído pelo insólito personagem, Dimitri faz sinal para que Bouchedefeu instale-se com ele na mesa mais próxima. Pedem cerveja, pés de porco e batatas fritas. Quando o garçom se afasta, Dimo passa a ouvir a história que o elfo de piteira está contando para as bailarinas, num francês quase sem sotaque:

— Naquela época eu estava passando uma temporada na Amazônia e havia treinado um casal de papagaios para gritar bem alto o meu nome: "Viva José do Patrocínio Filho!". Um dia, as aves fugiram, o que me deixou bastante aborrecido. Esqueci o incidente e embarquei para a Europa. Anos mais tarde, eu estava de volta caçando na mesma floresta. Depois de abater duas onças enormes, sentei num tronco à beira do rio para descansar. Estava quase cochilando, quando ouvi um grande alarido vindo dos céus. Levantei a cabeça e notei que o céu estava literalmente coberto por uma nuvem de papagaios. Eles voavam em bando em volta de mim e repetiam em coro: "Viva José do Patrocínio Filho! Viva José do Patrocínio Filho!". Tinham aprendido a saudação com os meus dois louros fujões.

Ao escutar aquele nome, Dimitri intromete-se na conversa, falando em português:

— Desculpe o meu atrevimento, cavalheiro. Mas a coincidência é por demais extraordinária. Será que tenho a honra de estar ao lado do filho do grande José do Patrocínio?

O homenzinho espanta-se e retruca na mesma língua:

— Exatamente, meu jovem. O próprio Zeca. Ou Zeca Pato, para os íntimos. — Volta a falar em francês, em atenção às coristas e a Bouchedefeu: — Mas como ouviu falar de mim e do meu pai?

Dimitri narra rapidamente sua história e suas origens. Fala do orgulho que sente de sua avó negra e do quanto o velho Patrocínio representava para sua mãe. Zeca espanta-se, pois a pele alva de Dimo em nada revela a raça de que tanto se orgulha. Ele evita apenas relatar tudo o que diz respeito às suas atividades como anarquista. Termina contando seu encontro inolvidável com Mata Hari e como a dançarina sagrada do rito hindu havia se referido a ele, Patrocínio.

Patrocínio Filho confessa em voz baixa:

— Que mulher! Saiba, meu rapaz, que por ela um homem é até capaz de se embrenhar no mundo da espionagem... — ele deixa escapar, misterioso, dando uma longa tragada na piteira.

A ruiva pendura-se no seu braço:

— José! Não me digas que és espião?

— Não digo que sim nem que não... de qualquer

forma, abandonei por uns dias meu cargo no consulado em Amsterdam para tentar burlar a vigilância da guarda em Vincennes e visitar Mata Hari na prisão. Talvez organizar uma fuga, não sei... tudo em nome do passado...

— E valeria o risco? — pergunta Dimitri.

— O que é o risco para um homem como eu, que já se bateu em duelo no Bois de Boulogne com o rei Alberto da Bélgica pelo amor de uma mulher?

— E o senhor fez isso?

— Claro! Mas poupei-lhe a vida. Não tive coragem de privar a Bélgica de seu soberano. Jorge me confidenciou que ele ainda traz na mão a cicatriz que lhe deixei quando arrebatei-lhe o florete numa curta estocada.

— Que Jorge? — quer saber Bouchedefeu.

— Jorge v da Inglaterra.

Bouchedefeu não parece dar crédito àquelas proezas:

— Em todo caso, Mata Hari deve estar muito bem trancada.

Patrocínio entusiasma-se novamente ao lembrar da bailarina:

— Que mulher! Louca de amor por mim. Infelizmente, era uma situação insustentável. Sabia que alguém pagava pelo seus luxos e caprichos porque eu não tinha como arcar com tantas despesas. Por isso, às vezes, ciumento e revoltado contra mim mesmo, eu a insultava. Erguia os punhos para a esmagar. Ela sorria, vinha como uma gata e murmurava: "Baby...".

— Baby? — repete Bouchedefeu, avaliando o elfo.

— Era assim que ela me chamava. Baby... Havia

um anão hindu que sempre a acompanhava. Não sei por onde andará, agora que Maty foi presa.

— Maty? — lança Bouchedefeu, quase agressivo.

— Um apelido amoroso que lhe dei. Era Maty, Baby, Baby, Maty...

Dimitri abaixa a cabeça, incomodado pela lembrança de Motilah Bakash voando pela janela do Orient-Express.

Patrocínio olha para as três coristas, sonhador, e serve mais uma rodada de bebida. Bouchedefeu ainda tem dúvidas quanto à veracidade da história:

— Será que é da mesma Mata Hari que estamos falando?

— Da única! Uma vez, desvairado de ciúmes, atirei-a de encontro a um canapé e a esbofeteei alucinadamente.

A morena, excitada, quer saber:

— E ela revidou?

— Ao contrário. Só estendeu os braços numa súplica repetindo: "Baby... Baby...". Rolei com ela pelo assoalho, como um louco, possuindo-a mais uma vez. Que mulher insaciável! Eram sete, oito vezes por noite.

— Todas consigo? — indaga, cético e meio embriagado, Bouchedefeu.

Patrocínio Filho lança-lhe um olhar de desdém e, virando-se para Dimitri, muda de assunto:

— Precisas conhecer o Brasil.

— É o que minha mãe não se cansa de repetir. Talvez, depois da guerra.

— Se queres um conselho, vai-te daqui agora. Não fazes parte deste conflito. O Brasil é o país do futuro; lá, tudo está por fazer. Que idade tens?

— Faço vinte anos hoje.

Zeca alça o cálice:

— Ora, viva! És jovem demais para perder tempo por aqui.

— Jovem e simpático — completa a bela moça loura, dando um beijo no rosto de Dimo, estimulada pelo champanhe e pelas histórias de Patrocínio.

— Como te chamas? — pergunta Dimitri, interessado, beijando-a de volta.

— Anette. Não sou nenhuma Mata Hari, mas acho que mereces um mimo de aniversário...

Levanta-se, puxando Dimo pelo braço antes que ele possa reagir.

— A julgar pela aparência do rapaz, acho que tu é que vais ser regalada — diz, rindo, Patrocínio. Tira um cartão do bolso do colete, rabisca um nome e o entrega a Dimitri: — Se resolveres ir ao Brasil, aqui está o nome de um grande amigo do Lloyd Brasileiro. Acaba de ganhar o comando de um navio e em breve deve chegar a Marselha. Se quiseres, basta procurares por ele.

— Obrigado, senhor. Não sei como expressar a honra e o privilégio que tive em conhecê-lo.

— Nem penses nisso! Feliz aniversário. Anette, cuida bem do menino. Pobre de mim! Esta noite vou ter que me contentar com duas... — declara o herdeiro do grande abolicionista.

E foi assim que Dimitri Borja Korozec tomou conhecimento da existência de José do Patrocínio Filho, mulato inzoneiro de indiscutível talento, poliglota, auxiliar de consulado, poeta e jornalista, cuja mitomania quase o levou à forca em Londres, meses depois, como espião.

Mesmo já estando completamente alcoolizado, Gérard Bouchedefeu percebe que Dimitri está para

Foto de Patrocínio Filho sem efeitos de iluminação

Foto de Patrocínio Filho clareada por efeitos de iluminação

se retirar. Ressabiado como todos os bêbados, ele resmunga:

— Pelo menos não te esqueças do presente que preparei para ti com tanto carinho. — E, enfiando a mão no paletó, ele joga para Dimo o camundongo empalhado.

O rapaz não consegue segurar o pequeno animal, que acaba caindo na mesa ao lado, no colo de Jean Cocteau. Cocteau dá um berro e sobe na cadeira:

— Uma ratazana!

Instala-se, na hora, um pandemônio no restaurante. As mulheres gritam, os homens reclamam, os garçons correm em desatino. Dimitri aproveita a confusão para recolher a pequena prenda embalsamada, que fora parar no copo vazio de Modigliani. Ele pede desculpas, muito sem jeito, e sai às pressas, arrastando a loura Anette pela mão. Apollinaire e Satie socorrem o poeta quase em choque, enquanto Picasso se esparrama no chão às gargalhadas.

Anos depois, o pintor ainda riria ao se lembrar do episódio e daquele jovem atabalhoado saindo da Lipp, segurando pelo rabo um pequeno rato morto.

🕭🕭🕭🕭

Retrato de Dimitri rabiscado
por Picasso num
guardanapo da Brasserie Lipp

🕭🕭🕭🕭

■ PARIS — SEGUNDA-FEIRA, 15 DE OUTUBRO
DE 1917

APESAR DA EUFORIA dos franceses com as vitórias em Verdun, pela primeira vez em sua vida Dimitri Korozec encontra-se em profunda depressão. Conforme previra, Dragutin fora fuzilado como traidor, e a execução de Mata Hari acabara de ocorrer em Vincennes, de manhã; o Tribunal do 3º Conselho de Guerra negara seu último apelo. Dimo passou a noite em claro pensando no triste fim da dançarina. A vitória dos bolcheviques na Revolução Russa tumultua ainda mais seus pensamentos. Seria o terrorismo político a opção correta ou todo o seu treinamento fora uma inutilidade que apenas o transformara num assassino sem vítimas? Passa dias inteiros no quarto, sem sair da cama, mergulhado em seus livros, relendo Bakunin e Kropotkin.

Gérard Bouchedefeu o encontra nesse estado de espírito, exatamente cinco horas após a morte de Mata Hari. A sombria mensagem que o velho anarquista traz por intermédio de um antigo camarada vindo de Sarajevo irá agravar ainda mais a melancolia do seu jovem companheiro. Os pais de Dimitri faleceram numa epidemia de tifo. Mesmo tendo passado a vida lidando com a morte, o empalhador não sabe como anunciar tamanho infortúnio. Lembra-se que, na Antigüidade, os reis mandavam matar os portadores de más notícias. Ele se aproxima de Dimitri e arranca da cama o edredom que o cobre:

— Estive pensando. Não há motivo para sentires tamanho abatimento. Quero te contar uma fábula japonesa que certamente vai melhorar teus ânimos.

Dimo recosta-se na cama curioso e Bouchedefeu senta-se ao seu lado:

— Um monge voltou ao convento depois de anos de peregrinação. Assim que atravessou os portões, percebeu que os bárbaros haviam ateado fogo ao templo e destruído os jardins. Em desespero, o pobre homem lançou-se ao chão rasgando as vestes e bradando aos céus: "Parto em busca de sabedoria e resignação e quando retorno é isto que encontro? Qual o sentido desta provação?". Nesse momento, um outro monge, velho e cego, chegou-se a ele e disse: "Então de nada serviu tua jornada? Não aprendeste que, por mais terrível que seja o infortúnio, algo pior sempre poderia ter ocorrido?". O jovem monge retrucou com impaciência: "Não sejas estúpido, velho cego. Que haveria de acontecer que me entristecesse mais do que isto?". E o velho respondeu: "Tu é que és parvo. Pois estás aí a chorar pelas plantas do jardim e pelas pedras do templo sem saber que teu pai e tua mãe morreram de tifo".

Dimitri olha por um instante para Bouchedefeu e desanda a rir:

— Gérard, tu é que estás mais maluco que esse velho cego. Que tenho eu a ver com monges e conventos?

— Nada. Mas teu pai e tua mãe morreram de tifo.

Dimo leva um tempo até se dar conta da enormidade que acabara de ouvir:

— O que estás dizendo?

— Já disse. Teu pai e tua mãe morreram de tifo. Sinto muito, meu rapaz. Se te serve de algum conforto, eu também sou órfão.

Dimitri Borja Korozec chora silenciosamente a perda irreparável. Sente-se só e desamparado. Bouchedefeu, angustiado, não sabe o que dizer:

— Tu vais ver. Um dia, este sofrimento, que julgas insuportável, acaba. Como diz o provérbio: "Quanto maior a dor, maior o alívio".

Dimitri, que jamais ouvira provérbio tão estúpido, segue num pranto convulsivo. Bouchedefeu acaricia, sem jeito, o rosto do rapaz, e sai, fechando a porta. O consolo não é a virtude mais eficaz dos velhos anarquistas.

Depois de um banho gelado e de um leve almoço comido às pressas, Dimitri Borja Korozec sai de casa às duas horas da tarde disposto a mudar radicalmente sua vida. O choque da perda dos pais o desperta do estado quase letárgico em que se achava. Cumprirá a promessa feita à mãe. É hora de agir. Parte para o Brasil no primeiro navio disponível. Nem pensa em usar o cartão oferecido por José do Patrocínio Filho. Não viajará de favor. Tem à sua disposição os fundos da Mão Negra, depositados no Schweizerischer Glücksgeldbank, de Zurique, em nome de Ápis. Para movimentá-los, basta usar a senha que Dragutin lhe fornecera. Até então nunca havia lançado mão desse recurso, porém acha que o momento é chegado. Basta de apatia. Chega dessa vida miserável. Tem, inclusive, de aprender a gastar dinheiro. A agência francesa do Glücksgeldbank fica na rua Tronchet. Ele resolve que não irá ao banco de metrô. Faz sinal para um táxi parado em frente ao prédio. O veículo não se move. Nem poderia. É o dele. Num gesto de rebeldia decide que também não irá guiando, e chama um companheiro que passa pela rua de l'Échiquier: "Táxi!".

O grito comum tem para ele um sabor especial de liberdade.

— Lamento, senhor, mas esta conta foi fechada em setembro de 1914, logo no começo da guerra — explica mais uma vez o caixa de pincenê e cabelos divididos ao meio.

Dimitri insiste:

— Deve estar havendo alguma confusão. Talvez eu não tenha escrito corretamente o código de acesso. É Nêmesis. Pode verificar de novo?

— Já verificamos cinco vezes. Não quer falar com o diretor da nossa sucursal? Ele gostaria de recebê-lo.

Dimo é conduzido à presença de monsieur La Fortune. A sala imensa é decorada sobriamente, como convém a um banqueiro suíço. La Fortune, alto, físico de atleta, recebe-o de pé. Parece já ter conhecimento do problema. Fala com os dentes cerrados, não por descortesia mas por discrição:

— Sinto muito, cavalheiro, mas devo repetir o que meu funcionário lhe explicou. Infelizmente, também para nós, a conta Ápis, código de acesso Nêmesis, foi encerrada há três anos. Pedi para vê-lo porque tenho aqui a cópia de um documento que foi enviada a todas as nossas sucursais. Temos instruções para passá-la às mãos de quem quer que venha movimentar a conta.

Dimo recebe com dedos trêmulos um envelope pardo e sai, atordoado, deixando o diretor com a mão estendida.

💣💣💣💣

Assim que sai do banco, Dimitri entra num café da rua Auber. Pede um pastis e lê a cópia quase apagada do texto, cuja tradução foi feita, anos mais tarde, por um monge português do mosteiro de São Bento em Viana do Castelo:

A QUEM POSSA INTERESSAR

Escrevo estas linhas em agosto do anno do Senhor de 1914 para dar fé de sua infinita bondade e misericórdia. Quiz o Todo-Poderoso fazer-me instrumento de sua bondade, por intermédio de meu meio-irmão Milan Ciganovic, anarchista noctório que muitos malles deve ter perpectrado contra seus semelhantes, pois, desde cedo, mostrava uma tendência para a destruição. Sendo sua meia-irmã, é com pezar que reconheço sua malignidade e, várias vezes, em Londres, depois da minha conversão, meditei sobre a Vontade Celestial de me fazer vir ao mundo no seio de família tão pouco temente a Deus. Sabia, no entanto, que tudo deveria fazer parte dos projectos do Grande Arquitecto do Universo.

Ao receber, mez passado, uma carta de Ciganovic, o piedoso plano divino estampou-se-me, finalmente, diante dos olhos, com a clareza insofismável de um milagre. Sem saber que tive a "Revelação" através das irmãs do Dispensário St. Mary, Milan narrou-me um encontro com o famigerado coronel Dragutin, cuja alma certamente ar-

derá no inferno, e, por descuido, escreveu-
me o nome do código, da conta e do banco
onde eram depositadas as vultosas somas
que financiavam suas actividades assassi-
nas e sanguinárias. Pude assim lançar mão
de todos esses fundos para a creação de
uma illuminada instituição de caridade que
elevará ainda mais nas alturas o nome do
Creador: o "Lar da Chapeleira Mãe Solteira
e Abandonada Olga Krupa". Espero que o
Senhor não tome como vaidade o facto de
ter eu ligado meu humilde nome a essa obra
de sagrada inspiração.

Hosana nas alturas! Misteriosos são os
caminhos do Senhor, pois Elle escreve certo por linhas tortas.

Sei que a creatura que estiver a ler,
neste momento, estas palavras, e a quem
já considero patrono e bemfeitor da nossa
fundação, se unirá a mim a bradar aos céus:

Graças a Deus! Graças a Deus! Graças
a Deus!

Irmã Olga Krupa.
Diretora-Presidente do Lar
da Chapeleira Mãe Solteira e
Abandonada Olga Krupa.
Londres, 15 de agosto de 1914

Dimitri dobra o papel e guarda-o no bolso do paletó. Chama o garçom e pede mais um pastis. Está decidido a não se deixar abater pelos acontecimentos. Ainda lhe resta o cinto com as moedas de ouro, porém decide guardá-las para emergências maiores. Irá ao Brasil. Patrocínio Filho tinha razão. Nada o detém no Velho Mundo. Encara o revés da fortuna como um desafio. Examina o cartão que o brasileiro lhe deixou e resolve partir à noite mesmo para Marselha. O garçom volta trazendo mais bebida. Seus pensamentos estão tão distantes que ele, sem se dar conta, agradece em português: "Obrigado".

Dimo bebe o líquido esverdeado de um só trago.

• RIO GRANDE DO SUL – SÃO BORJA – OUTUBRO DE 1917

O HOMEM DE BOMBACHAS segurando a cuia de chimarrão instala-se na rede do terraço. É pequeno em estatura, mas sua aparência serena transmite uma segurança invulgar. Sente-se nele a força e o carisma do líder nato. Sua filha pequena segue-o de perto e senta-se no chão ao seu lado. Não desgruda os olhos do pai, por quem tem verdadeira adoração. Os dois ficam em silêncio, contemplando o crepúsculo. Vênus surge no céu e o sol começa a desaparecer no horizonte, colorindo de laranja o teto das casas. O homem está cansado. Deputado estadual pelo Partido Republicano desde 1909, acaba de participar da campanha para se reeleger pela terceira vez. Sempre se emociona ao visitar a velha fazenda onde cresceu em meio aos peões. Sente saudade das longas cavalgadas pelos descampados e dos churrascos preparados na brasa da fogueira improvisada. Ainda guarda a primeira faca longa, presente de um velho capataz.

O homem está intrigado com uma carta que o esperava na estância. Vem de longe, a missiva. De Sarajevo, berço do conflito que abala a Europa há três anos. Puxa mais uma vez do bolso o envelope desgastado por tanto manuseio. Olha de novo o texto escrito com letra tremida, de quem não tem mais forças para segurar a pena. A mulher que o escreveu conta que agoniza de tifo e que tem poucos dias de vida. No seu desvario, afirma ser sua irmã natural, nascida quando seu pai, o velho general, ainda era solteiro. Fala de um filho nascido na Bósnia, que seria seu sobrinho e portanto neto de seu pai.

Ela teria fugido do Brasil com um circo italiano e se casado com um anarquista sérvio. Teme pela vida do filho, pois o rapaz parece seguir a incerta trilha dos terroristas. A história é por demais rocambolesca para ser verdadeira. Descreve fatos de terras longínquas que ele só conhece pelas notícias de jornal. O homem atribui aquela narrativa quase sem nexo à alucinação da febre. Decide não dar mais importância ao episódio. "Provavelmente é mais uma pobre coitada que perdeu o juízo com a guerra", pensa ele. Tem uma campanha pela frente com que se preocupar. Sua reeleição é dada como certa, porém, na política, a certeza de hoje pode ser a derrota de amanhã.

O homem puxa um fósforo e põe fogo na carta. Acende um longo charuto Santa Damiana. A filha, que segue fascinada cada um de seus gestos, pergunta:

— Que papel é esse?

— Não é nada, Alzirinha — responde o homem, Getúlio Vargas, afagando-lhe a cabeça e dando uma longa baforada no charuto.

4

DEPOIS DE INSTALAR-SE num velho hotel perto da estação, Dimitri percorre La Canebière, a larga avenida que desce até o antigo porto da cidade. O escritório do Lloyd fica não muito distante do cais. É para lá que se dirige, a fim de procurar fazer contato com a pessoa que lhe fora indicada por Patrocínio.

Geralmente o outono é uma estação de chuvas em Marselha, mas o dia está quente e ensolarado, contrastando com as folhas mortas das árvores, que semeiam a calçada.

Ele sobe o Quai des Belges e o Quai du Port até a rua de la Coutellerie, e após caminhar mais algum tempo avista, logo na esquina, o pequeno prédio da companhia marítima. Na frente, em letras apagadas, está escrito o nome da empresa: Lloyd Brasileiro. A porta está fechada, mas pela vidraça ele vê um homem dos seus sessenta anos recostado no balcão. O velho funcionário come uma *bouillabaisse* de um prato pousado no fundo de uma gaveta, enquanto lê um número antigo do *Jornal do Commercio*. Dimitri bate no vidro e chama o servidor em português:

— Por favor, daria para o senhor me atender?

O homem levanta os olhos e grita:

— Está fechado. Hoje é ponto facultativo.

Dimitri domina a língua com perfeição, porém jamais ouvira aquela expressão antes:

— Ponto o quê?

— Ponto facultativo. É uma espécie de feriado.

— Aqui?

— Não. No Brasil. É o Dia Nacional do Guarda-Livros.

— Por favor, meu senhor. Eu só preciso de uma informação.

Muito a contragosto, o velho servidor vai até a porta e deixa Dimitri entrar. Volta novamente para o balcão e, visivelmente contrariado por aquela interrupção, fecha a gaveta com o prato. Puxa um cotoco de lápis de trás da orelha e palita os dentes com ele. Boceja e pergunta:

— Qual é a urgência?

— Estou procurando o capitão-de-longo-curso Saturnino Furtado de Mendonça. Ele está em Marselha?

O velho afasta o jornal:

— Quem quer saber?

— O capitão não me conhece. Meu nome é Dimitri Borja Korozec, venho da parte de um amigo comum — explica ele, mostrando o cartão que Patrocínio lhe dera.

O velho coça a cabeça com o mesmo lápis-palito e devolve o cartão com seu polegar impresso em gordura:

— Ele chegou ontem e embarca hoje à noite para o Rio de Janeiro no comando do cargueiro *SS Macau*.

— E como faço para achá-lo?

— Sei lá. Se quiser pode procurar no cais.

O cansado servidor público dá o assunto por encerrado. Volta a ler o jornal e, abrindo a gaveta, com o garfo enegrecido pesca da *bouillabaisse* uma

154

cabeça de peixe e começa a sugá-la ruidosamente, enquanto resmunga entre os poucos dentes que lhe restam:

— Não respeitam mais nem ponto facultativo. É o cúmulo.

💣 💣 💣 💣

Documento encontrado no arquivo morto da Marinha Imperial alemã anexo ao diário de bordo do *SS Macau*

"SS Macau" – 17 de outubro de 1917

Deixamos Marselha às vinte horas de terça-feira, na preamar, com destino ao porto de Leixões, em Portugal, primeira escala na nossa volta ao Rio de Janeiro. Attendendo à solicitação do excellentíssimo senhor José do Patrocínio Filho, mui digno addido consular do Brasil em Amsterdam, acolhi a bordo, como passageiro, o jovem Dimitri Borja Korozec, segundo consta, cidadão refugiado da Bósnia, porém de mãe brasileira. Devido às suas credenciais, não vi inconveniente algum em attender o pedido de tão illustre funcionário, sobretudo por causa da belligerância que occorre no continente europeu.

155

O rapaz parece ter instrucção superior e falla correntemente vários idiomas, inclusive o português, que, explicou-me, apprendeu com sua genitora.

Está em perfeitas condições de saúde, todavia colloco dúvidas quanto a sua adaptação à vida no navio durante a travessia. Presumo que o jovem deve ter tido o seu equilíbrio phisico abalado pelos deslocamentos da embarcação, pois, em pouco tempo, conseguiu quebrar, na minha cabine, um sextante magnífico, presente de meu pai quando me formei na Escola de Marinha Mercante, sólido instrumento que já havia resistido a várias tempestades.

Quebrou ainda três pratos e uma travessa de batatas no refeitório, onde também feriu, sem querer, com o garfo, a mão do primeiro piloto Magalhães; depois partiu o balaústre do tombadilho, quase precipitando-se no oceano, e, numa breve visita ao passadiço, teria estilhaçado com o cotovêllo a cúpula de vidro que protege a agulha magnética, não fosse a pronta intervenção do immediato Rodrigues. Certamente não possui, como dizem os franceses em jargão náutico, o "pé marítimo". É provável que não seja tão desastrado em terra firme.

Executamos a travessia do estreito de Gibraltar com relativa tranquillidade e seguimos navegando em mar calmo, sob céu estrellado, a uma velocidade de nove nós.

Há uma certa apprehensão por parte de alguns tripulantes em virtude do afundamento dos navios "Tijuca", "Paraná" e "Lapa" apesar do estado de neutralidade por nós declarado, o que provocou o rompimento de relações com o Império do Kaiser. Outra aggressão à nossa frota certamente levará o Brasil a entrar na guerra ao lado dos Alliados.

Na verdade, o official de quarto Souza e o despenseiro Santos já me confidenciaram se sentirem pouco à vontade pelo facto deste cargueiro ser o ex-"Palatia", apprehendido aos germânicos quando fundeado em nossos portos. Além disso, os dois relataram-me notícias colhidas em Marselha de que a região estaria infestada por submarinos allemães. Não sei se devo dar crédito a essas informações ou se não passam de superstição, como a lenda das sereias avistadas pelos velhos marinheiros.

Quanto a mim, creio que alcançaremos o porto de Leixões, amanhã, ao anoitecer, sem maiores transtornos.

Saturnino Furtado de Mendonça,
Capitão-de-Longo-Curso.

No dia seguinte, a duzentas milhas do cabo Finis-
terra, na Espanha, o capitão Wilhelm Kurtz, do U-932
da frota imperial, sente uma pontada no coração ao
ver a presa de três mil quinhentos e cinqüenta e sete
toneladas de porte bruto delinear-se nitidamente no
seu periscópio. Nascera em Bremen, filho de um cons-
trutor naval, e fascinado pela Marinha desde criança,
estava no porto quando aquele cargueiro fora lançado ao mar, em 1914. Sua tristeza era maior ainda porque seu pai ajudara a construir aquela embarcação.
Não importa que os brasileiros tivessem lhe mudado
o nome. Para ele, seria sempre o SS *Palatia*. Wilhelm
afasta as lembranças sentimentais e concentra-se na
mira. Afinal, aqueles pensamentos nostálgicos não ficam bem a um dos oficiais mais condecorados da
Marinha imperial. Aos vinte e três anos, já pôs a pique
doze cargueiros e cinco cruzadores.

Abatido e pálido pelos longos períodos confinado dentro dos U-Boot, aparenta mais do que a idade
que tem. Os submarinos são projetados visando ex-
clusivamente à eficiência no combate, sem levar em
conta o conforto da tripulação.

Os homens dormem ao lado dos torpedos, com a
roupa do corpo, que é a mesma do início ao fim da
viagem. Os beliches são mais estreitos do que um ca-
tre de convento. Passam semanas sem tomar banho,
já que utilizam a água apenas para beber. Usam gasolina para livrar-se da eterna graxa que envolve cada
peça do submergível, reservando um pouco da água
apenas para limpar o rosto e as mãos.

Na região da batalha não é possível usar os sanitários, pois o ruído da descarga pode ser detectado pelos sonares inimigos. Depois de doze horas, o ar tor-

na-se quase irrespirável e, para poupar oxigênio, nem os mais viciados se atrevem a acender um cigarro.

Tudo isso contribui para reforçar a solidariedade entre os homens. Mais do que as patentes, são os valores pessoais que definem as lideranças. Às vezes, o pequeno espaço daquele tubarão de metal leva a tensão das relações entre os companheiros aos limites do humanamente possível. Mesmo assim, nem Wilhelm nem seus homens escolheriam outro tipo de existência. Aproximar-se sorrateiramente da caça por baixo das águas e surpreendê-la no oceano é sua paixão maior. De quando em quando, pensa, envergonhado, que o prazer de afundar o navio inimigo é maior do que o que encontra nos braços de uma mulher.

Essa sensação o acomete agora, ao ordenar ao oficial Berminghaus que lance os torpedos. Os dois artefatos deixam os tubos de lançamento e singram silenciosamente para o alvo.

Apoiado na borda falsa do convés superior, Dimitri observa o mar. Seguindo as ordens do comandante, que teme outro acidente, um oficial o vigia de longe, recostado no segundo mastro. De repente, Dimo vira-se para ele apontando as ondas:

— Venha ver que lindo! Dois golfinhos nadam por baixo d'água em nossa direção. Incrível como são rápidos e conseguem manter sempre a mesma distância um do outro. Parece uma coreografia.

O oficial aproxima-se, debruçando-se junto com ele.

— Não é uma manifestação deslumbrante da natureza? — pergunta Dimitri, embevecido.

— Não. São dois torpedos alemães — responde o oficial, correndo para a ponte de comando.

Antes que chegue à escada, as duas ogivas explodem de encontro ao casco de ferro.

Nem as sirenes de alarme conseguem encobrir o tumulto. Homens vestindo apressadamente coletes salva-vidas correm para as baleeiras. Da torre de comando, Saturnino Furtado de Mendonça grita ordens que não são mais escutadas e o primeiro piloto procura manter o navio flutuando. Seus esforços são inúteis. Um dos torpedos atingira as caldeiras do cargueiro.

A sólida embarcação de cento e onze metros começa a adernar a bombordo com a fragilidade de uma canoa. Alguns dos vinte e seis tripulantes em pânico atiram-se nas águas. Os outros abaixam os escaleres e recolhem os que saltaram. Como convém à tradição da Marinha, Saturnino de Mendonça é o último a embarcar nas baleeiras, juntamente com o despenseiro Arlindo. Saturnino leva consigo o diário e todos os papéis de bordo. Uma intensa neblina começa a cobrir a superfície, misturando-se à fumaça causada pelo incêndio das caldeiras.

O comandante lembra-se de seu único passageiro e procura em vão localizá-lo nos botes que já se afastam do naufrágio. Não o vê em parte alguma. A névoa tolda-lhe a visão. O *Macau* leva dezesseis minutos para perder-se no fundo do Atlântico. Súbito, a poucos metros dos barcos, rompendo a cerração, o U-Boot 932 surge das águas como uma baleia de aço. O capitão Wilhelm é o primeiro a despontar pela escotilha. Logo a seguir um marinheiro aparece no estreito convés do submarino, dirige-se rapidamente para a metralhadora da popa e aponta a arma para os escaleres.

— *Kommandant, schnell hier gekommen! Schnell!* — berra Wilhelm, gesticulando para que o capitão Saturnino venha a bordo.

A baleeira com o capitão brasileiro encosta no submarino. Saturnino tenta entregar o diário e os documentos ao primeiro remador.

— *Nein! Mit den Papieren! Sie müssen die Papiere bringen!* — acena novamente o alemão, ordenando que ele traga os papéis.

Saturnino está para subir, quando o despenseiro Arlindo segura-o pelo braço:

— Sozinho o senhor não vai. Aonde o senhor for, eu vou também.

Ignorando os protestos dos alemães, eles ganham o deque do submergível. O capitão manda que um dos homens armados os levem para baixo.

Com a mesma rapidez que surgiu, o U-Boot 932 desaparece da superfície, carregando em seu bojo os dois brasileiros. Essa é a última visão de que se tem registro do capitão-de-longo-curso Saturnino Furtado de Mendonça e de seu fiel e corajoso despenseiro Arlindo Dias dos Santos.

Horas depois, um contratorpedeiro espanhol recolhe os vinte e quatro náufragos das águas do Atlântico. Ninguém se lembra de procurar pelo estouvado passageiro embarcado em Marselha.

Devido à sua notável desorientação, Dimitri pulou pelo outro lado do navio. Enquanto todos se atiravam a bombordo, Dimo, executando um salto perfeito, atinge as águas a boreste, ficando fora das vistas de brasileiros e alemães. Receando ser recolhido pelo submarino, ele aguarda, protegido pelo fog, agarrado a um dos largos destroços de madeira do tombadilho transformado em bóia, até o barco mergulhar novamente.

Quando resolve chamar por auxílio, seus apelos são encobertos pelos gritos de incentivo dos outros sobreviventes aos colegas remadores. Da sua jangada improvisada, Dimo observa, impotente, as baleeiras afastarem-se do local. Exausto e entorpecido pela permanência nas águas geladas, ele acaba adormecendo à deriva, oculto em meio às brumas.

Duas horas após o torpedeamento do *Macau*, Dimitri Borja Korozec é despertado por vozes estridentes, falando português com uma pronúncia que ele jamais ouvira. São pescadores de sardinha da cidade do Porto, que já recolheram suas redes. Ele vê a traineira aproximar-se rapidamente.

— Olá! Olá! — chama um deles, um pescador de nome Joaquim, mais conhecido como Quim.

— Ó Quim, és parvo? Então não vês que o gajo está morto? — diz um segundo.

— Não me venhas com patranhas, Nicolau, que eu o vi a mexer-se — garante Quim.

Num esforço sobre-humano, Dimitri levanta um dos braços, sinalizando que continua vivo. Os portugueses lançam ganchos no que resta do escombro flutuante e conseguem recolher o sobrevivente desmaiado.

O estado de saúde do jovem preocupa os pescadores. Arrancam-lhe fora o terno encharcado, sem dar maior atenção ao largo cinto de couro e ao cordão com a chave que Dimo, mesmo semiconsciente, segura com firmeza. Vestem-lhe roupas quentes, cada um deles contribuindo com uma peça do vestuário. Quim passa-lhe umas calças largas de brim, Nicolau um suéter grosso de gola rulê e um terceiro, chamado Raul, oferece-lhe uma japona. Cobrem-no com um grosso cobertor de lã e uma capa impermeável típica dos pescadores. A indumentária é completada por um gorro que lhe enfiam até tapar as orelhas. Alguém derrama-lhe goela abaixo um caldo verde bem quente que quase queima a garganta de Dimitri. Mesmo assim, o novo Moisés salvo das águas continua tremendo. Nicolau constata que ele está ardendo em febre. Obriga Dimo a beber uma caneca de bagaceira. Finalmente pergunta:

— Estás melhor?

Dimitri assente com a cabeça, porém a tonalidade azulada da sua pele desmente a afirmação.

— Como te chamas?

— Jacques Dupont — responde Dimitri, com medo de revelar sua verdadeira identidade.

— Que raio de nome é esse? Então não és português, pois não? Falas com um sotaque esquisito.

Dimitri segue inventando:

— Não, sou francês. Aprendi a falar português com um amigo brasileiro.

Os pescadores aceitam sem problemas a explicação de Dimo. Nicolau quer saber o que aconteceu:

— Podes nos contar o que houve?

Dimitri toma mais um gole de bagaceira e passa a narrar o naufrágio. Depois de escutá-lo, Nicolau, que parece ser o chefe do grupo, pergunta:

— Só não explicas como te perdeste dos botes salva-vidas.

Dimitri confessa envergonhado:

— É que eu pulei para o outro lado do navio.

A tripulação cai na gargalhada e Dimitri desmaia novamente.

Fica claro para os pescadores que Dimo necessita urgentemente de repouso e de um atendimento mais efetivo. Resolvem levá-lo para Viana do Castelo, porto mais próximo de onde eles se encontram. Um dos portugueses questiona:

— E onde é que o pomos? Não pode ficar aqui em cima ao relento, e nossos beliches são muito apertados. Com o movimento do barco, é capaz de ser lançado ao chão.

Nicolau resolve o problema. Faz uma trouxa com as vestes molhadas de Dimitri para que nada se perca e a prende entre os braços do rapaz, comandando:

— Quim e Raul. Coloquem o gajo no porão deitado sobre as sardinhas.

Raul pára um momento e indaga:

— Mas, Nico, e o cheiro?

— Não sejas burro, Raul. Sardinha morta não sente cheiros.

É noite. Dimitri é despertado em meio aos peixes pela sirene da traineira entrando no cais. Pela escotilha ele avista as autoridades portuárias. Não quer se arriscar a ser deportado ou detido. Tira da roupa molhada os documentos empapados, enxuga-os o melhor que pode e, rasgando um pedaço da capa impermeável, enrola nele os papéis, guardando-os dentro do gorro. Usa as forças que lhe restam para esgueirar-se pela pequena abertura e desliza silenciosamente para o mar, contornando o barco.

Quando os pescadores vêm buscá-lo, dele encontram apenas o velho terno molhado. Num dos bolsos, esquecida pela pressa, acham a carta de Olga Krupa em inglês, que entregam aos policiais. Enquanto se perguntam, intrigados, se o misterioso personagem seria na verdade um espião a soldo dos alemães ou simplesmente um náufrago desastrado, Dimo ganha terra por um embarcadouro mais distante e desaparece de vista pelas ruas tortuosas do porto, deixando atrás de si um rastro almiscarado de sardinha.

5

DE OUTUBRO DE 1917 até setembro do ano seguinte, perde-se praticamente o paradeiro de Dimitri. Sabe-se que em março de 1918, em Coimbra,
utilizando o nome falso de Amadeu Ferreira, ele ganha o primeiro lugar num concurso de datilografia
promovido pela Remington. Tem-se conhecimento
dessa proeza pela anotação nos livros da empresa mostrando que os organizadores o desclassificaram posteriormente, "já que o indivíduo vencedor possuía doze
dedos, o que lhe dava uma injusta superioridade sobre os demais concorrentes".

OUTROS REGISTROS DE ORIGEM APÓCRIFA SOBRE DIMITRI BORJA KOROZEC NESSE PERÍODO

• Uma fotografia de suas mãos aparece na coluna "Acre-
dite se quiser" de Robert Ripley, no *New York Globe*,
com a legenda "O incrível homem dodecadigital".

• Um anarquista inglês assegura que Dimitri teve um
envolvimento passional com a ativista Sylvia Pankhurst
em Londres, na primavera de 1918, tendo participado
de várias manifestações pelo direito de voto para as
mulheres com mais de trinta anos, disfarçado de sufra-
gista.

• Um informante espanhol jura que em 10 de junho de 1918, quando Dimitri já teria completado vinte e um anos, um certo Korozec foi rejeitado numa clínica de Barcelona como cobaia voluntária para testes com uma nova droga, a ergonovina, que usada em pequenas doses provoca o aborto.

• Há quem afirme tê-lo visto na mesma época em Coimbra, participando de uma reunião dos Catalães Loucos, grupo anarco-terrorista português independente que planeja o assassinato do presidente Sidônio Pais.

• Em agosto do mesmo ano, o militante bolchevique Gregori Propof pensa identificar Dimitri como o homem que tropeça em Fanya Kaplan, quando ela dispara por duas vezes sua arma, no atentado que quase mata Vladimir Ilitch Lenin depois de um comício em Moscou.

• Consta que uma edição italiana do *Kama-Sutra*, recolhida imediatamente de circulação, dedica um capítulo aos prazeres conseguidos por um homem com dois indicadores adicionais conhecido pela alcunha de Il Manusturbatore.

• Um médico alemão chamado Kurt Schlezinger garante que tratou de um homem com doze dedos acometido de ergotismo, infecção que matou milhares de pessoas no vale do Reno, transmitida pelo fungo *Claviceps purpura*, que transforma o pão comum num alucinógeno.

Sua presença é finalmente assinalada com segurança nos primeiros dias de setembro de 1918 em Lisboa, numa sessão esotérica em casa do poeta Fernando Pessoa, na rua Santo António dos Capuchos. Presente à reunião o famoso ocultista inglês Aleister Crowley, de quem Pessoa posteriormente traduziria o poema "Hymn to Pan". Nesse encontro, Crowley garante que Dimitri é a reencarnação do sumo sacerdote egípcio Ankh-f-n-khonsu, da XXVI dinastia. Ankh-f-n-khonsu caiu em desgraça quando o faraó Psamtik II percebeu que o desequilíbrio constante do sacerdote era causado pelo fato de ele ter doze artelhos.

Aleister Crowley se preparando
para um ritual de magia egípcia

Em setembro de 1918, faz escala em Lisboa o vapor inglês SS *Demerara*, proveniente de Liverpool, com quatrocentos passageiros a bordo. Construído pelo estaleiro Harland and Wolff, em Belfast, na Irlanda do

Norte, o barco parte para o Rio de Janeiro, porém deve antes aportar em Tenerife, território da Espanha nas ilhas Canárias, para se reabastecer de água e carvão e trocar parte dos marinheiros por uma tripulação espanhola. É nesse navio que Dimitri Borja Korozec consegue embarcar como taifeiro para o Brasil.

Fora apresentado ao comandante por Manoela Craveiro, obscura cantora de fados de um cabaré do porto, com quem ambos mantinham esporádicas relações amorosas. Só por insistência de Manoela o comandante aceita o engajamento de Dimitri, pois o rapaz está acometido de um resfriado que o deixa em permanente estado febril. Sua fragilidade é atestada por este fragmento delirante extraído de seu caderno:

[...] Custa-me entender a constante preocupação do marujo ignóbil que comanda este barco. Evita-me como se a tosse que me aflige os brônquios fosse uma anunciação de hemoptise. Merda de marujo. Mijo no mar sujo. Na vaga a nave voga e navega. Sinto sede, muita sede, mas querem me dar água salgada. Malta safada. Um vulto voa em volta da viga. É o pelicano. Preciso sugar a bolsa úmida do seu bico para apagar este fogo que me ofusca os olhos. Afasta-te de mim, Velha Ceifadeira, minha hora ainda não é chegada! Mamãe me chamava de Malidimo. Pequeno Dimo. Malidimo, Mal e Dimo. Em algum lugar do navio alguém murmura o meu nome. O complô se adensa como um nevoeiro; antes, porém, cortarei as garras do opressor. Será noite? Certamente é noite. Ou então é o dia que vestiu-se de trevas. Sinto no estômago o calor sufocante das caldeiras. O portaló! Por que não abrem o portaló? Nunca tive bilboquê. Se fosse menina, certamente teriam me dado uma boneca. Bilboquê, nunca. Ao meu lado, um velho agonizante resmunga uma oração. Que horas são? [...]

Dias depois, ao se afastarem do cais de Tenerife, todos os passageiros menos favorecidos do *Demerara*, que se dirigem ao Novo Mundo em busca de uma vida melhor, já estão contaminados pela estranha constipação que aflige Dimo.

A viagem do *Demerara* pelo Atlântico se transforma numa aventura dantesca. O comandante sente-se como o barqueiro Caronte cruzando o rio Estige em direção aos infernos. Só falta a mitológica moeda na boca dos enfermos para pagar a travessia. O tossir constante dos emigrantes nos porões da terceira classe sobrepõe-se ao fragor cavernoso das máquinas. O germe fora contraído por Dimitri de um batalhão de soldados americanos, de Kansas City, com quem ele confraternizara em Bolonha. No entanto, devido ao período de incubação, todos atribuem erroneamente a influenza à chegada dos marinheiros espanhóis recém-embarcados. De seus catres, os menos atingidos lançam gritos enrouquecidos pela febre: "Foram os espanhóis! Pegamos esta maldita gripe dos espanhóis!".

E, assim, é Dimitri Borja Korozec quem deixa, no Rio de Janeiro, a gripe espanhola.

🌑 🌑 🌑 🌑 🌑

As precárias condições higiênicas e sanitárias do Rio de Janeiro, nos idos de 1918, facilitam a expansão da pandemia. Fecham-se as escolas, numa tentativa de deter a praga. Depois, é o comércio que cerra as portas. Os remédios conhecidos são de pouco ou nenhum efeito. Alguns vendedores inescrupulosos oferecem elixires exóticos como a cura milagrosa. As pessoas não saem de casa temendo a contaminação, porém nada parece diminuir a virulência que invade a cidade e, por extensão, o país.

Os mortos são tantos, que não há mais tempo de colocá-los em caixões. Os corpos são lançados em valas comuns e cobertos apressadamente com terra e cal. Logo pela manhã, carroças mortuárias percorrem as ruas recolhendo os defuntos. O Cemitério São João Batista chega a realizar mais de cento e quarenta enterros num único dia. É tão grande a carência de jazigos que, por falta de espaço, muitas vezes os encarregados se limitam a trocar sua carga fúnebre por cadáveres mais frescos.

A peste se espalha por todo lado, levada pelos imigrantes contaminados e, em pouco tempo, mais de trezentas mil pessoas falecem. O pânico toma conta da população e fala-se do perigo iminente de um surto de cólera-morbo.

Sem o saber, Dimitri faz sua primeira vítima política perpetrando um involuntário atentado biológico: o presidente Rodrigues Alves morre em janeiro, assassinado pelo germe que ele introduzira no Brasil.

A tudo isso Dimitri escapa incólume. A longa convivência com o vírus cria-lhe um anticorpo que o transforma num portador do germe, sem afetar sua saúde.

Não é, também, dessa vez, que Dimo consegue conhecer a terra da mãe. Quando tenta desembarcar no Rio, os médicos da alfândega detectam nele uma irrupção tardia de sarampo. Posto em quarentena, é obrigado a seguir viagem até San Francisco, nos Estados Unidos, sua próxima parada.

💣💣💣💣

6

— MAIS FIGURANTES! Preciso de mais figurantes! — grita Irving Thalberg, o todo-poderoso produtor da Metro.

Aos vinte e seis anos, Thalberg é considerado o menino-prodígio da indústria, homem de confiança do estúdio criado por Louis Mayer.

O assistente J. J. Cohn aproxima-se atarefado:

— Vai ser difícil conseguir mais figurantes às oito horas da manhã.

— Quantas pessoas tem aí?

— Umas quatro mil.

— Quero o dobro — insiste Thalberg.

— O dobro!? Como é que eu faço?

— Manda pegar gente na rua.

Sob o sol quente da Califórnia, será realizada neste sábado a grande cena da corrida de quadrigas de *Ben-Hur*. O projeto já custou quatro milhões de dólares e praticamente nada do que havia sido filmado na Itália foi aproveitado. Thalberg tomara as rédeas da produção. Trouxera a equipe de volta a Hollywood, trocara o roteiro, o diretor e a estrela, colocando o novo ator Ramon Novarro no papel principal. Outras seqüências mais trabalhosas, como a do vale dos leprosos e a batalha naval entre romanos e piratas, tinham ocorrido sem grandes percalços. Agora, restava o *grand finale*.

Aboletados nos lugares de honra da imensa réplica do Circus Maximus estão os convidados que vieram especialmente para assistir ao evento. Sentam-se ali, como meros espectadores, vestindo túnicas romanas, entre outras celebridades, Douglas Fairbanks, Mary Pickford, Lillian Gish e Marion Davies. As últimas câmeras são escondidas estrategicamente em volta da arena, atrás das estátuas enormes, em escavações espalhadas ao longo do percurso, sobre trilhos e no meio da multidão. Todas devem obedecer ao mesmo comando. Bigas e quadrigas alinham-se para a partida.

O choque entre os dois rivais fora preparado meticulosamente pelo Departamento de Efeitos Especiais. Vários carros e cavalos se envolveriam no desastre, que terminaria com a roda da quadriga de Ben-Hur arrancando a do carro de Messala. Há uma certa tensão no ar. Na experiência anterior, feita na locação romana, vários cavalos tinham morrido no acidente simulado e Ramon Novarro escapara por milagre.

O experimentado diretor Fred Niblo dá as últimas ordens aos assistentes pelo megafone. Os gastos são exorbitantes. A cena precisa ser filmada de primeira.

Ao lado de um extra em trajes de gladiador, atrás da primeira curva da pista, vestido de centurião, encontra-se Dimitri Borja Korozec.

Desde sua chegada aos Estados Unidos, conseguira ligar-se a vários grupos anarquistas, e há mesmo o boato absurdo de que ele seria o verdadeiro atirador no caso Sacco e Vanzetti. Conhecendo a pertinácia com que se dedica à sua causa, é pouco provável que não tivesse assumido o assassinato se fosse o real responsável.

Sabe-se que ele participou de vários movimentos operários, tendo quase feito abortar a famosa greve dos trabalhadores das minas de carvão, em 22, confundindo os mineiros cobertos de fuligem com os negros da organização ultra-radical Volta à África.

Em 1924, suas andanças o levam para Nova York, onde visita assiduamente os mal-afamados dancings do Hell's Kitchen. Em breve, está ganhando a vida como dançarino profissional. Num desses salões de baile Dimitri conhece um certo George Raft, também dançarino, ligado a perigosos elementos do submundo. Raft, que já foi pugilista e acaba de ganhar o duvidoso título de "o mais rápido bailarino de charleston do mundo", é o protótipo do amante latino, com sua pele morena e os cabelos lisos sempre impecavelmente fixos com gomalina. Tem o hábito de lançar ao alto uma pequena moeda e apará-la sem olhar. Dimitri passa a imitá-lo, inclusive na maneira de vestir e de emplastrar a cabeleira. Uma sólida amizade nasce imediatamente entre os dois. Dimo chega a fazer dele seu confidente, revelando sua verdadeira identidade e seus projetos políticos ainda irrealizados. Conta até mesmo a malbaratada participação no atentado ao arquiduque em Sarajevo, o que faz Raft dar boas gargalhadas. Dimitri surpreende-se, incapaz de ver o lado cômico de sua desventura.

Ambos fazem sucesso com as mulheres e já que, por mimetismo, Dimo acaba se assemelhando ao dançarino, George costuma apresentá-lo como seu irmão caçula.

Após um ano de convívio, não vendo maiores oportunidades em Nova York, George Raft convence Dimitri a mudarem-se para Hollywood, onde tentariam ingressar no cinema. Dimo aceita o convite, certo de que seus objetivos políticos não serão traídos. Está persuadido de que a indústria cinematográfica é uma criadora de mitos perigosos a serviço da burguesia e a melhor maneira de destruí-la é infiltrar-se nela.

Pois é justamente George Raft que está agora ao seu lado, vestido de gladiador. Dimo conserva sua aparência romântica de poeta desprotegido, e os trinta anos do ator parecem muito mais do que os vinte e oito de Dimitri.

George Raft ajeita o capacete, nervoso. Ao contrário do amigo, pretende fazer carreira e não quer ser prejudicado por alguma falha:

— Tem certeza de que entendeu o que o assistente de direção mandou fazer?

— Claro — garante Dimitri, seguro de si, agarrando uma grossa corda semi-oculta pela areia.

— Então me diz.

Dimitri revira os olhos com impaciência. Está ali muito mais pela merenda do que pela ínfima participação:

— Eu espero passar as duas quadrigas principais e puxo esta corda escondida no chão. Os cavalos das bigas que vêm no encalço tropeçam na corda. Simples.

Seu jeito displicente não tranqüiliza Raft totalmente. Qualquer pessoa que tenha convivido com Dimitri conhece-lhe a propensão natural para a catástrofe:

— É melhor que eu mesmo faça isso. Me passa a corda.

Dimo irrita-se:

— George, não sou nenhuma criança.

— Me passa a corda.

Para Dimitri, a discussão vira uma questão de honra:

— Fui escalado para puxar a corda e vou puxar.

Furioso, George Raft lança-se sobre ele. Os dois rolam pela arena disputando a dúbia primazia de causar o desastre. Dimitri lança-lhe ao rosto um punhado de areia e saca a espada de centurião. George levanta-se segurando o tridente e procura envolver Dimo com a rede que faz parte da sua indumentária. Não são mais figurantes. Transformam-se em dois gladiadores lutando ferozmente com armas de madeira.

Do alto de uma grua, Fred Niblo, alheio ao incidente, grita ao megafone:

— Ação!

Eles nem sequer escutam os berros enlouquecidos do diretor-assistente suplicando que puxem a corda. Os cavalos das bigas mais leves, que deveriam cair, se projetam em louca disparada de encontro às duas quadrigas da frente, logo depois da curva. Com o choque, a lateral interna da pista desaba, trazendo consigo uma gigantesca estátua de Netuno. Subitamente, é todo o cenário que vem abaixo em efeito cascata.

O silêncio se abate sobre o estádio destruído. De pé, em meio às ruínas, George Raft e Dimitri Borja Korozec seguem se batendo como se disso dependessem suas vidas. Conhecendo o frágil estado de saúde de Irving Thalberg, Mary Pickford e Douglas Fairbanks temem que seu coração não resista. O entrevero acaba de encarecer em um milhão de dólares a produção de *Ben-Hur*.

179

Felizmente para George Raft, o capacete que lhe cobre o rosto evita que ele seja identificado, e o ex-dançarino pôde continuar interpretando pequenas pontas até ser revelado no filme *Scarface*, em 1932, vivendo o gângster Guido Rinaldo, ao lado de Paul Muni.

Foto de George Raft e Dimitri feita por um iniciante para uma agência de figurantes

Seu jeito de atirar uma moeda para cima e pegá-la sem olhar, adquirido no Hell's Kitchen, se transformaria em marca registrada.

Bem antes dessa fama, todavia, a amizade entre os dois ficara seriamente abalada. Raft receava que alguém na cidade do cinema os visse juntos e associasse seu nome à hecatombe.

Três anos se passam e fica cada vez mais evidente que os antigos laços que os uniam em Nova York estão para ser desfeitos. Além do pequeno quarto que dividem numa pensão de segunda, os dois pouco têm em comum. Enquanto Raft consegue cada vez mais melhores papéis, Dimo se desencanta dia a dia com a Meca do cinema. Tirando algumas aventuras passageiras com starlets que se tornariam mais tarde grandes estrelas e cujo nome não é de interesse expor, não vê nada de útil na sua permanência na Califórnia. Raft acha ridículas as aspirações políticas do anarquista.

Em dezembro de 1928, no começo do inverno, George Raft não agüenta mais Dimitri Borja Korozec. Querendo livrar-se definitivamente da incômoda parceria, entabula com ele uma conversa da qual toma nota para eventual publicação num livro sobre Hollywood. Essas anotações foram encontradas por homens de Fidel Castro, em 1959, quando fecharam o cassino do Hotel Capri, que, segundo consta, George Raft, em fim de carreira, gerenciava como testa-de-ferro para o crime organizado.

O Capri tinha, como atração suplementar, uma piscina de fundo transparente na cobertura, e quem estivesse no bar do andar de baixo podia deleitar-se vendo garotas que nadavam nuas.

A tradução de péssima qualidade do translado que se segue, excessivamente literal e por vezes incompreensível, foi feita por um escritor brasileiro, anônimo e alcoólatra, especialista em novelas policiais baratas:

> [...] realmente eu não sabia mais o que fazer com aquele sujeito. Depois do episódio de *Ben-Hur*, ser visto junto com ele era veneno. Seu único assunto era a "revolução", e de como a verdadeira meta do anarquismo era eliminar todos os tiranos. Como ficamos muito ligados, confiava em mim e contava vantagens. Queria me fazer acreditar que era um terrorista treinado na Europa e mais uma porção de lorotas. Já não agüentava mais sua presença no pequeno quarto alugado que partilhávamos numa hospedaria perto de La Cienega. Tive então uma idéia brilhante de como fazer para vê-lo pelas costas.
>
> Estávamos jantando no Cavalo Doido, uma espelunca freqüentada por figurantes e assistentes de produção. Como sempre ele repetia a mesma bosta de boi sobre política quando o interrompi:
>
> — Dimo, isso é bosta de boi. Vou lhe dizer uma coisa, velho amigo. Os verdadeiros revolucionários são o pessoal do submundo. Veja como assaltam os ban-

cos. Você quer maior símbolo do capitalismo do que um banco?

— Você poder dizer isso de novo — respondeu ele.

Senti que o pacóvio estava fisgado pela minha conversa rápida, e continuei:

— Mas em matéria de anarquia ninguém supera a Cosa Nostra.

— Cosa Nostra?— ele perguntou, arregalando os olhos.

— Os caras espertos.

— Caras espertos?— repetiu ele.

— É como chamamos a turma da Máfia.

— Corte minhas pernas e chame-me de pequenino se estou entendendo — disse Dimitri.

Claro que o otário nunca tinha ouvido falar neles. Passei a explicar:

— Homens que vivem do crime. Destroem muito mais as instituições do que qualquer anarquista com uma bomba. São a verdadeira ameaça ao sistema. Não respeitam a ordem, não pagam impostos e fazem suas próprias leis com uma 45 ou uma submetralhadora Thompson na mão. Veja como usaram a Lei Seca a seu favor. Em Chicago, aproveitaram a Proibição para montar um negócio milionário. Faturam mais de sessenta milhões de dólares por ano e eliminam à bala qualquer pascácio que se meta em seu caminho. Têm os tiras e os juízes em seus bolsos forrados de dinheiro.

— Você conhece essa gente?— perguntou-me.

Dei uma longa baforada no meu Lucky Strike para criar um clima de mistério:

— Talvez...

— Pare de rodar em volta da moita, George. Conhece ou não conhece? — impacientou-se ele.

— Acho que posso dizer que sim. Agora que Johnny Torrio aposentou-se, quem está tomando conta dos negócios é um rapaz com quem convivi no Hell's Kitchen em Nova York. Se você tem interesse em conhecer o verdadeiro anarquismo, pessoas que agem em vez de falar, que dominam o contrabando de uísque, as boates onde se vendem bebidas ilegais, o jogo e a prostituição, posso escrever uma carta de apresentação para ele. Se você é mesmo tudo o que diz, tenho certeza de que ele vai apreciar os seus dotes melhor do que qualquer um em Hollywood.

Vi seus olhos brilharem de excitação. Percebi que minha proposta o havia atordoado como um soco sob o cinturão. Suplicou-me, agitado, que escrevesse logo a carta. Pedi papel e uma caneta à garçonete e comecei a coisa ali mesmo, no Cavalo Doido. Sabendo que Dimitri falava várias línguas e podia passar perfeitamente por italiano, escrevi mais ou menos o seguinte: "Caro Alphonse, o portador desta é um homem cujos talentos certamente lhe serão de grande utilidade...".

Não me recordo bem do resto, mas foi assim que finalmente me livrei daquele que era para mim uma verdadeira dor no traseiro.

Apresentei Dimitri ao meu velho conhecido Al Capone.

💣💣💣💣💣

O trem noturno para Chicago partiria dentro de poucas horas. Antes de deixar a Califórnia para sempre, Dimitri Borja Korozec resolve despedir-se da cidade. Anda sem destino pelas ruas ao cair da tarde, embalado pelo vento frio do inverno, que varre as calçadas como um lixeiro inesperado.

Atravessa uma rua quase deserta e entra no Hollywood Boulevard. Na esquina ele pára para observar uma mancha de óleo deixada pela limusine de alguma estrela. Os últimos raios de sol que cobrem a avenida dão à mancha uma multitude de cores. "Um arco-íris morto", ele pensa, quase poeta. Deixa-se tomar por uma certa nostalgia. Lembra-se da distante Banja Luka, onde nasceu, de seus pais, de Dragutin e de Bouchedefeu. Como andará seu inestimável amigo de Paris? Na última carta que dele recebeu, há mais de dois anos, o velho anarquista contava que havia se casado com a gorda *concierge* do prédio e que estavam muito felizes, morando na Normandia. A pedido da esposa, tinha abandonado a taxidermia e era agora o próspero proprietário da L'Excrément Agile, uma pequena empresa especializada em limpeza de fossas.

Com seu entusiasmo habitual, aproveitava a carta para discorrer sobre sua nova tarefa. Eram páginas cheias de detalhes a respeito dos esgotos da Grécia antiga, dos penicos de ouro encontrados na tumba de Ramsés I, morto treze séculos antes de Cristo, e de como a fortaleza feudal de Marcoussy na Idade Média tinha as latrinas construídas num ângulo inclinado, o que permitia aos dejetos escorregarem diretamente até as fossas localizadas fora dos muros. Os soldados podiam resistir por meses ao cerco inimigo sem contaminar com montes de fezes os alojamentos do castelo. Assim era Bouchedefeu. Fosse lá qual fosse sua profissão, amava o que fazia.

Dimitri lembra-se também, com carinho, de Mira Kosanovic, seu primeiro e único amor, aquela que o iniciara nos prazeres do sexo na Skola Atentatora. Tivera várias mulheres, aventuras passageiras, porém suas andanças pelo mundo não haviam deixado espaço para um relacionamento mais sério. Não se queixava. Sabia o quanto era solitária a vida de um assassino anarquista. "Assassino sem vítimas", pensou, melancólico.

Repentinamente, percebe que está diante do maior símbolo de Hollywood. O Chinese Theater. O gigantesco cinema fora construído um ano antes e na sua frente estende-se a Calçada onde os grandes astros imprimem no cimento as palmas de suas mãos. Acha ridícula a idéia, no entanto, como nunca havia passado por ali, aproxima-se curioso.

Horas antes, uma estrela tinha deixado ali suas impressões, provavelmente durante alguma solenidade grotesca.

Ele nota que a argamassa ainda está fresca. Olha para os dois lados da rua e abaixa-se como se fosse amarrar os sapatos. Antes que alguém o impeça, pressiona com força as próprias mãos sobre a marca recente feita no cimento.

Só quem olhar atentamente perceberá que agora Pola Negri tem doze dedos.

Dimo afasta-se satisfeito, ânimo renovado pelo que considera ser um corajoso ato de terrorismo. Não nota o pequeno vulto vestido de Papai Noel que o observa com atenção, duas esquinas atrás, escondido pelas sombras do anoitecer. Quando Dimitri cruza a avenida, o vulto sai silenciosamente no seu rastro.

COM O MESMO fósforo que usara para acender o caro charuto cubano, o homem gordo de lábios grossos com uma cicatriz no rosto põe fogo na carta que acabara de ler:

— George tem você em alta conta. Como vai ele?

— Bem. Cada vez consegue participações maiores nos filmes — responde Dimitri.

— A carta foi escrita em dezembro. Por que não me procurou antes?

— Bem que eu tentei. Estive várias vezes à sua procura no Lexington Hotel, mas seus homens não me deixaram nem chegar perto.

A conversa acontece à noite entre Dimitri Borja Korozec e Al Capone, no Four Deuces, da avenida Wabash, ao mesmo tempo cabaré, bordel e cassino clandestino. Dizem também que nos porões desse antigo escritório de Johnny Torrio vários membros das quadrilhas rivais passaram suas últimas horas de vida. Capone impressiona pela aparência. Veste roupas caras, feitas sob medida, e um anel com um diamante de onze quilates e meio faísca no seu dedo mínimo. Numa mesa dos fundos, Frank Nitti, John Scalise, Albert Anselmi e "Machine-Gun" Jack McGurn jogam cartas, sempre de olho no chefe.

A razão pela qual Dimitri ainda não havia procurado Scarface, apelido de Al desde que um jovem delinqüente, ainda em Nova York, rasgara o lado esquerdo do seu rosto com uma navalha numa briga de bar, era bem outra.

Antes do encontro, ele passa um mês trancado

num quarto de hotel vagabundo perto da Union Station, indo à biblioteca e devorando avidamente tudo o que acha sobre os gângsteres nos arquivos do *Chicago Tribune*.

Faz amizade com um velho engraxate siciliano que trabalha na porta do hotel e, devido ao dom inato para línguas, aperfeiçoa o dialeto aprendido anos atrás com um engolidor de fogo no circo da sua infância. Assimila também com o engraxate os hábitos daquela terra distante.

Pelos artigos do repórter de polícia James O'Donnell Berinett, fica sabendo da disputa entre gangues que está transformando Chicago num campo de batalha. Lê sobre o Cadillac com blindagem especial estacionado na porta do Four Deuces. O carro, feito de encomenda ao custo de vinte mil dólares, exorbitante para a época, tem carroceria de aço e vidros à prova de bala. As fechaduras das portas e do capô têm segredo, como um cofre, para que ninguém consiga plantar bombas no automóvel.

Na verdade, a violência começara com o assassinato de Dion O'Banion, gângster de origem irlandesa que pretendia ampliar seu território. O herdeiro de O'Banion, outro irlandês, conhecido como George "Bugs" Moran, jurara vingança e a guerra se tornara mais acirrada com o atentado a Johnny Torrio, ex-chefão de Chicago. Como Torrio passara todos os negócios a Capone, achava que sua aposentadoria lhe dava completa imunidade. Circulava desarmado e sem guarda-costas.

Certo dia, ao voltar das compras, Torrio é surpreendido em plena rua por "Bugs" Moran e alguns de seus capangas. É alvejado duas vezes. Quando já está caído no chão, Moran acerca-se dele e, com o intuito de destruir sua masculinidade, enfia-lhe também uma bala na virilha. Depois encosta a automática na cabeça de Torrio e aperta o gatilho para o tiro de misericórdia. Ouve apenas um clique metálico: a pistola está vazia. Percebendo que várias pessoas se avizinham alertadas pelos disparos, Moran e seus homens correm dali, deixando Johnny Torrio, um gângster adepto da não-violência, agonizando na calçada. Em poucos minutos, uma ambulância o leva para o Jackson Park Hospital, onde ele se recuperaria milagrosamente.

Só quando se acha devidamente preparado é que Dimo se dirige a Al "Scarface" Capone para entregar-lhe a carta escrita por George Raft.

Capone acende de novo o charuto que insiste em apagar. Avalia Dimitri de cima a baixo e pergunta:

— Como é mesmo o seu nome?

— Dim. Dim Corozimo — inventa Dimitri.

— Siciliano?

— Sim, mas vim para cá ainda menino. Sou de uma pequena aldeia da província de Palermo.

— Que aldeia?

— Corleone.

Capone analisa o rosto e os cabelos encaracolados de Dimitri. Parece mais siciliano do que ele. Lembra-lhe Little Albert, seu irmão mais jovem.

— Como foi que veio parar aqui?

— Me enviaram para a América quando meu pai morreu assassinado a tiros.

Para testá-lo, Capone começa a falar em dialeto siciliano:

— Tuu patri?

Dimitri responde à altura:

— Sì. I miu patrí é mortu ammazzatu cu'n sparo di lupara.

— Cussi sei veramente sicilianu?

— Sangu du nostru sangu.

— E comm è Corleone?

— Eru picciriddu, non mi ricordu cchiú. — Explicando que era pequeno e não se lembra mais da aldeia onde nasceu, Dimitri muda de assunto: — Sonu un uomo di rispettu, un uomo donuri. Fammi truvari un travagghio nella sua famigghia.

Capone resolve acolhê-lo:

— Bene. Stai attentu, peró, chi'i testi di mafiusi non ci rrumpunu mai.

— Grazie, don Alfonso, bacio le manni — agradece Dimitri, beijando a mão gorda de Al Capone.

Antes de ter total confiança em Dimo, Scarface resolve verificar suas aptidões. Ele pergunta em inglês:

— Você é bom mesmo?

— Sou treinado em qualquer tipo de assassinato, com qualquer tipo de arma — gaba-se Dimitri.

Capone acha graça da bravata:

— Dizem que a palavra *Máfia* vem do árabe, de quando os mouros ocuparam a Sicília. Em árabe é *mouaffa*, que quer dizer "boca fechada". Vamos ver se você não está falando demais. — Chama Nitti, Scalise, Anselmi e Machine-Gun: — Este moço aqui quer trabalhar comigo. Diz que tem boa pontaria e conhece tudo sobre armas.

Albert Anselmi, considerado juntamente com Scalise um dos mais perigosos pistoleiros do grupo, sugere:

— Por que não vamos até o porão para ver como ele se sai com a Tommy?

Era assim que chamavam a submetralhadora concebida pelo general-de-brigada John Taliaferro Thompson.

Submetralhadora Thompson

A Thompson era capaz de disparar oitocentas balas calibre 45 por minuto a uma distância de quatrocentos e cinqüenta metros.

O pente era redondo, dando-lhe um visual sui generis. O único problema é que era impossível usá-la com precisão. Os tiros saíam em rajadas, varrendo a área na sua frente. O coice sempre deixava marcas roxas nas axilas do atirador.

Um anúncio publicado no *New York Herald* quando a arma fora lançada garantia "uma defesa segura contra criminosos e bandidos organizados". Ironicamente, eram justamente estes que mais a utilizavam.

Numa sala à prova de som construída no porão onde o bando pratica tiro ao alvo, entregam uma Thompson a Dimitri. Ele olha a pequena máquina fascinado:

— Nunca tinha visto uma dessas antes. Gosto mais de atirar com pistola.

Os homens de Capone entreolham-se sorrindo. Pensam que Dimo está com medo. Frank Nitti sugere:

— Se quiser, posso pedir a pistola de água do meu filho.

Eles caem na gargalhada, fazendo outros comentários do gênero. Scarface interrompe a brincadeira e dirige um olhar gelado para Dimitri:

— Chegou a hora de mostrar se você está mentindo ou não. Ninguém que tenha tentado me enganar saiu daqui com vida.

Dimo nem hesita. Vira-se rapidamente e, sem se dar ao trabalho de fazer pontaria, estraçalha com quatro rajadas curtas, sem pestanejar, o miolo dos alvos pregados na parede dos fundos. Um silêncio de respeito segue-se ao estrondo da metralhadora. Dimitri abaixa a arma ainda fumegante. "Machine-Gun" Jack McGurn, um especialista, aproxima-se dele e declara com reverência:

— Rapaz, nunca conheci quem manejasse uma Tommy com tanta segurança. Como conseguiu empunhar essa fera com tanta firmeza?

Dimitri, o único que não protegeu suas orelhas com tampões contra o ensurdecedor estrépito da Thompson, não escuta direito:

— O que foi que disse?

Machine-Gun ri e repete quase aos gritos:

— Como é que você agüentou o repuxo?

Dimitri explica com falsa modéstia:

— Não sei. Talvez seja por causa dos meus doze dedos — diz ele, mostrando suas mãos.

Scarface observa, espantado, a anomalia:

— O que é isso?

Dimitri responde prontamente, ainda com um zumbido nos ouvidos:

— Já nasci com eles. É uma marca do destino. Ì fatu, don Alfonso.

Impressionado, Al Capone aceita na hora a entrada de Dimo na organização.

A partir daquela noite fria de inverno, no porão do Four Deuces, ele junta-se à gangue de Scarface. Conta a lenda que jamais alguém superou no manuseio da Thompson um desconhecido gângster batizado por Al Capone de "Fingers" Corozimo.

No início de fevereiro, Capone decide dar um fim aos constantes ataques de "Bugs" Moran. Numa reunião na suíte do Lexington Hotel, onde ocupa vários andares, ele encarrega McGurn, grande articulador, de planejar uma operação que liquide, de uma só vez, Moran e toda a sua equipe. McGurn resolve contratar capangas de outras cidades para que não sejam reconhecidos e pretende usar Dimitri, rosto novo na região. Continua impressionado com a pontaria certeira do novo integrante do grupo.

O plano de Machine-Gun é simplesmente genial. Quatro pistoleiros — os irmãos Keywell, de Detroit, Fred "Killer" Burke, de Saint Louis, e Joseph Lolordo, de Nova York —, acompanhados por Dimitri, se apresentarão disfarçados de policiais na garagem onde Moran conduz seus negócios. Dois vestirão uniformes, e Dimo e os outros irão à paisana.

Após o tiroteio, os falsos detetives com roupas civis sairão com os braços erguidos, como se estivessem sendo presos pelos homens fardados. Para completar a manobra, encarrega Claude Maddox, um auxiliar de Capone, de roubar um carro da polícia. Para ter certeza da presença de todos no local, ele faz com que um contrabandista desconhecido na área marque um encontro com Moran para vender, por um preço irrecusável, um carregamento de uísque vindo do Canadá.

Romântico incorrigível, McGurn escolhe 14 de fevereiro, dia de São Valentino, data dedicada aos namorados, para realizar o extermínio. Fica combinado que eles se verão às dez e meia da manhã.

O único problema é que como os matadores vêm de fora, apenas viram "Bugs" Moran em fotografias. Dimitri, que também só o conhece pelas pesquisas que fez nos jornais, arrisca uma pequena mentira para crescer aos olhos de Capone:

— Eu sei bem quem ele é. Já cruzei com Bugs em vários bares da North Clark, onde ele tem sua garagem.

— Ótimo — diz Scarface, dando-lhe um tapa amigável no ombro.

— Mesmo assim, quero que os irmãos Keywell tenham fotos dele caso alguma coisa dê errado — insiste Jack McGurn, sempre meticuloso.

— Pode confiar em mim, Jack. Tudo vai dar certo — afirma Dimitri com uma convicção não muito condizente com o seu passado.

O amor à verdade leva a reconhecer que às vezes o fado conspira contra Dimitri Borja Korozec.

Gerardo Machado y Morales, general vitorioso da revolução cubana de 1898, havia sido reeleito presidente de Cuba pouco antes. Nesse mesmo mês de fevereiro, ele está enfrentando o frio inverno de Chicago em busca de investimentos estrangeiros para promover as reformas econômicas prometidas durante a campanha eleitoral. Sua viagem não é oficial. Os encontros com os magnatas devem ser sigilosos para não contrariar os nacionalistas cubanos. Por isso, o general-presidente hospeda-se anonimamente com seus assessores num modesto hotel da cidade. O mesmo estabelecimento é habitado por outro hóspede menos ilustre: George "Bugs" Moran.

Como Dimitri nunca viu Moran pessoalmente nem sabe onde fica a garagem, não quer pôr sua missão de reconhecimento em perigo. Posta-se à entrada do hotel desde as nove horas da manhã. Leu, nas suas pesquisas, que Moran costuma percorrer a pé a pequena distância que separa o hotel da garagem. Para identificá-lo, conta apenas com uma fotografia recortada de um jornal. Logo que Bugs sair, Dimo planeja segui-lo até onde os assassinos disfarçados de policiais aguardam, escondidos dentro do carro roubado da polícia. O automóvel já estaria estacionado perto do local. Assim que passassem pelo carro, Dimitri apontaria o gângster, entraria no veículo e partiria junto com eles rumo à garagem.

Precisamente às dez e quinze, sai do hotel Machado y Morales, o presidente de Cuba. Tem encontro marcado com o magnata Samuel Insull, ex-secretário particular de Thomas Edison e agora presidente da vasta empresa de investimentos Middle West Utilities. Insull viria a perder tudo, meses depois, com o crack da Bolsa de Nova York; porém, no momento, é um dos homens mais ricos do país. Quando Morales chega à calçada acompanhado por dois de seus assessores, é reconhecido por um casal de cubanos em lua-de-mel que justamente nesse momento cruzam pela portaria. Os dois saúdam o general cubano em voz alta, repetindo seu nome: "Morales! Morales!".

O presidente acena de volta e segue na direção oposta ao caminho percorrido diariamente por "Bugs" Moran.

Como a audição de Dimitri ainda está ligeiramente prejudicada pelos disparos da metralhadora no porão do Four Deuces, em vez de "Morales! Morales!", ele entende "Moran! Moran!". Confere a foto de Bugs que trouxe consigo. A semelhança entre o general e o gângster é quase nenhuma. Como ambos, contudo, estão de chapéu, Dimo atribui as diferenças à péssima qualidade da fotografia esmaecida e sai no encalço de Morales, do outro lado da rua. O coração do anarquista começa a bater mais forte. A adrenalina percorre todo o seu corpo e ele sente que desta vez não porá nada a perder.

Duas esquinas mais longe, há uma viatura da polícia que faz a ronda da região, estacionada em frente a uma lanchonete. Os policiais haviam parado para comprar café e rosquinhas. Dimo pensa que se trata do carro roubado e que os policiais verdadeiros são os assassinos contratados. Abre a porta traseira de supetão, jogando-se no automóvel ao lado de um imenso tira irlandês. Batendo no ombro do guarda que está ao volante e mostrando o general cubano, ele diz, rapidamente:

— Vamos, rapazes! Lá vai ele!

Ao entrar atabalhoadamente no carro, Dimitri derramou sobre o gigante irlandês todo o café que este estava bebendo. O policial ao volante, com o tapa nas costas, engasgou-se com a rosquinha.

— Ele quem? — pergunta o terceiro polícia, sentado no banco da frente.

— Ele! Ele!

O tira irlandês, quase enlouquecido pelo banho de café quente, o empurra para baixo e enfia-lhe as algemas.

Só então Dimitri percebe que entrou no carro errado. Ainda procura disfarçar, apontando o presidente de Cuba:

— Aquele ali não é o cantor Bing Crosby? Sou doido por ele. Será que vocês não me conseguem um autógrafo?

O enorme irlandês responde calcando suas botinas sobre as costas de Dimitri:

— Não. Você é que vai deixar o seu lá no distrito. — E ordena virando-se para o guarda-motorista: — Vamos levar este maluco para a delegacia.

Depois de passar a noite numa cela junto com cinco bêbados, Dimo lê nos jornais da manhã sobre o massacre do dia de São Valentino, quando sete homens da gangue de "Bugs" Moran foram trucidados.

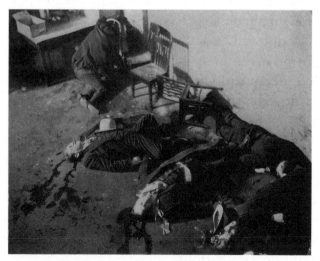

Massacre no dia de São Valentino,
dia dos Namorados. Arquivos do Chicago Historical Society

Sem o auxílio de Dimitri, os irmãos Keywell haviam confundido Al Weinshank, outro membro da gangue que entrou na garagem às dez e meia, com Bugs. Os dois eram realmente muito parecidos e não era a primeira vez que tal engano ocorria. Moran, que dormira demais e chegara atrasado para o encontro, escapara ileso.

Quanto ao presidente Machado y Morales, voltou são e salvo para Cuba, sem conseguir, porém, seu precioso empréstimo.

💣💣💣💣

Só por dois motivos Al "Scarface" Capone perdoa o deslize involuntário de Dimitri. Primeiro, com seu bando desbaratado e com medo de morrer noutro atentado, "Bugs" Moran deixa de ser uma ameaça. Quando um jornalista pergunta quem teria eliminado seus homens, ele responde sem pestanejar: "Só Capone mata desse jeito".

Depois, sabedor da paixão de Scarface pela ópera, Dimo inventa um interesse incomum pelo canto lírico, decorando árias, aprendendo tudo sobre a vida de Caruso, ídolo maior do gângster de Chicago. Os dois passam noites bebendo e cantando trechos de *Rigoletto*, obra preferida de Al. Pouco a pouco, tornam-se inseparáveis. É Dimo quem guia o carro, por sorte blindado, o que evita que as ligeiras batidas provocadas pela inabilidade do motorista amassem a carroceria. Enfim, o anarquista se transforma numa sombra discreta do homem mais temido da América.

A não ser por uma fotografia onde se vê Dimo

escoltando Capone e seu filho Sonny num jogo de beisebol, quase não existem registros dessa convivência. Scarface prefere preservá-lo como uma arma secreta. A amizade entre os dois chega a causar ciúme nos membros mais antigos da gangue, como Frank Nitti e Frankie Rio, mas ninguém ousa nenhum comentário desabonador na presença do *cappo*.

Capone e seu filho num jogo de beisebol. Mais à direita, a seta indica Dimitri parcialmente encoberto pelo jornal

Após o sangrento dia de São Valentino, a situação de Capone começa a deteriorar-se. A opinião pública, que até então o considerava, como ele próprio dizia, "apenas um simpático comerciante de bebidas proibidas", revolta-se com a violência da carnificina.

Era tão horripilante o estado das vítimas retalhadas a metralhadora e a tiros de espingarda de cano curto no chão da garagem que o legista, ao chegar, não conseguira examinar os corpos no local, para saber, pelo calibre, se as balas haviam sido disparadas por armas da polícia. Um jovem repórter sensacionalista do *City*

News, ávido por um furo jornalístico, usara a serra do médico para abrir pessoalmente o tampo do crânio dos cadáveres e tentar recolher os projéteis.

O governo sente que é hora de uma ação imediata. É criado um órgão especial na Secretaria da Justiça, o Departamento da Lei Seca. Homens desse departamento preparam um dossiê para processar e prender Al Capone por sonegação fiscal. Entre eles, há um obscuro agente chamado Elliot Ness, por sinal, alcoólatra.

O novo método de combater o gangsterismo por meio do imposto de renda é visto como uma verdadeira revolução. É o que acontece no começo de novembro de 1930, em Chicago.

Na mesma época, a quase dez mil quilômetros dali, no Brasil, um outro tipo de revolução acaba de levar ao poder Getúlio Dornelles Vargas. O tio desconhecido de Dimitri Borja Korozec.

💣💣💣💣

• CHICAGO — 17 DE OUTUBRO DE 1931

DESTINO DE AL CAPONE SERÁ DECIDIDO HOJE

INSTALADO À MESA de uma cafeteria na rua Adams, ao lado do Federal Building, Dimitri lê, mais uma vez, a manchete do *Chicago Tribune*. Um longo sobretudo negro oculta a pesada sacola de lona que traz a tiracolo. Ele amassa a notícia aziaga e pede à garçonete ruiva que lhe sirva um copo de leite sem açúcar. O excesso das condimentadas comidas sicilianas e os últimos acontecimentos desenvolveram nele uma úlcera estomacal que desperta raivosa em momentos de grande tensão.

Depois de dez dias, o júri irá se recolher para debater sobre a sorte de Scarface. A maioria do público não tem dúvidas quanto à condenação. As especulações giram em torno da pena a ser estabelecida. Alguns lances teatrais agitam o julgamento. Logo no primeiro dia, o juiz Wilkerson, ao entrar na sala, ordena ao meirinho: "O juiz Edwards tem um processo que também começa a ser julgado hoje. Peça que ele troque comigo todo o painel de jurados".

Com essa medida invulgar, Wilkerson evita a possibilidade de que os doze homens escolhidos tenham sido comprados pelos auxiliares de Capone.

Outro episódio dramático ocorre quando o juiz nota que Philip d'Andrea, um dos guarda-costas de Al, está armado e lança olhares ameaçadores em direção ao júri, deixando entrever a automática 38 sob o paletó. Mesmo apresentando um porte de armas emitido pela prefeitura, D'Andrea é detido sob custódia: "É um desacato entrar aqui com uma pistola", sentencia o juiz.

No sábado, finalmente, a promotoria conclui seu caso após apresentar dezenas de testemunhas e documentos comprovando que Al Capone, um homem que acumulara uma fortuna ilícita de mais de cem milhões de dólares, deixara de pagar impostos desde 1925.

Impecavelmente vestido, Scarface mostra-se enfastiado diante dos depoimentos. Aparenta uma calma que surpreende os espectadores e jornalistas presentes ao tribunal.

Tão logo os jurados se retiram para decidir seu destino, Al faz um sinal quase imperceptível para Frankie Rio, outro guarda-costas que aguarda em pé, junto à porta. Frankie aquiesce com um ligeiro gesto de cabeça e deixa o recinto. Capone e seus advogados voltam para o Lexington Hotel, a fim de aguardar o resultado do julgamento. Ele exibe um sorriso enigmático que os repórteres tomam por empáfia. Não sabem que o rei do submundo ainda planeja jogar uma última cartada.

🌑🌑🌑🌑

A idéia de realizar uma operação audaciosa para salvar Scarface parte de Dimitri. Lembrando-se da facilidade com que subia pelos cordames do circo, sugere a Capone que Frankie Rio suba ao último andar do Federal Building e lance de lá uma longa corda até o chão. Dimo subirá por ela até o andar onde os homens deliberam trancados a sete chaves. Forçará a janela, ganhando acesso à sala, e subornará o júri.

Na pesada sacola escondida sob o casaco leva a proposta irrecusável: seis milhões de dólares. Quinhentos mil para cada jurado. Depois de absolvido, Al promete pagar mais quinhentos mil por cabeça e, em Chicago, sua palavra é lei. Em caso de traição, sabe-se o que acontecerá, porém o risco não existe. Ninguém trai Capone.

Às duas e meia da tarde, Frankie Rio, no topo do edifício, avista Dimo na viela escondida entre a rua Dearborn e a Adams. Lança-lhe a corda colocada ali na véspera por um guarda do tribunal a soldo de Capone. Dimitri inicia sua escalada pela face sul do prédio e, em lances rápidos, alcança o pavimento onde está sendo debatido o futuro de Scarface.

Dimo se encosta na parede, segurando-se no parapeito, e pelos vidros da janela fechada observa os doze cidadãos em volta da mesa. Não é possível escutar o que dizem, mas parecem discutir veementemente. Tomando impulso, ele usa a corda como balanço e lança-se pela janela, arrebentando o trinco com os pés. Os homens levantam-se assustados pela invasão repentina.

Antes que possam dizer alguma coisa, Dimitri faz um gesto pedindo silêncio. Começa a falar baixo, quase num sussurro:

— Se sabem o que é bom, fiquem sentados e escutem. — Ele abre a grossa sacola de lona e esparrama na mesa os pacotes de dinheiro cuidadosamente amarrados: — Isto é para vocês. Aqui tem quinhentos mil dólares para cada um. Amanhã, depois de terminado o julgamento, vão receber em casa mais quinhentos mil. Tudo o que têm a fazer é voltar lá dentro com um veredicto de inocente.

Enquanto fala, Dimo vai separando a quantia em doze parcelas iguais e empurrando os montes na direção dos homens estupefatos. Nunca viram tanto dinheiro junto. Olhos arregalados, começam a guardar a pequena fortuna nos paletós, nas calças e por dentro das camisas. Alguns colocam nas meias os maços que não cabem mais nos bolsos. Dois ou três ainda hesitam, mas são demovidos por um pastor adventista. Outro, mais idoso, cola o ouvido na porta para certificar-se de que os guardas postados do lado de fora não estão escutando aquela negociação. O jurado mais próximo de Dimo, um corretor de seguros, tenta dizer algo:

— Afinal de contas...

— Não há tempo a perder — interrompe Dimitri. — Façam exatamente o que eu estou mandando. Não é todo dia que se ganha um milhão de dólares por uma absolvição. Acho que estamos sendo generosos demais.

Guardando a sacola vazia, ele volta a sair por onde entrou, pendurando-se na balaustrada. Antes de fechar a janela, ainda repete:

— Lembrem-se: a decisão tem que ser unânime.

Todos concordam felizes com aquela fortuna caída do céu e preparam-se para voltar ao tribunal.

Com a elegância de um trapezista, ele se deixa escorregar pela corda até a calçada e desaparece rapidamente pelas ruas, satisfeito com a perfeita execução da tarefa que lhe havia sido confiada.

Só um pequeno detalhe impede que o plano para inocentar o mafioso funcione.

Devido à sua desorientação congênita, Dimitri subira um andar a mais e acabara invadindo a sala onde deliberavam sobre o caso de uma senhora míope que, guiando sem óculos, atropelara o cachorro pequinês de um coronel reformado. Fora a estes jurados que ele entregara o dinheiro de Scarface.

Enquanto a velhinha canicida volta livre e contente para casa, o outro júri condena Al Capone a onze anos de prisão.

7

É FÁCIL IMAGINAR que, depois do infeliz equívoco ocorrido no julgamento de Al Capone, o clima de Chicago não seja dos mais salubres para Dimitri Borja Korozec. Ele deixa de freqüentar os lugares habituais, muda de endereço e só ousa sair à noite, esgueirando-se pelas ruas. Passa os dias no quarto, lendo revistas e jornais.

Uma notícia na terceira página do *Daily News* chama sua atenção. No Brasil, o presidente Vargas, empossado um ano antes por uma revolução, ordenara a queima de milhões de sacas de café. Com a destruição do estoque, ele tenciona manter em alta os preços no mercado internacional. Vargas era também o nome de seu avô. "Será que eu tenho algum parentesco com esse homem?", ele reflete, intrigado. Volta a pensar em conhecer aquele país, cumprindo a promessa feita à mãe.

Na sexta-feira, 22 de outubro, aproveitando uma forte neblina que cobre a cidade, faz as malas e segue direto para a Union Station. Pretende ir para Miami, bem longe dali, e ponto mais próximo da América do Sul, caso resolva viajar para o Brasil.

Compra a passagem e senta-se num banco perto do portão de embarque, escondendo o rosto com um jornal. Sabe que em Chicago sua vida corre perigo. Frank Nitti, braço direito de Capone, colocou sua cabeça a prêmio.

Além do quê, Dimitri tem a impressão de que está sendo seguido por um pequeno vulto que surge de forma inesperada em qualquer lugar que vá. Mal Dimo o avista, ele desaparece misteriosamente pelos cantos mais escuros das ruas. Imagina ser algum pistoleiro contratado para eliminá-lo. Engana-se.

A estranha figura que o observa das sombras é a mesma que, três anos antes, em Los Angeles, vestida de Papai Noel, o acompanhava pelo Hollywood Boulevard. Trata-se de um espectro ameaçador vindo do passado. O insólito personagem que o espreita sorrateiramente é Motilah Bakash, o anão assassino.

O homúnculo indiano escapara com vida ao desaparecer, anos antes, pela janela do Orient-Express. Desmaiara ao rolar pelas pedras ao lado dos trilhos; seu tamanho, porém, amortecera milagrosamente a violência da queda.

Ficara desacordado até a manhã seguinte, sendo então recolhido por uma caravana de ciganos. Motilah só retomaria a consciência três dias depois, graças às infusões preparadas por Zulima, uma velha feiticeira, espécie de matriarca dos nômades. Perdera, todavia, qualquer recordação do passado. Lembra-se apenas de que seu nome é Motilah e de que é anão.

A trupe de zíngaros acolhe Bakash como se fosse um talismã. Cercam-no de zelos, dão-lhe roupas típicas, emprestadas às crianças da tribo, ensinam-lhe o dialeto romani, a quiromancia e a prática do tarô.

Como a Índia é também a antiga origem daquele povo, em pouco tempo Motilah Bakash sente-se tão cigano quanto eles.

Por três anos, durante o conflito que assola o Velho Continente, eles vagueiam pelos países em guerra evitando os campos de batalha.

Em meados de outubro de 1917, a caravana passa por Paris. Motilah vê, num jornal, a foto de Mata Hari e a notícia do fuzilamento. O choque brutal faz com que ele recupere instantaneamente a memória. Rasga a página e dobra com cuidado a foto, guardando-a no bolso. A imagem odiada de Dimitri Borja Korozec surge nítida em sua mente. Jura vingança. Caso Dimo torne a cruzar seu caminho, encontrará a morte nas pequeninas mãos do último dos Thugs.

No início dos anos 20, os ciganos emigram para a América, deixando para trás uma Europa devastada. Desembarcam no Canadá em pleno inverno, e descem pelas estradas geladas com destino ao sul. Passam pela fronteira com suas carroças, atravessando os Estados Unidos em busca do sol dourado da Califórnia.

A obsessão transforma radicalmente Motilah Bakash. Não se diverte mais ao passear pelas ruas com as crianças em busca de fregueses para as ledoras da buena-dicha. Procura o rosto de Dimitri em cada homem que encontra.

Em 1928, chegam a Los Angeles, onde a caravana planeja se estabelecer por algum tempo. Os ciganos sabem do interesse dos artistas pelas ciências ocultas.

Passeando pelas ruas de Hollywood, Motilah é abordado por um assistente de direção à procura de tipos exóticos para participar de *O circo*, próximo filme de Charlie Chaplin. Ele fica encantado com Motilah. Jamais vira um anão tão perfeito e ainda por cima cigano! Pede que o homenzinho o encontre no dia seguinte, na United Artists.

Quando Motilah Bakash aproxima-se dos estúdios na hora combinada, receia, por um instante, que a idéia fixa de revanche tenha lhe tolhido os sentidos. Na esquina em frente, caminhando ao lado de um homem que mais tarde ele viria a saber chamar-se George Raft, está Dimitri Borja Korozec.

Motilah despreza, de imediato, o encontro marcado e passa a segui-lo como um perdigueiro. No momento oportuno, Kali, a deusa devoradora de homens, irá se embriagar com o sangue de Dimitri.

A oportunidade tão esperada não surge na Califórnia. Bakash não tem pressa. Já preparou outro *roomal* de seda, a echarpe sagrada dos estranguladores, e o guarda sempre no bolso, junto com todo o dinheiro que amealha em companhia dos ciganos. Quer ter fundos disponíveis para qualquer emergência, caso a perseguição o obrigue a viajar repentinamente.

No mês de dezembro, Dimo parte de Hollywood para Chicago. Motilah, que o seguia oculto nos trajes de Papai Noel, embarca às pressas atrás dele, sem nem mesmo despedir-se de sua família cigana.

Em Chicago, o convívio de Dimo com Capone e seus homens impede que Bakash execute com rapidez o golpe exterminador. Ele não se importa. Paradoxalmente, o anão possui uma paciência gigantesca. Matar o desafeto se transforma no projeto sagrado de sua vida.

À noite, sonha com Mata Hari, paixão inconfessável. É atormentado por um pesadelo em que vê a bailarina sendo executada. Todos os soldados do pelotão de fuzilamento têm o rosto de Dimitri.

Após o julgamento de Al Capone, Motilah Bakash sente que é chegada a hora da vingança. Nota que

Dimitri se esconde dos homens do bando e passa a observá-lo mais de perto. Utiliza disfarces diferentes para não ser identificado. Quando Dimo se dirige à Union Station, Motilah o acompanha a poucos metros de distância.

Enquanto aguarda nervoso a hora do embarque, Dimitri vigia a entrada da estação. Não quer ser surpreendido por um dos assassinos a soldo de Frank Nitti.

O alto-falante anuncia a partida do expresso para Miami. Aliviado, Dimitri ganha a plataforma e entra rapidamente no trem. Nem repara quando um menino de mochila escolar, vestido de marinheiro e com o rosto parcialmente encoberto por um enorme pirulito sobe para o mesmo vagão. O menino vestido de marinheiro é Motilah Bakash.

Sem ter conhecimento do perigo que corre, Dimitri instala-se num dos confortáveis compartimentos do trem. A viagem é longa e ele deseja recuperar o sono perdido na semana anterior. Passara noites a fio praticamente de olhos abertos, temendo que os homens de Capone o encontrassem. Agora, quanto mais o longo comboio se afasta da cidade, mais sente-se em segurança. Tranca a porta unicamente por precaução e porque não deseja ser incomodado.

Sobrou-lhe algum dinheiro, já que Scarface era generoso com seus asseclas. Leva na bagagem uma biografia recém-lançada de Emma Goldman, uma anarquista russa expulsa dos Estados Unidos logo depois da guerra. Tira o livro da mala e começa a ler.

Antes de terminar o primeiro capítulo, já dorme profundamente.

Motilah Bakash fecha-se no banheiro ao lado da cabine de Dimitri no final do vagão. Livra-se do pirulito e da roupa de marinheiro. Da mochila saca uma faixa de tecido negro e uma túnica indiana dourada adquirida no Marché aux Puces, em Paris. Nele, a curta túnica se transforma em veste sacerdotal. Com a habilidade desenvolvida por anos de prática, enrola o pano negro na cabeça formando um turbante. Guarda no bolso da túnica a carteira e a foto amarelada de Mata Hari recortada anos atrás do jornal. Do fundo da sacola, puxa o *roomal*, o laço sagrado de seda dos estranguladores Thugs. Coloca na mochila o disfarce infantil e o pirulito. Abrindo a janela, lança tudo longe, no campo que costeia os trilhos. Passa, afinal, a echarpe em volta do pescoço, enquanto faz a breve oração dos assassinos dedicada à deusa Kali.

Antes de cumprir sua missão de vingança, experimenta uma breve sensação de frivolidade. Quer ter a certeza de que paramentou-se corretamente. Sobe no vaso e inclina-se sobre a pia para conseguir se olhar no espelho.

Neste exato momento, um gordo caixeiro-viajante do Texas que já bebeu mais de três litros de cerveja força a fechadura do banheiro arrebentando o trinco. Com o impulso do seu vasto corpo, a porta arrombada lança Motilah janela afora.

Decididamente, as forças cósmicas das estradas de ferro têm influências nefastas no karma do anão indiano. O gordo nem se dá conta do que acaba de ocorrer. Abre a braguilha e, suspirando, alivia a bexiga dilatada.

O grito estridente de Motilah Bakash confunde-se com o silvo da locomotiva.

💣💣💣💣

Pouco se conhece das atividades de Dimitri Borja Korozec nos seus dois primeiros anos em Miami. Pode-se, no entanto, ter uma idéia de sua instabilidade emocional pelas diversas profissões que ele exerce nesse curto período. Primeiro, presta serviços como balconista numa farmácia, de onde viria a ser despedido por receitar, equivocadamente, óleo de rícino para uma senhora que sofria de gases.

Depois, por alguns meses, vende, sem sucesso, aspiradores de pó de porta em porta. Para demonstrar o aparelho, acaba por limpar de graça as residências de centenas de donas de casa agradecidas.

Em meados de 1932, Adrian Marley, um baterista jamaicano, convence Dimitri a juntos fabricarem uma pomada para alisar cabelos. O empreendimento é interrompido quando suas vidas são ameaçadas por dois negros que ficaram totalmente calvos.

Trabalha, a seguir, como motorista de caminhão. Participa das assembléias do Teamsters Union, o sindicato dos caminhoneiros, até levar uma surra por furar, por engano, uma greve que ele mesmo articulara.

Arranja, finalmente, um lugar de vigia noturno numa fábrica de calçados. É quando se une a uma seita secreta formada por pedreiros anarquistas, a Liga do Tijolo Negro. Numa das sessões da Liga, em janeiro de 33, Dimo conhece um italiano desempregado de nome Giuseppe Zangara.

Zangara atrai de imediato a atenção de Dimitri. Ele identifica-se com sua aparência de menino perdido, os cabelos crespos, o olhar vago e os gestos estabanados. Ambos também sofrem de úlcera e a de Giuseppe o incomoda constantemente.

Na noite de segunda-feira, 13 de fevereiro de 1933, há uma reunião da Tijolo Negro, onde discutem sobre a terrível depressão econômica que se abatera sobre o país desde o crack da Bolsa, em 29. Terminado o encontro, os dois vão tomar sopa num pequeno restaurante do Biscayne Boulevard. Pela conversa, Dimo nota que Zangara divaga mais do que de costume:

— O Opressor... depois de amanhã... — murmura Giuseppe, entre dentes.

— O que disse?

— Ele... vai estar aqui... depois de amanhã...

— Ele quem?

— O Opressor... vem das Bahamas... num iate...

Dimitri entende imediatamente a quem Zangara se refere. Leu nos jornais que na quarta-feira, terminando um passeio pelas Bahamas, chega a Miami o presidente eleito Franklin Delano Roosevelt.

— Está falando de Roosevelt? — ele pergunta.

Zangara confirma com a cabeça.

— O presidente Roosevelt é o Opressor?

— Todos os presidentes são opressores... odeio todos os presidentes, todos os governantes e todos os ricos... — Puxa do bolso uma pistola barata calibre 32, comprada numa loja de penhores. — Haverá um Opressor a menos nesta quarta-feira...

Dimitri o obriga a esconder a arma:

— Giuseppe, guarde isso. Ainda é segunda.

No fundo, Dimo pensa mais ou menos da mesma forma. Fora treinado para livrar o mundo dos tiranos. Apenas nunca imaginara Roosevelt como sendo um deles. Pouco a pouco, a lógica sem nexo do anarquista italiano se apodera do confuso pensamento de Dimitri. Que importa se Roosevelt havia sido escolhido pelo povo? Acontecera o mesmo com Mussolini, na Itália, e Hitler, na Alemanha. Hitler, Mussolini, Roosevelt, todos tiranos, todos opressores.

A sorte lhe permitira descobrir que Zangara está decidido a matar o presidente. Ele também poderia eliminar o presidente eleito. Trouxe sua 45 de Chicago. Está bem guardada no quarto, em cima do armário. Enquanto terminam a sopa em silêncio, começa a germinar na sua cabeça a idéia de roubar para si o assassinato de Roosevelt.

🎇🎇🎇

• MIAMI — QUARTA-FEIRA, 15 DE FEVEREIRO DE 1933 — 21H30

O CONVERSÍVEL diminui a velocidade e estaciona numa praça do centro. Sentado no banco de trás do automóvel está o novo presidente. Sorridente e bronzeado pela viagem de barco, dirige um pequeno discurso às vinte mil pessoas que se aglomeram na praça para aplaudi-lo. Fala do New Deal, o extraordinário plano que terminará com a Depressão.

🔫🔫🔫🔫

Alheio ao acontecimento, um mendigo faminto chamado Tobias O'Leary dedica-se a roubar uma banana numa carroça de frutas.

🔫🔫🔫🔫

A três metros de distância, Giuseppe Zangara, a arma engatilhada, prepara-se para subir num banco da praça e conseguir assim uma melhor visão do alvo.

🔫🔫🔫🔫

Entre Zangara e o mendigo, surge uma mulher de vestido estampado e cabelos desalinhados. Caminha insegura sobre os saltos altos. Abre a bolsa deformada por um volume e um peso exagerados. Confere o conteúdo. Dentro da bolsa, uma automática 45, como as usadas pelos gângsteres de Chicago. A mulher que mal se sustenta nos sapatos é Dimitri de peruca.

🔫🔫🔫🔫

Tendo surrupiado a fruta, o mendigo Tobias O'Leary afasta-se da carroça e esconde-se atrás de uma árvore, para ficar longe das vistas do vendedor. A árvore que ele escolhe fica entre Dimitri, que vem chegando, e o banco onde Zangara acaba de subir, com o revólver na mão.

🔫🔫🔫🔫

O que se passa a seguir acontece ao mesmo tempo, numa sincronia arquitetada pelo acaso.

O mendigo come a banana com sofreguidão e joga a casca por terra. Zangara, do banco, grita: "O povo está morrendo de fome!". Dimo, a um passo dele, já meio desequilibrado pelos saltos, pisa na casca de banana, desliza e choca-se com Zangara, levantando os braços. Sua bolsa pesada atinge a mão de Giuseppe no momento em que cinco tiros consecutivos saem da sua pistola. O impacto desvia a trajetória dos projéteis. Como conseqüência, várias pessoas são baleadas e o prefeito Anton Cermak, que estava em pé ao lado do carro, é ferido mortalmente.

Graças ao escorregão de Dimo, Franklin Delano Roosevelt escapa ileso do atentado.

Na quinta-feira, todos os jornais trazem a manchete na primeira página:

MULHER MISTERIOSA DESVIA A MIRA DO ASSASSINO

Fac-símile da notícia
publicada num
jornal da Flórida

Pode-se dizer, sem receio de exagero, que Dimitri Borja Korozec é o responsável indireto pelo sucesso do New Deal.

Trecho extraído do manuscrito
incompleto **Memórias e lapsos**
— Apontamentos para uma autobiografia,
de Dimitri Borja Korozec

▪ MIAMI, SEXTA-FEIRA, 7 DE JUNHO DE 1935

Ao completar trinta e oito anos não vejo motivos para comemorações. Até agora, quis o acaso que
eu me atrasasse para todos os encontros com o destino. Nada deu certo. Só minha inefável obstinação
me obriga a permanecer fiel aos ideais da minha juventude.

O sorriso de Roosevelt, piteira entre os dentes, ainda perturba meus sonhos. Devem desprezar-me os deu-
ses dos matadores depois que salvei minha própria vítima.

Às vezes penso se não teria sido melhor permanecer na Europa. Ano passado, em Marselha, um grupo
de terroristas croatas assassinou o rei Alexandre da
Iugoslávia. Dois deles estudaram comigo na Skola
Atentatora.

Sinto-me só. É certo que tive várias aventuras amorosas. Já desisti de entender a estranha atração que
exerço sobre as mulheres, mas procuro não me envolver emocionalmente. A vida errante que levo ainda não
me permite uma ligação mais profunda.

Há seis meses, julguei haver encontrado a companheira ideal na pessoa de Helen Murray, uma treinadora de cavalos dissidente do Partido Comunista americano. Atraíram-me seus cabelos louros, seus seios fartos, suas coxas rígidas e, principalmente, seu interesse pelos ideais anarquistas.

Helen viera de Nova York para esquecer uma paixão tumultuada que vivera até dezembro com Victor Allen Barron, militante da Internacional Sindical Vermelha. Por intermédio dela, soube que ele partira para o Rio de Janeiro, onde os comunistas preparavam uma revolução chefiada por um tal de Luís Carlos Prestes. Barron estudara eletrônica e radiotelegrafia em Moscou e seria o homem das comunicações, encarregado de montar uma estação clandestina.

Infelizmente, havia algo em Helen que me incomodava demasiado e acabou por provocar o término da relação. Toda vez que atingia o orgasmo, ela gritava com toda a força dos seus pulmões: "Proletários de todo o mundo, uni-vos!".

Ao saber da conspiração em curso, mais uma vez me entusiasma a antiga decisão de conhecer o Brasil. Talvez as oportunidades de exercer meu ofício letal aconteçam na terra de minha mãe.

Desta vez, Dimitri Borja Korozec prepara-se com todo o cuidado para a viagem com a qual almeja transformar sua vida. Continua preservando obstinadamente as libras esterlinas de ouro oferecidas por Dragutin. Conserva-as como um último recurso, já que não tem idéia do futuro que o aguarda.

Um novo meio de transporte começa a encurtar distâncias: o avião. Empresas comerciais estendem-se pelo mundo, diminuindo o tamanho do planeta. Entre elas, a Pan American World Airways, que tem como subsidiária a Panair do Brasil. Uma de suas linhas, fazendo oito escalas, liga Miami ao Rio de Janeiro. Dimitri emprega-se como carregador na repartição de despachos. Durante cinco meses, estuda a rotina dos bagageiros e a rota da Panam.

Aprende também tudo o que pode sobre o Brasil na biblioteca da cidade. Félix Ortega, um companheiro mexicano da Tijolo Negro, fornece-lhe uma carta para dois anarquistas bascos, os gêmeos Samariego, que trabalham como doceiros na Confeitaria Colombo, no Rio de Janeiro.

Dimo coloca numa mala apenas seus pertences essenciais, a automática 45, os dólares que lhe restam, e a esconde, junto com um pesado cobertor, no hangar da companhia. Só falta aprontar um farnel com alimentos em conserva e garrafas d'água no dia da viagem, e estará pronto para a travessia.

O percurso é feito pelo Sikorsky S-42, um hidroavião de trinta e dois lugares batizado de Brazilian Clipper, que decola do ancoradouro de Dinner Key e pousa, dias depois, na Ponta do Calabouço, no Rio, quase em frente à ilha Fiscal.

Sendo um dos carregadores, Dimitri planeja burlar a vigilância com seu macacão da Pan American e ocultar-se no compartimento destinado às bagagens na traseira do poderoso quadrimotor. Dimo aguarda, ansioso, pelo primeiro vôo que não lote de malas o exíguo porão, deixando espaço suficiente para ele.

A oportunidade tão esperada surge, enfim, no dia 24 de novembro de 1935. O Sikorsky S-42 alça-se das águas levando para o Brasil vinte e três passageiros e um clandestino: Dimitri Borja Korozec.

8

- BRASIL — RIO DE JANEIRO — 28 DE NOVEMBRO DE 1935

Cidade Maravilhosa,
Cheia de encantos mil...
Cidade Maravilhosa,
Coração do meu Brasil!

A BORDO DO AVIÃO, os brasileiros que regressam cantam alegremente a marcha de André Filho transformada em hino do Rio de Janeiro. O Brazilian Clipper circunda o Cristo Redentor e, como um imenso albatroz, pousa nas águas mornas da baía de Guanabara. A aeronave atraca na ponte móvel da ponta do Calabouço, e os passageiros iniciam o desembarque depois da exaustiva viagem.

No bagageiro, Dimitri afasta o cobertor que o protegera contra o frio, estica pernas e braços entorpecidos, e prepara-se para deixar o esconderijo. Encolhe-se no fundo do compartimento, empilhando as malas na sua frente. Assim que o pessoal de terra sai com as primeiras bagagens, ele empunha alguns volumes, inclusive a sua maleta, e mistura-se aos outros carregadores.

Desde o momento em que põe os pés em terras brasileiras, Dimo enamora-se da cidade. Encanta-se com o Pão de Açúcar. Lembra-lhe uma esfinge natural deitada em berço esplêndido. Do alto do Corcovado, os braços do Cristo parecem abençoar sua vinda.

Ele observa os arredores como que hipnotizado pela natureza e, deslumbrado com a paisagem, chega à praça Marechal Âncora. Os homens e as mulheres que cruzam com ele caminham como se estivessem embalados por um ritmo sensual. Há um meneio suave em cada um de seus passos. Sem se dar conta, Dimo começa a mimetizar-lhes a ginga. O sol da tarde ainda queima seu rosto e um suor quente inunda-lhe lentamente o corpo. Agrada-lhe essa sensação úmida dos trópicos. Dimitri sente pulsar mais forte o sangue mulato que corre em suas veias. Protegido por um arbusto, ele arranca o macacão da Pan American que lhe cobre as roupas e joga-o embaixo de um banco da praça. Pergunta a um rapaz, segurando-lhe o braço, qual a localização da Confeitaria Colombo. O jovem assusta-se, olhando ansiosamente para os lados. "Fica na Gonçalves Dias, entre a Sete de Setembro e a Ouvidor", diz ele, com um sotaque melodioso que Dimo não conhece, e afasta-se apressado.

Seu jeito de responder intriga Dimitri. Como uma pergunta tão banal pôde causar tamanho sobressalto? Ignora que a revolução comunista que o trouxe ao Brasil fracassara na véspera em menos de doze horas.

Também não sabe que o rapaz aparentando nervosismo a quem indagara o endereço da Colombo é um jovem escritor baiano rumo à clandestinidade, conhecido como Jorge Amado.

Ao cruzar a Primeiro de Março, Dimitri Borja Korozec percebe que existe um clima de guerra no ar. Tropas armadas circulam pelas ruas em viaturas militares e ônibus civis. Informando-se pelo caminho, ele avista, afinal, a confeitaria.

Fundada em 1894, a Colombo transformara-se rapidamente no ponto de encontro do mundo elegante, político e intelectual. Sua decoração lembrava a das melhores casas francesas, e seus doces, pastéis e empadinhas nada ficavam a dever aos quitutes europeus. Dimitri dirige-se a um dos garçons do salão e pergunta pelos irmãos Samariego.

Setas apontam os irmãos Samariego em frente ao obelisco, ainda ostentando sombreros mexicanos

Julio e Carlos Samariego haviam emigrado para o Brasil em 1928, fugindo do México depois de terem participado do assassinato do presidente Obregón. Fixaram-se no Rio Grande do Sul, em Porto Alegre, onde trabalham numa fábrica de biscoitos. Adaptam-se com entusiasmo aos hábitos da terra e participam ativamente dos movimentos políticos.

Em 1930, partem para o Rio de Janeiro no bojo da revolução. São eles dois dos gaúchos, embora bascos, que amarraram seus cavalos no obelisco da avenida Rio Branco para comemorar a vitória.

Decepcionados com o messianismo dos líderes revolucionários, afastam-se de seus companheiros e retornam às atividades pasteleiras. Devido aos seus dotes culinários, conseguem o cobiçado emprego de doceiros na Colombo.

Os gêmeos Samariego assemelham-se como duas gotas d'água. Atarracados e morenos, usam o mesmo bigode farto, adquirido na época em que moravam no México. Ainda rapazes, em Galdácano, costumavam enlouquecer os barbeiros da cidade. Julio sentava-se para cortar os cabelos e avisava:

— Como sou islamita, o senhor tem que virar a cadeira em direção a Meca. Caso contrário meu cabelo cresce em dez minutos.

O barbeiro nem lhe dava atenção. Quando terminava o serviço, Julio prevenia:

— Se o cabelo crescer, o senhor vai ter que cortar de novo sem cobrar nada.

Retirava-se da barbearia e, dez minutos depois, entrava Carlos com os cabelos longos:

— Eu não disse?

Espantadíssimo, o pobre barbeiro refazia o trabalho de graça.

Os dois recebem Dimitri no sobrado onde se localizam as dependências dos funcionários. Vestem-se de branco, com o tradicional uniforme dos pasteleiros.

Julio e Carlos têm o hábito desagradável de discutir constantemente. Julio lê a carta de apresentação da Tijolo Negro e comenta:

— Me lembro muito bem de Ortega. É um gordo baixinho.

Carlos retruca:

— Estás louco. Ortega é alto e magro.

Iniciam um bate-boca numa algaravia que Dimitri presume ser o dialeto basco. Finalmente viram-se para Dimo e perguntam:

— Ortega é gordo e baixo?

— Ou alto e magro?

— As duas coisas — responde Dimitri, não querendo discordar de nenhum deles.

Dando o caso por encerrado, Julio devolve-lhe a carta:

— Pouco importa. O fato é que chegaste tarde demais. A intentona fracassou. Começou ontem às três da madrugada e acabou à uma e meia da tarde. Prenderam o capitão Agildo Barata, encarregado da insurreição no quartel da praia Vermelha, e estão à caça de Prestes e dos outros revolucionários. Foi decretado o estado de sítio e o país está em pé de guerra.

— O pior é que Getúlio deu carta branca ao chefe de polícia Filinto Müller e a polícia de Filinto usa métodos de dar inveja aos homens da Gestapo. Não é a época ideal para alguém como tu conhecer a Cidade Maravilhosa.

Uma intensa depressão abate-se sobre Dimitri. O destino insiste em colocá-lo no lugar certo na hora errada. Os gêmeos procuram encorajá-lo:

— Calma, rapaz. O importante agora é não desanimar.

— Claro. Como dizia Bakunin, o desespero é típico daqueles que não entendem as causas do mal, não enxergam uma saída e são incapazes de lutar — declara Julio.

— Só que quem disse isso foi Kropotkin — retruca Carlos.

— Bakunin — insiste Julio.

— Kropotkin.

— Bakunin.

— Kropotkin!

— Bakunin!

Diante do abatido Dimitri, os dois se engajam em outro violento debate em dialeto basco.

— Lenin. Na verdade foi Lenin — afirma Dimo, interrompendo a discussão.

Com os ânimos serenados, passam a analisar a situação. Concluem que nada há por fazer senão aguardar.

Hospedam Dimitri numa pensão da rua do Cate-te e, uma semana depois, valendo-se de suas relações marginais, arranjam para ele um emprego de moto-rista de ambulância na Assistência Pública Municipal. Para isso, conseguem-lhe documentos falsos. Além do passaporte francês forjado sob a alcunha de Jacques Dupont, ele conta agora com outros papéis. Não é mais Dimitri Borja Korozec e sim Demétrio Borja, brasilei-ro, solteiro, nascido em Vassouras.

- RIO DE JANEIRO — *JORNAL DO COMMERCIO* — 14 DE DEZEMBRO DE 1935

Salve! Ó galhardo filho de São Borja
Por sua altiva e heróica decisão
De agarrar comunistas pela gorja,
Com rija, pronta, inexorável mão.

Quem no civismo os sentimentos forja
E firme agarra a cana do timão
Não pudera temer-se dessa corja,
Nem sotopor-se a miseráveis, não!

Alugados da russa parcimônia
Visavam reduzir-nos a colônia
Do eslavo país, fero e glacial.

Assassinaram desbragadamente,
Mas salvou-se nas mãos do presidente
O inviolável decoro nacional.

Esse soneto de Geraldo Rocha em homenagem a Getúlio Vargas dá uma idéia do clima que reinava na cidade logo após a intentona. É declarado o estado de guerra, reforçando ainda mais a repressão. Dimitri procura ser o mais discreto possível. Raramente sai do seu quarto na pensão da rua do Catete, cuja proprietária, dona Pequetita, uma jovem viúva, logo toma-se de amores por ele. Comparece diariamente ao hospital e é considerado um funcionário-modelo.

Por medo de ser preso e revistado, esconde seu cinturão com as moedas de ouro num buraco cavado sob a pesada mesa de autópsias do necrotério, buraco que ele tapa usando gesso da enfermaria de emergência. Trabalha há menos de um mês no pronto-socorro da praça da República, onde faz amigos com facilidade. Seu jeito desprotegido agrada às enfermeiras e aos médicos. Os colegas motoristas logo o acolhem com simpatia, principalmente porque, não tendo família, ele se prontifica a cobrir os plantões mais ingratos, como acontecera um dia antes, durante o Natal. "Pode-se sempre contar com o Borja", comentam nos corredores, usando o nome pelo qual ele é agora chamado.

Na quinta-feira, 26 de dezembro, depois do plantão, sem ter para onde ir, Dimitri atarda-se no hospital. Ávido por informações, pergunta a todos pelas últimas notícias. São inúmeros os boatos: Prestes fugira do país, de norte a sul vários batalhões do Exército estariam envolvidos, Moscou financiara o levante com milhões de dólares e haveria centenas de agentes infiltrados no Brasil. Os mais lúcidos comentam que se o apoio da Internacional Comunista fosse tão grande como dizem, dificilmente a revolução teria falhado.

Por volta de duas horas da tarde, é abordado pelo chefe dos motoristas:

— Borja, ainda estás por aí? Então pega uma ambulância e vai buscar o dr. Otelo Neves em Ipanema.

Às três e meia, Dimitri retorna à Assistência Municipal tendo ao seu lado o jovem médico, um mineiro que está há pouco tempo no Rio. Quando passam pela rua Prudente de Morais, Neves aponta uma jovem loura que caminha pela calçada:

— Borja, olha que moça bonita. Tem jeito de estrangeira.

Dimitri diminui a velocidade para que ambos possam observá-la. Percebem algo estranho no comportamento da rapariga.

— Que esquisito. Ela chegou na esquina, parou, deu meia-volta, apressou o passo e saiu em disparada.

Movido pela curiosidade, Dimo estaciona a ambulância:

— Com licença, doutor. Vou ver o que está havendo.

Antes que Neves possa impedi-lo, Dimitri salta do carro e dobra a esquina da Paul Redfern para saber o que tanto assustou a moça. Fica horrorizado com o que vê. Três limusines estão paradas em frente ao número 33. Do interior da casa, alguns indivíduos jogam pela janela livros e pacotes. Enquanto isso, outros, armados, empurram um casal para dentro de um dos automóveis, desferindo-lhes murros e pontapés. O homem é corpulento, muito louro e está sangrando. A mulher é magra, de pele clara e cabelos castanhos. Dimitri avalia rapidamente a situação: "Um assalto seguido de seqüestro", imagina ele. Sem pensar duas vezes, corre e lança-se sobre os atacantes, atingindo um deles com um violento soco no rosto. É subjugado pelos demais com facilidade e começa a gritar pedindo socorro:

— Polícia! Polícia!

Um dos homens acha graça:

— Claro que é a polícia. Você pensou que era o quê, seu comunista filho da puta?

Dois outros policiais enfiam Dimo no carro e os três veículos saem a toda, rangendo os pneus.

Sentado na ambulância, Neves assiste à cena, impotente diante daquela brutalidade. Sem o saber, Dimitri tentara impedir a prisão de Arthur Ewert e de sua esposa Elise Saborovsky, dois importantes membros do Komintern enviados por Moscou para ajudar na revolução. A polícia fascista de Filinto Müller deixara, todavia, escapar uma presa maior. A bela loura que conseguira se afastar correndo em direção ao Leblon era Olga Benario, mulher do líder revolucionário Luís Carlos Prestes.

Por que bebes tanto assim, rapaz?
Chega, já é demais.
Se é por causa de mulher é bom parar
Porque nenhuma delas sabe amar.

Na madrugada de 26 de fevereiro, Quarta-Feira de Cinzas, os presos da Casa de Detenção na Frei Caneca escutam, ao longe, um grupo de foliões bêbados e retardatários que passa cantando o sucesso de Rubens Soares no Carnaval de 36. O reinado de Momo terminava da mesma forma melancólica como começara: bailes vigiados, máscaras proibidas e ensaios de blocos e ranchos com horário controlado. Somente os festejos de rua conservaram algo da alegria contagiante, característica daqueles dias. Por maior que seja a tirania, a alma do povo é livre.

Desde novembro passado, centenas de civis e militares comunistas, anarquistas, inocentes ou simplesmente inimigos de Getúlio foram fichados e recolhidos ao Pavilhão dos Primários.

Originalmente destinado aos criminosos sem delitos anteriores, o pavilhão fora esvaziado para acolher os presos políticos. Entre eles, Dimitri Borja Korozec, o Borja, encarcerado juntamente com pessoas mais ilustres, como Aparício Torelli, também chamado de Aporelly, o famoso humorista barão de Itararé. Suas críticas ao governo no jornal *A Manha* são consideradas altamente subversivas pelo chefe de polícia, cujo senso de humor nada ficava a dever ao de Himmler. Consta que o barão, depois que a polícia de Filinto invadiu o jornal e surrou covardemente seus colaboradores, pendurou na porta da redação uma placa onde se lia: "Entre sem bater".

Os detentos comentam as terríveis torturas praticadas nos porões. Sabe-se que os algozes chegaram a enfiar um arame na uretra de Arthur Ewert, esquentando, com um maçarico, o pedaço que ficara para fora. Sua mulher, Elise, tivera o bico dos seios totalmente queimados com charutos e fora violentada por dezenas de soldados na frente do marido.

Dimo é poupado desses suplícios, pois, tendo se livrado da carteira de motorista, apresentou-se como Jacques Dupont, cidadão francês. Sua história de que se metera na briga pensando tratar-se de um assalto seguido de rapto, já que os policiais estavam à paisana e usavam carros normais, não convenceu muito os interrogadores, porém, como não existia nenhum registro sobre suas atividades anteriores, e temendo um incidente diplomático, deixaram para avaliar o caso posteriormente. Havia presos mais importantes para torturar.

No Pavilhão dos Primários, Dimitri aprende tudo sobre a vida de Vargas por intermédio dos outros prisioneiros.

Descobre, pasmo, os laços de sangue que os unem. Getúlio é filho do velho general gaúcho Manuel Vargas, de quem sua mãe tanto falava, e, portanto, seu tio natural. Guarda segredo dessa revelação. Receia que seus companheiros pensem que ele perdeu o juízo devido à prisão, como ocorrera com Ewert.

A partir daquele instante passa a devotar um ódio mortal ao ditador. Não tem mais dúvidas quanto à sua missão. Dimitri Borja Korozec nascera na longínqua Bósnia para matar Getúlio Vargas.

💣💣💣💣

Nos primeiros dias de março, uma notícia se espalha com a rapidez de um rastilho de pólvora pela Casa de Detenção: Prestes e Olga Benario haviam sido presos no Méier. Dimitri jamais os encontrará na Frei Caneca.

Sabe-se também que alguns homens serão transferidos para o navio-presídio *Pedro I*. A maioria se anima com a perspectiva de trocar os sórdidos e escuros cubículos onde se amontoa pela luz do sol e o céu aberto. Outros temem a separação das mulheres, encarceradas no segundo andar do pavilhão.

O *Pedro I*, que antes podia ser visto em frente à praia do Flamengo, estava agora fundeado a um quilômetro da ilha do Governador. Tudo isso os presos aprendem devido a um engenhoso sistema de comunicação inventado por Dimitri. Dimo percebera que mantendo baixo o nível da água dos vasos sanitários, o som se propagava de cela em cela através das privadas. O segredo estava no manuseio da corda de descarga, que devia ser executado com a precisão de um ourives.

Na noite do dia 11, escuta-se uma conversa pelo telefone coprológico:

— A primeira leva parte amanhã para o *Pedro I*. Câmbio.

— Já se sabe quem vai? Câmbio.

— Tenho aqui uma lista que consegui subornando o guarda Saraiva. Câmbio.

— Então diga. Câmbio.

— Vão o Borja, o...

Nesse instante algum desavisado puxa a descarga numa das celas e o resto dos nomes afoga-se no borbulhar das águas. Dimitri é o único a saber que esta será sua última noite na prisão da rua Frei Caneca.

Comparado às masmorras fétidas do Pavilhão dos Primários, o navio-presídio *Pedro I* é quase uma colônia de férias. Os prisioneiros, civis e militares, podem conversar, circular pelo convés e respirar o ar marítimo. O que assemelha as duas prisões é a comida, tão ruim numa como noutra. Os presos fazem as refeições na imensa sala de jantar onde as toalhas imundas provocam um comentário jocoso de Aporelly, o barão de Itararé:

— Essas toalhas de mesa são mais sujas do que a consciência do Getúlio.

O mesmo barão também se manifesta no que ficou conhecido como "o episódio da rabada".

Um dia foi servida uma rabada já em estado de decomposição, cheirando a podre. Uma comissão de presos vai se queixar ao capitão, que manda um tenente cuidar do assunto. O tenente entra no refeitório e olha para as carnes flutuando no próprio caldo, dentro do caldeirão fumegante:

— Não vejo nada de mau nessa rabada.

Aporelly responde na hora:

— Não queremos que o senhor veja, queremos que o senhor coma.

O tenente retira-se indignado, enquanto os presos lançam os pratos para o ar.

Com a idéia arraigada de matar Vargas, Dimitri Korozec, o Borja, só pensa em fugir. De início tem dificuldade em se unir a uma das diversas facções formadas pelos prisioneiros do *Pedro I*. Ninguém o conhece, pois jamais participou de nenhum movimento revolucionário no Brasil.

Os comunistas pensam que ele é trotskista, os trotskistas julgam que ele é comunista e os anarquistas acham que ele é louco.

Sua simpatia natural e a informação fornecida

pelos companheiros da Casa de Detenção de que ele fora o inventor do latrifone, acabam, enfim, por vencer todas as resistências.

Nos primeiros dias de abril, juntamente com um oficial da Marinha, o comandante Roberto Sisson, ele começa a organizar um plano para fugirem do navio. Muitos presos aderem, entusiasmados, à empreitada. Sisson desenha um mapa da ilha do Governador e, na calada da noite, eles se reúnem às escondidas para analisar a melhor maneira de atingir a ilha:

— O melhor é baixar os escaleres — sugere Roberto Sisson.

— Estás doido? O barulho vai chamar a atenção da guarda — afirma Tourinho, um jovem tenente, desrespeitando a hierarquia.

— E se antes subjugássemos a guarda? — teima Sisson.

— Impossível — insiste Tourinho. — Basta que um dê o alarme e seremos logo descobertos.

Dimitri apresenta a solução mais óbvia:

— A nado. Temos que fugir a nado.

— A nado? Mas é quase uma milha em mar aberto! — preocupa-se Sisson.

Outro participante concorda:

— O Borja tem razão. Só mesmo a nado.

Sisson torna a insistir:

— Eu acho que a nado...

— Vai ser a nado e pronto — corta Tourinho.

Dimo completa sua idéia:

— Lançamos cordas até a água e descemos por elas pra não fazer barulho. Tudo isso à noite, porque a vigilância é menos severa.

— Quando partimos? — pergunta um oficial.

— Quanto mais cedo melhor. Amanhã roubamos as cordas e saímos depois de amanhã.

— E vamos pra que praia? — quer saber outro prisioneiro.

— Deixem isso comigo. Vou estudar bem o mapa e na hora basta me seguir.

O grupo se dispersa deixando Dimitri a sós com seus pensamentos assassinos. Examina com cuidado as praias da ilha. A fuga é apenas o primeiro passo. Para ele, os dias do ditador estão contados.

Na madrugada do dia marcado, eles deslizam silenciosamente pelo casco do *Pedro I* e desaparecem nas águas escuras do oceano. Depois de nadar por três horas, boiando inúmeras vezes para descansar, os vários homens liderados por Dimitri alcançam por fim a ilha do Governador. Exaustos, mas exultantes de alegria pela façanha realizada, trocam abraços efusivos, rolando pela areia. Dão vivas entusiasmados ao autor da idéia: "Viva o Borja!", "O Borjinha é o maior!".

De repente, as manifestações de alegria são interrompidas por uma sirene e por fachos de holofotes que cruzam a praia. Uma das luzes enfoca o rosto de Dimo. Todos imobilizam-se, rígidos como estátuas. Por uma cruel coincidência, Dimitri e seus seguidores chegaram exatamente à parte da ilha onde existe uma base de fuzileiros navais. Malograra por completo o elaborado plano. Apenas dois fugitivos não são encontrados pelos fuzileiros: o tenente Tourinho, exímio nadador, que resolveu dirigir-se à praia de Maria Angu, a três quilômetros dali, e o comandante Roberto Sisson. Este, logo depois de atingir a água, decidiu voltar ao navio pela escada de bordo. Assim o fez porque, apesar de ser oficial da Marinha, Sisson não sabia nadar.

💣💣💣💣

9

N A PENSÃO DA RUA do Catete, número 25, a viúva Maria Eugênia Pequeno, mais conhecida como Pequetita, acaba de sair do chuveiro. Inteligente e engenhosa, Maria Eugênia mandara construir, sobre a laje do prédio, um imenso reservatório de dois mil litros, solucionando o problema da falta de água que assola constantemente a cidade.

Pequetita aparenta menos do que seus trinta anos. Os banhos de mar na praia de Botafogo e a ginástica dinamarquesa desenvolvida pelo professor Müller, que pratica todos os dias, deixam-lhe o corpo rijo e bronzeado. Os olhos amendoados, os zigomas salientes e os cabelos negros presos num coque traem o sangue árabe dos seus antepassados portugueses, nascidos no Algarve. Do rosto corado, de pele macia como um pêssego, sobressaem os lábios polpudos e bem delineados. Emana da jovem viúva uma sensualidade que ela se esforça por ocultar sem grandes resultados.

Pequetita enxuga-se lentamente diante do grande espelho do banheiro. Acaricia os seios grandes e firmes, de mamilos rosados, as coxas grossas e as nádegas arredondadas com a toalha de linho. Todos se perguntavam por que uma mulher tão bonita permanecia sozinha.

A verdade é que Maria Eugênia, viúva há quatro anos, continua fiel à lembrança do marido morto.

Túlio Pequeno morrera de tuberculose em 1932. Era vendedor de seguros e tinha duas paixões na vida: Pequetita e a ópera. Costumava cantar no coro do Teatro Municipal e durante uma representação da *Aída* tivera uma hemoptise em cena, vindo a falecer dias depois. Sendo do ramo, Túlio deixara uma apólice que permitira a Pequetita comprar um sobrado na rua do Catete e transformá-lo em pensão. Maria Eugênia administrava o estabelecimento com extrema competência, sempre eficiente e objetiva. Sem filhos ou parentes próximos, ela se refugiara na leitura dos romances de Rafael Sabatini e Alexandre Dumas. Imaginava aventuras amorosas com os heróis dos livros, repudiando, contudo, a idéia de apaixonar-se por outra pessoa. Lembrava-se de uma frase que ouvira do padre Rodrigues, no Grajaú, quando era menina, a respeito de uma vizinha recém-casada pela segunda vez: "O pior adultério é o da viúva que se casa novamente. Trair um morto não tem perdão, assim na terra como no céu!". O anátema ficara gravado a ferro em brasa na sua memória de criança.

Porém, desde que Dimitri se mudara para a pensão, ocupando o quarto ao lado do seu, Pequetita começara a sentir por ele uma forte afeição. Notara, de imediato, os indicadores a mais nas mãos do novo hóspede. A perfeita anomalia, longe de afastá-la, exercia sobre ela uma atração ainda maior. Tinha sonhos eróticos em que o belo homem de olhos verdes e cabelos encaracolados sugava-lhe os bicos intumescidos dos seios, explorava, com os doze dedos, os recônditos mais íntimos do seu corpo, beijava-lhe o púbis e a penetrava com o ardor do capitão Blood, de Sabatini. Gemia languidamente no seu leito de viúva. Acordava no meio da noite empapada de suor e exaurida pelo gozo solitário. Durante o dia, usando a chave mestra, ia ao quarto de Dimo, rolava nos lençóis desarrumados, cheirava a fronha e, colocando o travesseiro entre as coxas úmidas, esfregava-se nele até o paroxismo do prazer.

Por isso mesmo, quanto mais dias se passam, mais ela se preocupa com a ausência misteriosa de Dimitri. Normalmente, um hóspede que sumisse por uma semana teria suas malas confiscadas como pagamento e o quarto destinado a outro locatário. Há seis meses Maria Eugênia não tem notícias de seu hóspede; no entanto, mantém o aposento intacto. A intuição de mulher apaixonada lhe diz que há algo estranho no desaparecimento de Dimo.

Nesta tarde chuvosa de outono, enquanto se veste, Pequetita opta por tomar uma atitude que vai contra todas as normas que se impôs como dona de pensão: resolve vasculhar os pertences de Dimitri em busca de indícios que revelem seu paradeiro.

Desta vez, entra com olhos de lince na alcova, testemunha de tantas poluções secretas. Esquadrinha as gavetas da cômoda, deita-se no chão para examinar embaixo da cama e, finalmente, acha a maleta escondida sob o armário. Retirando as poucas vestimentas ali guardadas, ela percebe um fundo falso improvisado feito com uma folha de cartolina grossa. Arrancando-o, depara-se com uma descoberta digna dos romances de aventura que tanto preza. Junto a vários documentos forjados com a foto daquele que ela ama em segredo, há uma pistola de grosso calibre enrolada num encerado, um pequeno maço de dólares preso por um elástico e o desgastado caderno de folhas esparsas com as anotações de Dimitri. Percorre avidamente aquelas páginas com um excitamento que jamais sentira ao ler seus autores prediletos.

Logo se conscientiza de que o objeto de sua paixão não é um homem comum e corre perigo. Os jornais censurados nada publicam, mas todos sabem das inúmeras prisões efetuadas desde a Intentona Comunista. É provável que Dimo tenha caído nas malhas da polícia ou do Exército. Decidida a encontrá-lo custe o que custar, Pequetita se lembra de um primo distante do marido fuzileiro naval. A despeito de não ser de alta patente, é o único militar que conhece. Talvez ele tenha ligações que lhe permitam descobrir o destino de Dimitri.

Volta ao seu quarto e procura pela velha caderneta do defunto. Lá está escrito na letra miúda de Túlio Pequeno, que ela revê sem nenhum remorso, o endereço do rapaz: Sargento Olegário Ferreira. Quartel dos Fuzileiros da Ilha do Governador.

💣💣💣💣

— Há quantos anos! Como vai a senhora, tia? — cumprimenta o sargento Olegário, usando um parentesco inexistente e que ela detestava.

— Vou bem, obrigada — responde Maria Eugênia Pequeno, enquanto passeiam pelo pátio ensolarado, às dez horas da manhã.

Quer encerrar aquela visita o mais rápido possível. Não lhe agrada o ambiente soturno do quartel; lembra-lhe o colégio de freiras onde fora interna, em Teresópolis. Além do quê, jamais gostou do sargento. Macérrimo, de olhos pequenos e baços, bem distantes um do outro, nariz adunco e vermelho, Olegário Ferreira mais parece um peru natalino antes de ser sacrificado.

Nas raras vezes que o vira, quando o marido ainda era vivo, Olegário sempre lhe lançava olhares lascivos, quase obscenos. Mesmo quando a chamava de "tia", o tratamento vinha carregado de segundas intenções. Reside nele, contudo, a última esperança de encontrar Dimitri. O sargento tampouco prima pela inteligência. Abusa dos lugares-comuns e sua ignorância é tida como das mais sólidas.

— O que posso fazer pela senhora? Família é pra essas coisas, é ou não é? — lança Olegário, perpetrando uma frase que ele considera da maior sabedoria. — Aliás, a tia anda mais linda do que nunca. Um pitéu.

Pequetita despreza o inútil galanteio:

— Não quero tomar seu tempo. Estou à procura de um hóspede lá da pensão que sumiu sem dar notícias.

— Não se preocupe, tia. Quem é vivo sempre aparece, é ou não é? — sentencia o sargento, usando mais um inoportuno clichê, e provocando arrepios de horror em Pequetita ao imaginar Dimitri morto.

— O meu medo é que ele tenha sido preso por engano.

— Acho difícil, tia. A polícia do capitão Filinto é competitiva.

— Você quer dizer "competente" — corrige Maria Eugênia.

— Isso, competente. Só estão prendendo comunistas porque os vermelhos querem derrubar os três pilares da sociedade: Deus, Pátria e Família. Comunista é uma praga. Que nem a saúva. Ou o Brasil acaba com a saúva ou a saúva acaba com o Brasil, é ou não é?

— Não sei, Olegário.

— Me disseram que os comunistas comem criancinhas.

— Desconheço essas preferências gastronômicas — responde Pequetita.

— Eles atacam de madrugada. Por isso é que eu durmo com dois revólveres embaixo do travesseiro. Quem tem um, não tem nenhum, é ou não é?

— De qualquer forma, essa pessoa não é comunista — corta a viúva.

— Como é que ele se chama?

— Não me lembro — mente Pequetita. Caso tenha sido preso, não sabe o nome que Dimitri teria fornecido. — Mas é fácil identificá-lo. O homem que estou buscando tem quatro indicadores.

A informação supera a capacidade de entendimento de Olegário:

— Como assim? Esse sujeito conhece quatro informantes da polícia?

— Nada disso. Ele tem um indicador extra em cada mão.

— Tem o quê?

Pequetita impacienta-se:

— O dedo indicador, Olegário. O fura-bolos! O homem tem quatro fura-bolos! Um a mais em cada mão! Um dedo mindinho, um seu-vizinho, um maior-de-todos, um cata-piolho e dois fura-bolos!

— Calma, tia. Não fique tão agitada. Por que é que a senhora não disse logo? Falando é que a gente se entende, é ou não é?

— Perdão, Olegário — desculpa-se ela —, é que eu ando meio nervosa.

— Bom, tia, pelo menos eu vou poder ajudar a

senhora. Nem preciso perguntar pra ninguém. Imagine que há cerca de seis meses uns prisioneiros fugiram a nado do *Pedro I* e vieram dar com os costados aqui na praia, bem em frente ao quartel. Ha! Ha! Ainda dizem que esses comunistas são inteligentes. Eu notei que um deles tinha isso aí que a senhora falou. Pelo nome eu acho que era francês. O mundo é pequeno, é ou não é?

Pequetita agradece aos céus pelo acaso e indaga animada:

— Como se chamava?

— Ah, não lembro, tia. Eu lá vou lembrar nome de gringo depois de seis meses?

— E ele está detido aqui?

— Não, tia. Mandaram pra prisão da Ilha Grande.

Pequetita despede-se rapidamente:

— Obrigada, Olegário. Nem sei como agradecer. Foi um prazer revê-lo. Com licença que eu tenho muito que fazer lá na pensão.

— Volte sempre, tia. Sinto muitas saudades da senhora — responde o sargento, despindo-a com os olhos.

Quando ela está para atravessar os portões do quartel, o sargento grita do meio do pátio:

— Agora, que ele é comunista, é, ou não estaria preso. Aqui se faz, aqui se paga, é ou não é? Cuidado, hein, tia! Eu não sei se, além de criancinhas, os comunistas também não comem viúvas.

Maria Eugênia jamais conseguiu descobrir se havia ou não um duplo sentido nas palavras de Olegário.

Com cento e setenta e quatro quilômetros quadrados, a Ilha Grande, em Angra dos Reis, a menos de noventa milhas marítimas do Rio, é recoberta pela vegetação luxuriante das florestas tropicais. Um alojamento fora ali edificado em 1884, inicialmente como posto de saúde, com o propósito de isolar em quarentena passageiros e escravos que vinham do exterior portando doenças contagiosas. O hospital, conhecido como o Lazareto, seria posteriormente transformado em cadeia, tendo abrigado, inclusive, os tenentes revoltosos de 1922.

A doze quilômetros de serra a partir do embarcadouro existia outra prisão: a Colônia Correcional de Dois Rios, situada na antiga Fazenda Dois Rios.

Esse famigerado presídio localizava-se nas escarpas da ilha, e junto a ele havia galpões rústicos e imundos rodeados por uma imensa cerca de arame farpado onde se amontoavam novecentos condenados.

Na colônia, os presos políticos misturavam-se aos criminosos comuns. As condições de higiene e alimentação eram extremamente precárias, e os detentos definhavam a olhos vistos.

É nesse verdadeiro campo de concentração que se encontra aprisionado, desde sua desventurada fuga, Dimitri Borja Korozec; há dois meses padecendo num inferno construído pela mão do homem em meio ao paraíso criado pela natureza.

Um dos companheiros de infortúnio de Dimitri é o professor Euclides de Alencar, entomologista de renome, sem qualquer filiação partidária. O professor havia sido enclausurado apenas pelo fato de fazer críticas ao regime junto aos colegas do Instituto Vital Brasil, em Niterói. Aos cinqüenta anos, atarracado e de orelhas de abano, o rosto coberto por uma longa barba branca, mais parece um gnomo dos contos dos Irmãos Grimm. Em poucos meses de encarceramento, o cientista perdeu quase vinte quilos, mas não o entusiasmo pela insetologia. Nutre verdadeira paixão pelos invertebrados. Seus olhos se iluminam ao falar de mosquitos, pulgas e percevejos.

Para preencher o tempo, Dimitri dedica-se, com Alencar, ao estudo das baratas. Passa horas a fio ouvindo o professor discorrer sobre esses pequenos seres escuros que infestam as celas:

— Meu caro amigo, a barata, cujo nome vem do latim *blatta,* é a criatura mais incompreendida do universo. Não entendo a aversão que os homens sentem por esse maravilhoso animal.

— O que há de tão maravilhoso nele?

Alencar inicia uma verdadeira aula sobre o asqueroso inseto.

— Pra começar, a capacidade de sobrevivência. Foram encontrados fósseis de baratas com mais de trezentos milhões de anos. Existem três mil e quinhentas espécies espalhadas pelo mundo. Na Costa Rica, há uma barata alada tão grande, a *Blaberus giganteus,* que se alimenta de peixes e rãs. Ela enterra o ferrão na presa e suga-lhe os líquidos orgânicos. Não é fantástico?

— E essas aqui, de que tipo são? — pergunta Dimo, apontando três cascudas que passeiam pela parede em frente.

— *Periplaneta americana.* As minhas preferidas. É a barata mais comum, fácil de criar em laboratório e muito inteligente.

— Inteligente!?

— Claro. Toda barata é inteligente. Pode-se dizer que ela tem dois cérebros.

— O quê!?

Alencar diverte-se com o espanto do discípulo:

— São dois pares de gânglios nervosos na cabeça, ligados a um gânglio na ponta da cauda. Isso permite que ela receba impulsos sensoriais em frações de segundos.

— O que mais me impressiona é a capacidade que elas têm de comer qualquer coisa — diz Dimitri, apontando uma quarta barata, que rói um pedaço de papel.

— É porque elas possuem dentes minúsculos no estômago, com os quais mastigam qualquer alimento ingerido.

À medida que os dias transcorrem monotonamente, Dimitri começa a ver com outros olhos aqueles animais. Já não os acha tão repelentes. Traz migalhas do pestilento refeitório da prisão e começa a alimentá-los.

Em pouco tempo, seu cubículo é o preferido das baratas. Com paciência, treina os insetos para puxar caixas de fósforos vazias e transportar pequenas mensagens grudadas em suas asas para os detidos das celas mais distantes.

Vencendo a repulsa natural, consegue que, a um comando, elas cubram todo o seu corpo, assim como os apicultores fazem com as abelhas. O próprio professor Euclides surpreende-se com essa proeza. Guardas e prisioneiros passam a chamá-lo, com respeito e nojo, de O Homem-Barata da Ilha Grande.

Essa súbita notoriedade leva presos de outros galpões a se aproximarem de Dimitri. Entre eles, o escritor

Graciliano Ramos. Graciliano fora detido em Alagoas no mês de março, transportado para a Casa de Detenção do Rio de Janeiro e depois enviado para a Colônia Correcional, sem que nenhum processo houvesse sido formalizado. Do encontro entre os dois, tem-se apenas o breve registro feito, posteriormente, por Dimo numa das folhas soltas do caderno de apontamentos:

> [...] Muito me marcou aquele homem sensível, magro e de rosto encovado. Era poucos anos mais velho do que eu, contudo parecia meu pai. Percebi que o encarceramento fizera dele um fantasma de si mesmo. Disse-me que sua mulher, dona Heloísa, havia conseguido entrar em contato com um certo general e ele esperava a qualquer momento ser transferido de volta ao Pavilhão dos Primários. Interessou-se pela minha habilidade no treino dos insetos. Expliquei-lhe que aquilo era apenas um passatempo, uma forma de permanecer lúcido enquanto não descobria uma maneira de fugir daquele inferno. Falou-me que, caso não sucumbisse às agruras da prisão, ao ser libertado escreveria um relato narrando os horrores da cadeia. Queria dedicar-me um capítulo, contando meus experimentos com as baratas. Supliquei que não o fizesse. Poderiam pensar que eu havia perdido a razão [...]

Também se ligara a Dimitri um criminoso comum francês chamado Henri Maturin. Esguio, moreno, de pele lisa e fala macia, Maturin aproximara-se dele pensando que Dimo era francês, pois Dimitri continuava a declarar-se daquela nacionalidade.

Henri era homossexual e arrombador de cofres. Os que tentavam zombar das suas preferências sexuais eram surpreendidos pela violência e rapidez com que ele manejava o estilete feito com um cabo de colher, seu inseparável companheiro.

Lenda ou não, constava que Maturin havia escapado, anos antes, da ilha do Diabo, na Guiana Francesa, onde cumpria sentença perpétua por ter assassinado o amante. Chegara ao Brasil atravessando a Venezuela pela selva amazônica. É com ele que Dimitri planeja evadir-se da Colônia Correcional. O francês tem a prática necessária para o perigoso empreendimento — para quem já fugiu da ilha do Diabo, escapar da Ilha Grande é um passeio; falta-lhes apenas o dinheiro indispensável para realizar a escapada. Esse item fundamental será providenciado durante a visita que, depois de mover mundos e fundos, a viúva Maria Eugênia Pequeno conseguirá fazer ao novo grande amor da sua vida.

A viagem de Mangaratiba até a Ilha Grande ocorrera sem contratempos, a despeito do mar encapelado que sacudia a lancha. Maria Eugênia obtivera uma autorização especial. O próprio general Góis Monteiro, irmão do parceiro de pôquer de um cunhado do filho da sobrinha do avô de uma vizinha de Pequetita, dera um jeitinho, concedendo-lhe o passe. Ficara encantado com a beleza e a perseverança da jovem viúva.

Na Colônia Correcional, o sargento de plantão examina as credenciais e ordena a um soldado:

— Vai chamar o Barata.

— O capitão? — pergunta o soldado, referindo-se a Agildo Barata, também confinado na ilha.

— Não, idiota. O Homem-Barata. Há uma visita pra ele.

Numa saleta contígua à enfermaria da prisão, sob a vigilância de um guarda sonolento, Pequetita acha-se finalmente diante de Dimitri. Falam baixo, quase aos sussurros:

— Como foi que a senhora me achou?

— Pouco importa, e, por favor, não me chame de senhora.

Dimo está visivelmente acanhado pela presença inesperada:

— Você tem o mesmo interesse pelo destino de todos os seus hóspedes?

— Não me envergonho de dizer que, pra mim, você é mais do que um hóspede — ela afirma, assombrada com o próprio despudor.

Dimitri arrepia-se ao ouvir aquela revelação. Também sentira-se atraído por Pequetita desde a primeira vez que a vira. Ocultara seus sentimentos, pois nada no comportamento da viúva indicava que a atração fosse recíproca:

— De qualquer forma, arriscou-se vindo até aqui. Quem lhe disse que eu estava preso?

— Ninguém. Eu mesma descobri. Devo confessar que entrei no seu quarto e mexi nos seus guardados.

Pequetita narra, em detalhes, a agonia que vivera com o desaparecimento de Dimo. Num rasgo de ousadia, conta como seu coração pulsava mais forte cada vez que ouvia a campainha da porta, na esperança de vê-lo retornando à pensão. Fala das noites insones, durante os intermináveis meses sem saber notícias dele. Por fim, confessa ter lido ansiosamente cada página do seu caderno:

— Sei de tudo.

— E mesmo assim me procurou? — espanta-se Dimitri.

— Claro. Tinha certeza de que você precisava de ajuda. Tomei a liberdade de trocar alguns dos dólares que achei na sua valise. O dinheiro vai ser mais útil aqui do que trancado na maleta.

Unindo o gesto à palavra, tira o maço de notas dobradas que escondera sob o cinto e o entrega discretamente a Dimo. Quando os dois se tocam, uma onda de calor percorre os seus corpos. Dimitri não quer mais soltar as mãos que lhe trouxeram amor e salvação:

— Obrigado. Nem sei o que dizer.

— Então não diga nada — conclui Maria Eugênia, um sorriso iluminando-lhe o rosto.

Ficam ali, olhos grudados um no outro, dedos entrelaçados, mesclando o suor tépido que aflora em suas palmas apertadas. Finalmente, unidos num minuto com sabor de eternidade, eles atingem juntos um orgasmo intenso e silencioso.

— Está na hora, dona.

A voz rouca do guarda quebra o encanto do momento mágico. Rosto afogueado, Pequetita desprende-se a custo das mãos do homem amado. Da porta, ela lhe lança um derradeiro olhar cheio de promessas:

— O quarto continua à sua espera. Adeus.

— Até breve — responde Dimo.

Sabe que agora nenhuma força humana será capaz de mantê-lo aprisionado aos grilhões do cativeiro.

No dia seguinte, ao sair do refeitório, Dimitri aproxima-se de Maturin:

— Consegui o dinheiro para a fuga. Só receio que resolvam me revistar.

— Não te preocupes. Na ilha do Diabo aprendi uma maneira de esconder as coisas que passa por qualquer revista — garante Maturin.

— Qual?

— Já te mostro. Vem comigo.

Henri leva Dimitri para os banheiros e pede que ele vigie a entrada. Depois, abaixando as calças e agachando-se junto à parede, começa a contorcer-se como se fosse evacuar. De súbito, um tubo de bambu polido com aproximadamente quinze centímetros de comprimento por três de diâmetro emerge de seu ânus. Divide-se em duas partes rosqueadas no meio. Girando as extremidades, Maturin abre o inusitado esconderijo. Do interior do tubo ele retira uma fina corrente de ouro com uma figa e quatro fotografias enroladas de sua mãe.

— É o meu cofrinho.

Dimitri contempla o cilindro ameaçador. Henri segue explicando:

— Preparei um igualzinho pra ti. Deves enfiá-lo bem dentro, até o cólon, no intestino grosso. Basta respirar fundo que ele sobe direto. Mesmo que te ponham nu, de pernas abertas, não há como descobri-lo.

Após uma longa pausa, Dimo se dirige ao companheiro:

— Pensando bem, acho que vou ficar por aqui mesmo. Afinal, a Colônia não é tão ruim assim. A comida é sofrível, mas a vista é bonita, o ar é puro e eu preciso cuidar das minhas baratas.

Henri acha graça no pavor que o bambu inspirou a Dimitri:

— Não sejas tolo. Se estás com tanto medo do tubo, deixa que eu carrego o teu também.

— E cabe? — pergunta Dimo, admirado.

— Claro! — diverte-se Maturin, dando uma palmadinha nas nádegas. — Aqui, onde cabe um, cabem dois.

💣💣💣💣

• ILHA GRANDE — COLÔNIA CORRECIONAL — 14 DE JULHO DE 1936

SIMBOLICAMENTE, os dois escolhem para fugir a data em que se comemora a Revolução Francesa. Às onze horas da noite, o sentinela da ala oeste, seduzido pelos encantos de Maturin e por cem mil-réis oferecidos por Dimitri, permite que eles cavem uma passagem sob a cerca de arame farpado. Para isentar-se de qualquer culpa, pede que Maturin lhe desfira, com a pá, um forte golpe na cabeça, ato que o francês executa com imenso prazer. Evitando a trilha que conduz ao ancoradouro, eles atravessam a mata entre o pico da Pedra d'Água e o do Papagaio em direção ao Saco do Céu.

Volta e meia, Dimitri estranha os ruídos noturnos, desacostumado que é à vida na floresta. Quase começa a amanhecer quando chegam a uma vila dissimulada pelas árvores ao pé de um morro.

— Que lugar é esse? — indaga Dimo.

— Não te assustes. É a aldeia dos leprosos. Pouca gente sabe da sua existência.

— Leprosos?

— Leprosos, sim, e comerciantes. São eles que vão nos vender o barco pra escapar daqui. Isso se simpatizarem conosco, senão...

— Senão o quê?

— Nos matam e ficam com o dinheiro.

Antes que Dimitri possa dizer algo, eles são cercados por um bando de homens com espingardas. Mesmo na penumbra, é possível perceber que todos estão desfigurados pela lepra. Ambos tentam disfarçar o pânico causado pelo círculo de horrores.

Um dos leprosos, desarmado, provavelmente o líder do grupo, de chapéu enterrado até os olhos, dirige-se aos dois com um sorriso irônico no que lhe resta dos lábios:

— Aonde vocês vão tão apurados? Estão com pressa de pegar a doença?

Mais uma vez, Dimitri sente saudade das baratas. Maturin adianta-se e enfrenta o homem:

— Estamos fugindo da colônia.

— Fugiram de uma colônia pra cair em outra — diz, rindo, o chefe.

Dimo e Henri se vêem rodeados por gargalhadas desbeiçadas. O francês procura iniciar as negociações:

— Queremos comprar um barco.

— Com que dinheiro?

— Nós temos dinheiro.

— Tinham. Não vão ter mais depois de mortos — diz o hanseniano. — E é melhor morrer logo de bala do que ficar por aqui até apodrecer de lepra.

Os morféticos em volta deles engatilham as armas e se posicionam para a execução, aguardando o comando do chefe. Maturin fecha os olhos, conformado, porém Dimitri afirma, seguro de si:

— De lepra eu não morro nunca, porque já tive, e existe a cura aqui na ilha.

O chefe dos leprosos interrompe o fuzilamento:

— Como é isso?

— Contraí a doença numa viagem à Índia. Meu corpo era coberto de lepromas e meu rosto deformado pela leontíase. Não tinha mais esperanças de viver, quando um guru paquistanês me deu a receita sagrada de uma infusão feita com três tipos de erva. Essas ervas crescem em abundância nestas matas. Ali mesmo, em volta daquela árvore, tem uma touceira coberta delas — garante Dimitri, apontando a moita.

O homem examina Dimo desconfiado:

— E que prova tenho de que não estás mentindo pra salvar a pele?

— Eu sou a prova viva. Estava desfigurado e, em poucas semanas, a poção me reconstruiu o nariz e os membros. Só ficou uma seqüela. Na ânsia de me curar, tomei remédio em excesso e me cresceu um dedo a mais em cada mão — confirma Dimitri, exibindo os doze dedos que traz do berço.

Os leprosos se maravilham ante aquela demonstração insofismável.

— Quais são as três ervas e como se prepara o chá? — pergunta, ansioso, o chefe.

— Calma. Primeiro quero saber se conseguimos o barco.

— Claro, colega! Nem precisas pagar nada!

— Faço questão. Negócios são negócios.

— Quando é que o tratamento começa a fazer efeito?

— Varia. Às vezes leva dias, às vezes semanas. Os primeiros sinais se manifestam em menos de um mês.

Sob o comando de Dimitri, Maturin e os leprosos passam a hora seguinte recolhendo plantas inócuas no matagal que circunda a aldeia escondida.

Ao subir no barco, Dimo faz as últimas recomendações quanto à receita:

— É fácil. Põe pra ferver as ervas durante cinco horas, em fogo brando, numa fogueira de lenha feita com madeira verde. Depois, coloca o caldeirão no sereno e deixa orvalhar até o dia seguinte.

Quando Dimo e Henri pegam nos remos para iniciar a viagem rumo à liberdade, o chefe dos leprosos grita da margem:

— Obrigado de novo. Só não te dou a mão porque não tenho.

💣 💣 💣 💣

10

[...] O presidente Getúlio
Dissolveu quase a bofete
A tal Câmara e o Senado
Virando tudo em confete...

[...] O Brasil de norte a sul
Tem muita admiração
Por este grande estadista
Que hoje dirige a nação...

[...] Implantando a ditadura,
O chefe do Estado Novo
Tirou do rico a bravura,
Conquistou a alma do povo,
Do litoral ao sertão...

Literatura de cordel

O ministro da Guerra,
general Dutra, ao lado
de Getúlio Vargas
no dia da promulgação
do Estado Novo

DESDE A SUA FUGA, há mais de um ano, Dimitri aliena-se dos seus sonhos revolucionários no leito macio de Maria Eugênia Pequeno. Logo ao desembarcar, separa-se do companheiro. Maturin segue para a zona do Mangue, onde passa a exercer a função de leão-de-chácara no prostíbulo de madame Rosaly, uma gorda cafetina sua amiga, que administra um rendez-vous na rua Júlio do Carmo, e Dimitri se abriga nos braços sensuais da viúva.

Dimo e Pequetita passam semanas praticamente

sem sair do quarto e ela é obrigada a admitir para si mesma, com uma ponta de remorso, que nunca viveu sensações tão intensas ao fazer amor com o marido falecido. As mãos de Dimitri apagam de sua pele a memória de antigas carícias. O sexo jamais se torna rotineiro. Inventam e reinventam diariamente novas e inesgotáveis fontes de prazer, seus corpos vibrando com uma voluptuosidade insuspeitada.

A gerência da pensão vai ficando por conta de Francisca, uma governanta portuguesa que acompanha Pequetita desde os tempos de criança. Ao invés de aborrecer-se com as novas tarefas, Francisca rejubila-se de ver a patroa novamente feliz.

Dimitri nem se preocupa mais em ler os jornais, a não ser as páginas de esportes. Desenvolveu um interesse quase fanático por um jogo do qual pouco ou nada conhecia, o futebol. Tem preferência pelo time do Flamengo, atraído pelo negro e vermelho, cores que simbolizam o clube, e se entusiasma com os gols de bicicleta de Leônidas, o Diamante Negro.

Por precaução, resolve alterar sua fisionomia cultivando um farto bigode, que lhe acentua a aparência de anarquista romântico.

Bigode cultivado
por Dimitri

Sempre que lhe vem à mente a idéia de eliminar Getúlio, ele a afasta e adia a ação, convencendo-se de que o momento ainda não é chegado.

Às oito horas da noite do dia 10, Dimitri está deitado ao lado de Pequetita na cama descomposta, cujos lençóis ainda exalam os eflúvios de mais um embate amoroso, quando a voz do locutor interrompe a programação normal no rádio colocado sobre a mesa-de-cabeceira:

— Com a palavra, o Excelentíssimo Senhor Presidente da República.

A voz de Vargas fere-lhe os ouvidos:

— Trabalhadores do Brasil...

Num longo discurso, Getúlio anuncia a Nova Ordem. Sob o falso pretexto de que há um plano comunista para derrubar o governo pela luta armada, ele informa que fechou o Congresso, dissolveu os partidos e suspendeu as eleições previstas para o ano seguinte. Com o apoio das Forças Armadas, concentra agora todo o poder na Presidência. Está criado o Estado Novo. Tudo isso, diz ele, é feito em nome da segurança nacional.

Terminado o pronunciamento, Dimitri percebe, não sem certa culpa, que tem se esquivado de seus propósitos. Desliga o aparelho, acende um cigarro Petit Londrinos da Tabacaria Londres e senta-se na cama, acabrunhado. Maria Eugênia nota-lhe o desânimo:

— O que aconteceu?

— Tudo isso que ouvimos poderia ter sido evitado.

— Que estás dizendo? — pergunta a viúva, intrigada.

— Sabes muito bem o que estou dizendo. Se eu não tivesse omitido o meu dever, o ditador já estaria morto.

Pequetita o envolve num abraço:

— Meu amor, esquece essa loucura.

— Loucura? — responde Dimitri, desvencilhando-se de seus braços. — Então tu chamas de loucura o objetivo maior da minha existência?

Pequetita procura desculpar-se:

— Um homem sozinho não pode fazer nada.

— Não é o que nos mostra a História. Às vezes, basta um homem. Um homem e uma bala — sentencia Dimitri, o olhar vago, lembrando-se de Sarajevo.

Maria Eugênia se desespera, antevendo a possibilidade de perder, pela segunda vez, um ente querido. Deve dissuadi-lo de qualquer ato insano. Arranca a camisola e exibe os seios perfeitos, tentando arrastá-lo de volta para o conforto das cobertas:

— Vem. Tenho vontade de ti — ela diz, abrindo as coxas generosas.

Dimo se afasta para não sucumbir àquela sedução. Levantando-se, ele enfia rapidamente as calças e a camisa.

— Aonde vais? — indaga Pequetita, ansiosa.

— Pro meu quarto. Preciso refletir.

Dimitri sai da alcova aconchegante fechando a porta atrás de si. A tristeza se apodera da viúva e ela cobre com a colcha amarrotada a nudez oferecida. Duas lágrimas formam uma trilha de dor no rosto de Maria Eugênia Pequeno.

[...] *Eu fui às touradas em Madri,*
Pararatibum, bum, bum.
Pararatibum, bum, bum.
E quase não volto mais aqui...

[...] *Eu conheci uma espanhola natural da Catalunha.*
Queria que eu tocasse castanhola e pegasse touro à unha.
Caramba, caracoles,
Sou do samba, não me amoles!
Pro Brasil eu vou fugir.
Isso é conversa mole para boi dormir.
Pararatibum, bum, bum...
Pararatibum, bum, bum...

♪ ♪ ♪ ♪

Trecho extraído do manuscrito
incompleto **Memórias e lapsos —
Apontamentos para uma autobiografia,**
de Dimitri Borja Korozec

- **RIO, 19 DE ABRIL DE 1938**

O Carnaval terminou há dois meses, no entanto o
alegre estribilho da marchinha "Touradas em Madri"
não me sai do pensamento. Pararatibum, bum, bum...
Para mim, esse ruído repisado, longe de lembrar o clima jovial dos festejos, tem um significado demoníaco.
Lembra-me a Guerra Civil Espanhola que os republicanos perdem para o Exército fascista de Franco,
apoiado pelos aviões alemães da Legião Condor. A ono-
matopéia do refrão associa-se ao som da metralha e
das bombas lançadas sobre as cidades indefesas. Pararatibum, bum, bum... García Lorca fuzilado: Pararatibum, bum, bum... Guernica pulverizada pelas bombas:
Pararatibum, bum, bum... A Catalunha e os Países Bascos dizimados: Pararatibum, bum, bum... O sangue derramado dos meus camaradas anarquistas encharcando
a terra ensolarada da Espanha: Pararatibum, bum, bum...

Nos primeiros meses do ano procurei pelos irmãos
Samariego na Colombo para organizar junto com eles o
assassinato de Vargas, que aliás deve rejubilar-se com
as vitórias do seu equivalente espanhol, porém os dois
tinham voltado à terra natal, para unir-se às forças re-
publicanas. É claro que não se esquivariam àquela luta
encarniçada.

Hoje comemora-se o aniversário de Getúlio. A *Hora do Brasil*, também conhecida como "Fala Sozinho", prometeu, à noite, um programa em sua homenagem. A transmissão radiofônica, normalmente enfadonha, será mais insuportável ainda. Quem faz anos amanhã é Adolf Hitler, da Alemanha. Os dois ditadores bem que poderiam festejar na mesma data.

Meus arroubos com Maria Eugênia tornaram-se menos constantes, embora nada tenham perdido em intensidade. Sempre que me ausento, despede-se de mim como se fosse a última vez que nos vemos. Percebo pelo seu olhar que teme pela minha vida. É um medo, por enquanto, infundado, já que a ocasião ainda não se apresentou para que eu cumprisse a tarefa que me impus. Deve ser praga de viúva.

Em dezembro passado, sabedor de que Vargas joga golfe assiduamente, empreguei-me como carregador de tacos no clube que ele freqüenta. Antes, todavia, que eu pudesse cruzar pelo seu caminho, tive que abandonar o cargo devido a um lumbago provocado pelo peso das sacolas.

Em fevereiro deste ano, vestindo os trajes típicos dos gaúchos, tentei um lugar de assistente de churrasqueiro no palácio, mas a inabilidade no corte da picanha denunciou minha falta de prática.

Há um mês, após sérias reflexões e sem outra alternativa, tomei uma decisão pragmática que muito me custou. Apesar do asco que dedico aos integralistas, consegui infiltrar-me no grupo pelas mãos de César Albanelli, um milionário idiota que encontrei um dia contando vantagens, meio embriagado, num botequim de Copacabana. Para cair em suas graças, disse-lhe que era italiano, que conhecia Mussolini e me chamava Corozimo; o mesmo nome que usei para ganhar a confiança de Al Capone.

Desprezo o integralismo, essa facção política nacional que macaqueia o nazi-fascismo e suas teorias racistas, mas sei que planejam um atentado contra Vargas desde que o partido foi posto fora da lei. Para mim, os fins justificam os meios.

Finalmente vislumbro uma possibilidade de matar o tirano.

🕭🕭🕭🕭

• RIO DE JANEIRO – 2 DE MAIO DE 1938

—ANAUÊ!
— Anauê! — grita de volta Dimitri, respondendo à saudação integralista, que significaria "salve!" em alguma língua indígena.

Sente-se um tanto ridículo, na reunião secreta em Botafogo, vestindo o uniforme proibido de calças negras, camisa verde, casquete e a braçadeira com a letra grega *sigma* imitando o desenho da suástica. Os mais exaltados empunham estandartes ostentando o mesmo símbolo. A mansão onde eles se reúnem foi emprestada por César Albanelli, que é amigo do líder Plínio Salgado e membro do partido desde a sua fundação. Com o fechamento do partido, a Ação Integralista Brasileira se disfarçara em clube cívico-recreativo, mas o alto comando dos camisas-verdes, a Câmara dos Quarenta, resolvera tomar o poder pelas armas.

O plano, elaborado pelo médico integralista Belmiro Valverde juntamente com alguns militares, é invadir o Palácio Guanabara, domicílio oficial do presidente, e prender Getúlio Vargas. Caso resista, o ditador será eliminado.

Dimitri escuta, em silêncio, enquanto Belmiro Valverde expõe seu projeto. Pouco lhe importam os ideais primários dos fascistas tupiniquins. Está ali apenas pela oportunidade vislumbrada de penetrar no palácio e assassinar Getúlio.

Encontro na mansão de Albanelli.
A mão de Dimitri à esquerda

Ao seu lado, César Albanelli irrita-se com a liderança exercida por Valverde. Afinal de contas, o encontro ocorre em sua casa e ele se sente atingido em sua vaidade faraônica. Gordo e truculento, sem um fio de cabelo na cabeça, Albanelli orgulha-se de sua semelhança com Mussolini. Fora dele a idéia do uso obrigatório do uniforme nesta noite, condição sine qua non para que cedesse a mansão. Como era impossível andar pelas ruas naqueles trajes, os convocados tiveram que trocar de roupa na cozinha. Interrompendo Valverde, ele propõe:

— Antes de mais nada, pra nos acostumarmos, seria bom que nos tratássemos pelos nossos cognomes. O meu é Maringá. Corozimo, qual é o seu?

— Queiroga — inventa Dimitri, meio encabulado pelo ridículo da situação.

264

— Ótimo! — incentiva Albanelli, dando-lhe um violento tapa nas costas. — E o de vocês?

Após uma pausa constrangedora, cada participante se apresenta:

— Tibiriçá.

— Macedo.

— Carvalhaes.

— Bulhões.

— Albanelli — grita um moreno baixinho parecido com Goebbells, do fundo da sala.

César interrompe a chamada:

— Espera aí, isso não pode. Albanelli é o meu nome.

— Por isso mesmo.

— Como, por isso mesmo?

— É pra semear confusão entre os inimigos.

Todos caem na gargalhada com a troça inoportuna do baixinho. Albanelli fica roxo de raiva e frustração. Valverde retoma as rédeas da conferência:

— Não me parece que a hora seja para gracejos.

Apoiando-se numa mesa sobre a qual há um mapa estendido, ele se vira para o tenente Severo Fournier, um jovem oficial da Marinha alto e bem-apessoado, e começa a repassar as manobras:

— Fournier, a investida contra o palácio fica sob o seu comando. Os quartos ficam na ala direita, dando de frente para a capela. Enquanto vocês atacam, outras equipes vão estar cercando os ministérios do Exército e da Marinha, além das residências de outras autoridades do governo. O início da operação está marcado para a madrugada do dia 11.

— Devemos enfrentar muita resistência? — indaga o tenente, alisando os cabelos castanhos.

— Duvido — responde Valverde. — O tenente Júlio Nascimento, comandante dos fuzileiros navais que protegem o palácio, faz parte da conspiração. Já se prontificou a nos dar acesso ao local. Vai abrir o portão da casa da guarda para que os dois caminhões com os nossos homens possam entrar nos jardins.

Fournier estuda o mapa, procurando memorizar cada detalhe:

— Só temos um problema. Precisamos de um técnico para cortar as comunicações do palácio. Se eles conseguirem auxílio externo, estamos perdidos.

Lembrando-se do treinamento e dos cursos intensivos praticados na Skola Atentatora, Dimitri dispõe-se a dar conta da incumbência:

— Quanto a isso, podem ficar tranqüilos, que eu me encarrego de isolar a área. Sou perito no assunto. Sei tudo sobre telegrafia e telefonia.

Valverde, que mal conhece o novo integrante do grupo, pergunta com apreensão:

— Tem certeza?

Inflando o peito de orgulho, César Albanelli avaliza a afirmação de seu mais recente protegido:

— Se ele diz que sabe, é porque sabe. Meu amigo Corozimo não é de gabolices.

Pouco depois da meia-noite, Alzira Vargas é despertada em seu quarto pelo estampido de um tiro isolado. Alzirinha atribui o disparo a alguma sentinela sonolenta que apertara inadvertidamente o gatilho. Incidentes semelhantes haviam ocorrido em outras ocasiões. Cobre a cabeça com o travesseiro tentando conciliar o sono. Um segundo tiro lhe dá a certeza de que algo errado está acontecendo. Pega na gaveta o revólver calibre 38 que ganhara de presente, dias antes, para praticar tiro ao alvo. Sem nem mesmo trocar de roupa, corre para o quarto do pai. Getúlio está colocando sua arma na cintura, por cima do pijama.

— O que está havendo? — ela pergunta, preocupada.

— Estão atacando o palácio, Rapariguinha — informa Vargas, usando um dos vários apelidos que dera à filha.

— Quem?

— Devem ser os integralistas. Estão inconformados desde que eu dissolvi o partido.

Os dois se dirigem ao gabinete particular ao lado da biblioteca. Nesta altura, as metralhadoras inimigas varrem as paredes do prédio. No palácio, não são muitas as pessoas que podem oferecer resistência: somente alguns policiais, dois ou três auxiliares, o oficial de plantão e a família do presidente. Vargas observa o jardim pelas janelas, procurando avaliar a situação, alheio às balas que lhe ameaçam a vida. Denotando valentia incomum, Alzirinha deixa o gabinete e precipita-se pelas escadas, arma na mão, em busca de informações. No andar de baixo, os sitiados respondem às rajadas de metralhadora com tiros de pistola. A única metralhadora que havia no palácio estava enguiçada.

Alzira volta ao primeiro andar e informa a Getúlio que o Palácio Guanabara está cercado pelos rebeldes. Pai e filha engatilham seus revólveres, mostrando que estão dispostos a vender caro a derrota.

— Não vamos conseguir resistir por muito tempo. É preciso ligar pedindo ajuda — sugere ele, o sotaque gaúcho acentuado pela tensão.

— Já tentei. Os telefones do palácio estão mudos.

— Cortaste todas as linhas?

— Cortei.

— Inclusive a linha direta?

— Que linha direta?

— A linha direta do aparelho que liga com a Chefia de Polícia.

O ruído das tropas comandadas pelo coronel Cordeiro de Farias que chegam em socorro de Vargas respondem à pergunta feita a Dimitri.

☎ ☎ ☎ ☎

Como conseqüência do esquecimento desastroso de Dimitri, malograra o putsch integralista. É, no entanto, digno de nota o fato de que tanto o Exército como um contingente da famigerada Polícia Especial, com seus bonés vermelhos, levaram quase cinco horas para penetrar no Guanabara.

Entraram pelo campo do Fluminense Futebol Clube, vizinho aos jardins. Motivo da delonga: primeiro, aguardavam ordens específicas. Além disso, a porta que ligava o campo ao palácio estava fechada e ninguém tinha a chave. Em vez de arrombar a porta, fizeram contato com Filinto Müller, na Chefia de Polícia, que se comunicou com Alzira Vargas, a qual, furiosa com a demora, ordenou que um dos investigadores sitiados se esgueirasse pelas sombras levando a chave e abrisse o portão.

Ao tomar conhecimento dessa notícia, dias depois, no Café Lamas, Max Cabaretier, um dos boêmios que freqüentava o lugar, comentou: "Por essas e outras é que o Brasil não acaba".

💣💣💣💣

Passados três meses daquela ridícula aventura, quando as coisas se acalmam, Dimitri trata de recuperar o cinturão com as libras esterlinas, que continua enterrado sob a mesa de autópsias no necrotério da Assistência Pública. Receia que uma reforma no hospital revele o esconderijo das moedas.

Durante semanas, vigia o prédio do pronto-socorro da praça da República, observando as entradas e saídas dos funcionários e estudando a melhor forma de agir. Não quer ser reconhecido por algum antigo companheiro. Escolhe a noite de 28 de agosto, um domingo, dia de menor movimento, para executar seu plano.

Às onze horas, ele arromba uma das janelas traseiras do andar térreo e invade silenciosamente o edifício. Dirige-se ao necrotério, tomando o cuidado de esconder-se cada vez que alguém cruza por um dos corredores. Por precaução, ao entrar na sala, não acende as luzes da morgue. Sobre a mesa de autópsias, Dimitri percebe, na penumbra, um corpo coberto por um lençol. Amaldiçoa sua falta de sorte. O móvel já é suficientemente pesado sem o acréscimo daquele peso morto. Ele se aproxima engatinhando e começa a arrastar a mesa, esforçando-se para não fazer nenhum ruído.

Súbito, o cadáver levanta-se apavorado e corre aos gritos para a porta, lançando longe o lençol: "Deus me acuda! Tem assombração aqui dentro! A mesa está mexendo sozinha!".

Na verdade, o cadáver era um auxiliar de enfermagem que aproveitara o momento de tranqüilidade para tirar um cochilo no necrotério. Dimo, que também se assustou, reabre rapidamente com uma faca o buraco tapado com gesso e recupera seu tesouro.

Antes que o falso defunto volte com os vigias, Dimitri esgueira-se para fora do hospital, ganhando a segurança da praça da República.

O incidente deixa-lhe em tamanho estado de excitação que, ao retornar para casa, faz amor com Pequetita até o amanhecer.

11

> *Brasil,*
> *Meu Brasil brasileiro,*
> *Meu mulato inzoneiro,*
> *Vou cantar-te nos meus versos...*
> *Ô Brasil, samba que dá,*
> *Bamboleio que faz gingar,*
> *Ô Brasil do meu amor,*
> *Terra de Nosso Senhor...*
>
> *Brasil, Brasil!*
> *Brasil, Brasil!*

O SAMBA-EXALTAÇÃO de Ari Barroso cantado por Francisco Alves, o Rei da Voz, transmitido constantemente pela Rádio Nacional, encanta os primeiros refugiados que chegam ao Brasil. A Europa está novamente em guerra. Hitler, depois de anexar a Áustria e dominar a Tchecoslováquia, invadiu a Polônia, ocasionando a reação da França e da Inglaterra.

O país que os acolhe ao som da "Aquarela do Brasil" assemelha-se a um paraíso tropical, "uma ilha de tranqüilidade" bem longe dos bombardeios da Luftwaffe alemã.

Não é o que pensa Dimitri Borja Korozec. É visível a melancolia que o domina desde a malograda tentativa de assassinar Getúlio. Escapara ao cerco dos soldados e, ao voltar para casa, queimara o odiado uniforme dos integralistas, que fora obrigado a usar muito a contragosto.

Depois de resgatar as moedas de ouro, fica horas a fio contemplando o cinturão oferecido por Dragutin, perguntando-se como utilizar aquele legado para cumprir seus objetivos. O desânimo impede-o de pensar claramente.

No início do ano, Maria Eugênia o força a acompanhá-la a Cambuquira, mas nem as fontes ricas em partículas radioativas da estância hidromineral nem o corpo vibrante de Pequetita lhe aliviam a sensação de fiasco. As férias, que a viúva prolonga até depois do Carnaval, servem apenas para que ele emagreça cinco quilos devido à disenteria causada pelo efeito poderoso daquelas águas.

Em junho, a viúva procura motivá-lo, promovendo uma reunião íntima para comemorar seu aniversário. Os festejos só lhe aguçam a lembrança de que, aos quarenta e dois anos, todos os seus projetos de assassinatos foram frustrados.

No começo de setembro, pensa construir uma bomba caseira para lançar sobre o ditador durante as comemorações do dia da Independência. Todo dia 7 daquele mês, Getúlio comparece à Hora da Pátria, solenidade realizada no estádio do Vasco da Gama. Maria Eugênia consegue dissuadi-lo, alegando que centenas de inocentes também morreriam. Ao livrar-se do material adquirido para a confecção do artefato, atirando-o no lixo, Dimitri quase provoca um incêndio na pensão.

Em dezembro, num sábado à tarde, uma notícia lida no *Jornal do Brasil* o deixa particularmente deprimido. O professor Euclides de Alencar, seu colega de prisão na Ilha Grande, que lhe ensinara tudo sobre as baratas, falecera na véspera. Fora libertado havia um ano e readmitido no cargo, porém os longos meses de encarceramento tinham deixado marcas indeléveis na sua saúde. Seu corpo está sendo velado no Instituto Vital Brasil, em Niterói. Dimitri revolve ir prestar as últimas homenagens ao injustiçado professor.

Ao saber de seu intento, Pequetita o convence a irem antes a um desfile que haverá na Cinelândia, no centro da cidade. Quer desanuviar o estado de espírito do companheiro.

— Não sabes que eu odeio paradas militares? — resmunga Dimitri.

— Tolo. Não é nenhuma parada. É um desfile para promover uma fita que a Metro vai lançar.

— Que fita é essa?

— *O mágico de Oz*. Dizem que é maravilhosa. É um musical em tecnicolor, com a Judy Garland. O Brasil vai ser o primeiro país a exibir o filme depois dos Estados Unidos — informa Pequetita, toda orgulhosa.

Dimitri não faz a menor idéia de quem seja Judy Garland. Sua passagem por Hollywood o deixara com verdadeira ojeriza à sétima arte. A última vez que entrara num cinema fora para assistir a *Scarface*, em 1932, mesmo assim só para saber se Paul Muni retratava fielmente Al Capone e rever seu antigo amigo George Raft, considerado uma revelação. Saiu decepcionado com os dois. Não custa, no entanto, satisfazer a Maria Eugênia. Findos os festejos na Cinelândia, seguirá para o velório em Niterói:

— Quem vai participar desse desfile?

— A Metro trouxe alguns artistas menos importantes e contrataram atores brasileiros para vestir as roupas do Homem de Lata, do Espantalho e do Leão Covarde. — Pequetita é assídua leitora de *A Scena Muda.*

— Então vamos logo — decide Dimitri, sorrindo ao ver a alegria infantil que se estampa no rosto da viúva.

A partir de 1920, o arrojado empresário Francisco Serrador construíra vários edifícios na área antes ocupada por um século e meio pelo Convento da Ajuda.

O Império, o Capitólio, o Glória e o Odeon, em frente à praça Floriano, tinham modernas salas de cinema instaladas no térreo. Logo a área ficara conhecida como Cinelândia. À noite e nos fins de semana, a região era das mais animadas da cidade. Os que não iam aos espetáculos passeavam pela praça, apreciando o movimento.

Nesta praça se acham Dimo e Maria Eugênia, chupando uma casquinha de sorvete de jabuticaba. Como se fossem namorados recentes, lambem a mesma bola, o que permite que suas línguas se toquem sem chamar a atenção dos transeuntes. A tarde ensolarada e o clima festivo parecem ter afastado por um tempo os pensamentos lúgubres de Dimitri.

Os dois ficam bem na beira da calçada da praça para melhor assistir ao desfile que se inicia. Já se avista a fanfarra, que dobra a esquina com seus uniformes coloridos, atacando os primeiros acordes de "Somewhere over the rainbow", música-tema do filme. O público grita e aplaude alegremente. Logo atrás da fanfarra aparecem o Homem de Lata, o Espantalho e o Leão Covarde, sofrendo, em seus trajes pesados, o calor do verão. Junto com eles, uma atriz de tranças e roupas iguais às da personagem Dorothy, criada por Judy Garland, dança e atira beijos para a multidão. Outra, vestida de bruxa malvada, corre pela rua montada numa vassoura e dando gargalhadas malignas.

Para as crianças, no entanto, a maior atração fica por conta dos anõezinhos que compõem a população da Terra de Oz. A Metro trouxe, dos Estados Unidos, dez dos que participaram do elenco original. Com as mesmas fantasias de duendes usadas no filme, eles atiram balas importadas para meninos e meninas que deliram de satisfação.

Dimitri não nega que toda aquela alegria melhorou seu ânimo. Nem atina que um dos anões, mais moreno do que os outros, parou de lançar os cobiçados caramelos americanos e fixa-o intensamente. Seus olhos despejam sobre ele um ódio há muito destilado. O duende, que agora começa a apartar-se de seus pares, é o anão da seita Thug Motilah Bakash.

💣💣💣💣

Os adeptos do ocultismo pensarão que fora graças à proteção da deusa Kali que Motilah escapara da morte ao cair duas vezes de um vagão em alta velocidade, como ele próprio declarara numa carta à sua família adotiva de ciganos, estabelecida naquela ocasião em Big Sur, na Califórnia.

O fato é que ao ser projetado novamente pela janela de um trem, dessa vez na viagem entre Chicago e Miami, quando perseguia Dimitri, o anão assassino se enganchara na alça do poste à beira da estrada de ferro que recolhia as sacolas de correio nas estações em que o comboio não parava.

Lá ficara pendurado vários dias, até ser salvo pelo encarregado do serviço postal. O ódio a Dimitri manteve-o vivo enquanto balançava como um berloque ao sabor das intempéries. Debilitado pela terrível provação, Motilah Bakash voltara a Los Angeles, sendo mais uma vez acolhido no seio da caravana de zíngaros.

Mayara, uma princesa cigana gorda e mimada, de buço abundante, que lhe dava uma certa aparência masculina, se compadece do pequenino indiano. A compaixão se converte rapidamente em amor. Chega a ser tocante observar os dois passeando de mãos dadas entre as carroças, a gorda Mayara puxando pelo homúnculo, como se Motilah fosse uma boneca da caprichosa princesa.

À noite, coloca-o sobre seu corpo vasto e roliço, exaurindo o homenzinho metamorfoseado em bibelô erótico. Nas fantasias sexuais de Bakash, a anatomia volumosa da cigana ganha os contornos esbeltos de Mata Hari. Depois do gozo, Bakash refugia-se nas dobras quentes das gorduras de Mayara, em busca do sono reparador.

Aos poucos ele retoma as atividades usuais, percorrendo as ruas com os meninos do bando. Além de roubar bolsas das senhoras, ele se transforma em exímio batedor de carteiras. Depois de treinar meses a fio num boneco cheio de guizos, Bakash consegue esquadrinhar o bolso de qualquer indivíduo, mesmo que este esteja se locomovendo com rapidez. Para compensar seus passos curtos, aprende a patinar, e circula sobre rodas com extrema habilidade.

Por pura obra do acaso, após alguns anos vivendo em relativa felicidade, Motilah Bakash bate a carteira de um homem na Rodeo Drive. Ao examinar-lhe
os documentos, descobre tratar-se de Victor Fleming,
diretor que se prepara para rodar *O mágico de Oz*.

Fleming começa a fazer testes para escolher os mais
de quarenta anões que irão participar do filme. Mayara, obstinada entusiasta do cinema, sugere a Motilah
que devolva a carteira ao cineasta alegando tê-la encontrado jogada na calçada. Quer ver o seu amor agi-
gantado pelas lentes da câmera. Bakash, que nada lhe
nega, atende ao desejo da amada, tendo antes o cuidado de retirar os trezentos e onze dólares ali guardados.
Deixa apenas os documentos, de nenhum valor para
ele, mas de grande valia para o diretor. Victor Fleming
apaixona-se imediatamente por Motilah. Suas proporções perfeitas e o porte liliputiano garantem-lhe um
lugar nas primeiras filas do povo da floresta.

Qual não é a surpresa de Motilah Bakash ao ver,
no Brasil, o objeto de sua tão almejada revanche. O
vasto bigode não é empecilho para que Bakash re-
conheça as feições há tanto amaldiçoadas. Os anos
foram generosos com o anarquista, que conserva o
aspecto jovial e romântico de poeta desnutrido e os
negros cabelos encaracolados. Se pudesse, o anão tres-
passaria com a força do pensamento os olhos verdes
de Dimitri.

Quando o grupo passa pela rua Alcindo Guanabara, Motilah esconde-se na esquina e arranca a longa
barba postiça. Lança longe o pequeno chapéu de tiro-
lês. Já não lembra mais um duende e sim um menino
de calças curtas e suspensórios. O desfile distancia-se,
dobrando a rua Treze de Maio, e o som da fanfarra

mistura-se aos ruídos normais do trânsito da cidade. Os espectadores da praça começam a dispersar-se. Sob o olhar furtivo de Bakash, Dimitri consulta o relógio e despede-se de Maria Eugênia com um beijo nos lábios. Não quer atrasar-se para o velório do professor Euclides, em Niterói. Subindo a avenida Rio Branco, ele parte em direção às barcas da Cantareira.

Motilah Bakash, o anão assassino, segue com dois passos cada passo de Dimitri.

Assim que cruzam a Almirante Barroso, as diminutas pernas de Motilah mal acompanham as largas passadas de sua presa. Felizmente Dimo atarda-se numa banca, lendo as manchetes dos jornais. Ao mesmo tempo, Bakash avista, do outro lado, uma loja que vende materiais esportivos. Tendo uma idéia salvadora, ele atravessa a rua rapidamente e compra um par de patins. O vendedor se espanta ao ver aquela mínima figura já sair do estabelecimento coleando com agilidade entre os pedestres. Os passantes se perguntam quem seriam os pais irresponsáveis que permitem àquela criança patinar em pleno centro.

No momento em que Dimitri desce a rua da Assembléia no sentido da praça Quinze de Novembro, para dali dirigir-se até a estação das barcas da Cantareira, Motilah não encontra dificuldades para permanecer na sua trilha, deslizando elegantemente pela calçada oposta.

💣💣💣💣

Desde 1834 barcos a vapor viajavam entre o Rio de Janeiro e Niterói. Era curiosa a placa colocada em todas as embarcações:

> OS PASSAGEIROS NÃO DEVERÃO
> CONVERSAR COM O MACHINISTA NEM COM
> O HOMEM DO LEME. NOS ASSENTOS
> DE RÉ NÃO HE PERMITIDO FUMAR,
> NEM ASSENTAR ESCRAVOS. A CAMARA
> INTERIOR HE DESTINADA PARA SENHORAS,
> NA QUAL NÃO HE PERMITIDO ENTRAR
> PASSAGEIRO ALGUM.

Vinte e oito anos mais tarde os ingleses Jones e Rainey criaram um serviço de *ferry-boats* ligando os dois lados da baía de Guanabara. Os *ferrys*, ao estilo das chatas que navegavam pelo rio Mississippi, ficaram conhecidos como as barcas da Cantareira devido ao nome da empresa, Companhia Cantareira de Viação Fluminense.

Dimitri chega à estação a tempo de pegar a barca das quatro horas. Sem perder o seu rastro, Motilah também compra uma passagem e pula com destreza para o sistema flutuante de atracação. A barcaça se afasta do ancoradouro, sulcando o mar da Guanabara.

Resta a Motilah Bakash aguardar as circunstâncias ideais para afinal realizar a nemésica missão. Não traz consigo o *roomal*, porém o laço sagrado não lhe fará falta. Tão intenso é seu desejo de vingança que pretende saltar sobre Dimo e, com os dentes, rasgar-lhe a jugular. A deusa Kali tem sede do sangue de Dimitri.

Alheio ao perigo que corre, o anarquista apóia-se na balaustrada que cerca a parte traseira do *ferry-boat* e observa o oceano, seus pensamentos saudosos voltados para o velório do amigo. Quando a barca atinge a metade do trajeto, uma tempestade de verão semeia o céu azul de nuvens negras e um vento forte encapela as ondas da baía. "Agora", pensa Motilah. Ainda não chove, contudo não quer que Dimitri se refugie no interior da embarcação. Aproxima-se silenciosamente, pronto para o bote. Desta vez, o odiado inimigo não lhe escapará.

No momento em que vai tomar impulso para lançar-se sobre as costas de sua vítima, uma onda provocada pela ventania levanta a proa da barca. Perdendo o ponto de apoio, as rodas dos patins de Motilah escorregam para trás pelas tábuas polidas do tombadilho.

Sem um ruído, Motilah Bakash precipita-se no oceano. O peso dos patins arrasta-o para o fundo e o grito que lhe sobe à garganta é afogado pelas águas.

Os mesmos adeptos do ocultismo diriam que as primeiras gotas de chuva eram as lágrimas de Kali, a devoradora de homens, pranteando a perda de seu mais fiel seguidor.

No dia seguinte, em Paquetá, ao abrir o ventre de um tubarão que acabam de fisgar, dois pescadores imobilizam-se, intrigados, ao ver o conteúdo daquela barriga. Motilah fora deglutido numa só bocada pelo enorme peixe. Seus restos mortais permanecem intactos. Benzendo-se, um deles pergunta:

— Oxente! Será o profeta Jonas?

— Tesconjuro, Raimundo! Isso aí não é baleia e Jonas não era um anão de patins.

12

E disseram que eu voltei americanizada,
Com o burro do dinheiro,
Que eu estou muito rica,
Que não suporto mais o breque de um pandeiro
E fico arrepiada ouvindo uma cuíca.
[...]
Mas pra cima de mim, pra que tanto veneno?
Eu posso lá ficar americanizada?
Eu nasci com o samba e vivo no sereno
Topando a noite inteira a velha batucada.

Nas rodas de malandro, minhas preferidas,
Eu digo é mesmo eu te amo e nunca I love you.
Enquanto houver Brasil, na hora das comidas
Eu sou do camarão ensopadinho com chuchu.

A ORQUESTRA DE Carlos Machado ataca os últimos acordes da canção e a platéia do Cassino da Urca aplaude de pé, freneticamente, Carmen Miranda. A estréia, entretanto, em benefício da Cidade das Meninas, patrocinada pela primeira-dama, senhora Darcy Vargas, e que marcara a volta de Carmen Miranda depois de um retumbante sucesso na Broadway, fora decepcionante. Músicas feitas nos Estados Unidos, como "I like you very very much" e "Chica Chica Boom Chic", deixaram o público frio e indiferente.

Com a garra e o profissionalismo que a caracterizavam, Carmen suspendera o espetáculo e, em poucas semanas de ensaio, mudara radicalmente o repertório. Agora, acrescentara "Ela disse que tem" e "Voltei pro morro" aos seus antigos números brasileiros, além do samba vibrante de Vicente Paiva e Luís Peixoto, uma resposta aos maledicentes que afirmavam ter Carmen Miranda perdido sua brasilidade.

De sua mesa, Bejo, o coronel Benjamim Vargas, irmão do presidente e assíduo freqüentador do local, lança gritos de "Bravo" acompanhado por sua comitiva.

O luxuoso Cassino da Urca era a concretização do sonho de um visionário mineiro chamado Joaquim Rolla. Homem de origem humilde que começara a vida como tropeiro, conduzindo bestas de carga pelas trilhas do interior, Rolla chegara a empreiteiro de estradas. Após perder algumas fortunas no jogo, resolvera ir para o outro lado da roleta e, em poucos anos, o empresário se transformara no imperador do jogo no Brasil. Tinha estabelecimentos espalhados por todo o país, porém a jóia maior de sua coroa era o Cassino da Urca. Os shows do grill-room eram encabeçados por estrelas de primeira grandeza. Atrações nacionais e internacionais, de Grande Otelo a Virginia Lane, de Mistinguett a Bing Crosby, deixaram a marca do talento nas tábuas daquele palco.

Alto e elegante, Joaquim Rolla raramente circulava pelos salões. Comandava seu império da mesa cativa no grill, onde mesmo os figurões do Estado Novo iam render-lhe homenagem. Dono de uma inteligência ágil e brilhante era, no entanto, semi-analfabeto. Mal sabia assinar o nome. Seu vocabulário era inversamente proporcional à riqueza que acumulara. Consta que, certa vez, encontrara-se à tarde, no centro da cidade, com um conhecido político que estivera a noite anterior no cassino. O político saudara-o dizendo:

— Rolla! Que agradável coincidência!

Rolla respondera, sem perder a pose:

— A coincidência é toda minha, Excelência.

Pois é exatamente no Cassino da Urca que Dimitri Borja Korozec emprega-se como crupiê. Consegue o lugar graças à interferência de Mário Charuto, um funcionário do cassino, que reside, como ele, na pensão da rua do Catete.

Mário Charuto, cujo apelido origina-se do sempiterno corona preso entre os dentes, impressiona-se com a agilidade de Dimo no manuseio do baralho, por ocasião de uma partida de pôquer jogada a leite de pato numa tarde ociosa de domingo, no quintal da pensão. Os doze dedos de Dimitri dão ao carteado uma velocidade quase mágica. Dimitri, por sua vez, interessa-se pelo emprego porque sabe que Bejo Vargas é um jogador inveterado e ardoroso habitué. Bejo tem um temperamento extrovertido. Sempre que ganha na roleta ou no bacará atira às gargalhadas, como gorjeta, as pesadas fichas de um conto de réis, feitas de madrepérola, sobre os garçons e os músicos da orquestra. Uma idéia sinistra brota na mente de Dimitri. Quer atingir Getúlio seqüestrando o irmão caçula do ditador.

Cassinos da época

— Façam seu jogo, senhores!
— *Rien ne va plus!*
— Seis no ponto!
— Ganhou a banca!
— Jogo! Jogo!
— Carta ao ponto!
— Jogo feito, não vai mais!

Os boleiros animam o jogo girando as rodas das roletas. O novo sistema de ar condicionado, instalado recentemente, mal dá conta do calor. A fumaça dos charutos e dos cigarros, recortada pelas luzes do salão, forma uma névoa quase palpável. Mulheres elegantes vestindo longos e homens de smoking aglomeram-se em volta das mesas. Os jogadores mais fanáticos grudam-se ao pano verde como moscas no mel. Ao longe, o som da orquestra de Carlos Machado, tocando no grill, completa a atmosfera festiva do cassino.

Numa roleta o tabelião aposentado Luciano Solfieri, perdedor contumaz, arranca das mãos do empregado que dirige o jogo a última ficha que acabara de perder:

— Com esta tu não ficas. Esta é a do leite das crianças.

Todos riem da tirada e o empregado, benevolente, deixa passar. Solfieri é "freguês" antigo, amigo de Rolla. O gordo notário leva tudo com bom humor. Desde que Getúlio lhe desapropriara o cartório, Solfieri passara a assinar Solfieri Furtado.

Contudo, a grande atração da sala é o novo crupiê da mesa de bacará. Mesmo quem não joga se aproxima para ver os malabarismos de Dimitri ao misturar os seis baralhos do jogo antes de colocá-los no *sabot*. Maneja a pá que distribui as cartas e recolhe as fichas como se não tivesse feito outra coisa na vida.

— Três contos de réis na banca — ele anuncia, ao embaralhar novamente, formando uma cascata colorida.

— Dá-lhe, Borjinha! — incentivam os circunstantes.

Dimitri se indaga como os doze dedos, que tanto o atrapalhavam quando queria aprender os truques do circo, se adaptam com tanta precisão ao bacará.

Um dos maiores admiradores de sua perícia é o coronel Benjamim Vargas. Ainda mais baixo do que Getúlio, Benjamim parece uma miniatura do irmão. Bejo chega a se esquecer de jogar para quedar-se apreciando a desenvoltura de Dimitri com o baralho. Como Dimo previra, o caráter bonachão do irmão do presidente permite que logo estabeleçam contato. Bejo simpatiza de imediato com o habilidoso crupiê. Além do mais, há algo nos trejeitos de Dimitri que lhe lembra seu pai, o velho general Vargas.

Muitas vezes, às três horas da manhã, quando os salões de jogo encerram as atividades, Bejo o convida para um uísque no bar, onde ficam conversando até o amanhecer. Dimitri inventa casos que o fascinam, baseando-se nas aventuras do seu passado. Aos poucos, vai ganhando a intimidade e a confiança total do coronel. Numa dessas madrugadas é que lhe surge o plano de como raptar Benjamim Vargas.

Primeiro, vai deixá-lo num estado de embriaguez que o leve à inconsciência e depois, a pretexto de conduzi-lo pessoalmente de volta ao palácio, transportá-lo para um esconderijo. Falta descobrir um local seguro onde guardar seu prisioneiro, mas já sabe quem pode ajudá-lo nessa empreitada.

🌑🌑🌑🌑

— Estás completamente maluco — afirma Maturin, bebendo mais um copo de cerveja.

— Maluco, não. Obstinado. O que tem de ser feito, tem de ser feito — replica Dimitri, taxativo.

A conversa entre os dois companheiros de fuga se passa num botequim da rua Júlio do Carmo, no Mangue, perto do rendez-vous de madame Rosaly, onde Maturin exerce agora a função de gerente. Falam em francês para evitar os ouvidos curiosos dos vizinhos. O ex-arrombador de cofres engordou com a vida pacata do prostíbulo. Já não conserva o corpo esbelto e musculoso que ostentava na Ilha Grande, malgrado as agruras da Colônia Correcional. Também não corre mais atrás dos caronas, jovens boêmios que se utilizavam dos serviços das prostitutas e escapuliam sem pagar. Contenta-se em administrar os negócios de madame Rosaly, como um próspero comerciante. Continua, no entanto, sendo temido no bairro. Nem os mais valentes caftens da zona, homens empedernidos, acostumados a duelos com navalhas, se atrevem a troçar da sua homossexualidade. É chamado à boca pequena pela respeitosa alcunha de Bunda de Madame.

Dimitri o informa rapidamente sobre as andanças e desventuras dos últimos anos, sobre o relacionamento com Maria Eugênia, deixando para o final seu emprego no Cassino da Urca e a idéia do seqüestro. Quer que o amigo lhe forneça um lugar onde esconder Bejo Vargas.

— Não vês que vais pôr tudo a perder? Mesmo que consigas raptar o homem, não vais mais poder voltar à pensão nem ao cassino. O que é que a tua viúva pensa disso? — pergunta ele, preocupado.

— Em primeiro lugar, não é *minha* viúva, que eu ainda estou vivo — responde Dimitri, isolando na madeira da mesa, superstição que adquirira no Brasil. — Depois, é claro que não lhe contei nada. Não quero que ela fique envolvida. Sei muito bem o risco que corro.

— Sou contra — insiste Maturin.

— Se o problema é dinheiro, conto com duzentas libras esterlinas em moedas de ouro que me foram dadas há muitos anos, em Belgrado, pelo meu antigo comandante no terrorismo, o coronel Dragutin. São tuas.

Uma sombra funesta passa pelos olhos de Maturin:

— Não me insultes.

Dimitri percebe que ofendera o velho camarada:

— Perdão. É o desespero que fala por mim.

Maturin suspira resignado ante a determinação do amigo:

— Bem, se estás decidido a não desistir dessa loucura, vou te ajudar. Tenho um sítio no meio do mato, em Barra do Piraí, aonde levo os meus meninos. Podes guardá-lo lá. Vou te fazer um mapa, mas não te dou as chaves. Quero que arrombes o portão, porque se houver algum problema digo que não sabia de nada.

— Obrigado, Maturin. Te devo mais essa — declara o anarquista, comovido.

— Esquece — conclui Maturin, disfarçando a emoção. — O que pretendes fazer se tudo der certo?

Os olhos de Dimitri brilham de excitação pelo triunfo antecipado:

— Forçar o tirano a confessar seus crimes num discurso transmitido pelo rádio e a renunciar. Caso contrário, mato seu irmão.

Maturin não sabe se atribui o disparate a um surto de demência ou ao calor intenso que assola a cidade do Rio de Janeiro.

Dimitri escolhe uma noite de sexta-feira para levar a cabo o intento de embebedar Benjamim Vargas. Imagina o fim de semana angustiado que Getúlio passará no Palácio Rio Negro, em Petrópolis, residência de verão do presidente. Já preparou o abrigo, na garagem do sítio de Maturin, onde esconderá o coronel.

Fechadas as mesas, às três horas da madrugada, acompanha Bejo até o bar e, como de hábito, os dois começam a beber. Sem que o coronel perceba, para cada dose de uísque servida em seu copo, Dimo derrama duas no de Bejo. Tudo parece caminhar a contento. Resta-lhe apenas livrar-se dos dois guarda-costas à paisana da Polícia Especial que acompanham Benjamim. Espicaçando a vaidade do irmão de Getúlio, ele diz com ar de mofa:

— Tu andas sempre com esses brutamontes. Tens medo de quê?

— De nada — gaba-se o coronel, mostrando um revólver 38 preso à cintura.

Numa bravata nada incomum, ele dispensa os policiais.

Dimo congratula-se pela esperteza. Segue contando histórias mirabolantes sobre seu passado e continua entornando a garrafa no copo de Bejo, enquanto bebe pequenos goles do próprio copo. "Agora falta pouco", pensa Dimo, vendo que nada mais se interpõe à realização do seqüestro.

O audacioso plano teria tudo para dar certo, não fosse por um pormenor desconhecido de Dimitri: a despeito de sua baixa estatura, Benjamim Vargas possui uma resistência invulgar para a bebida. Consegue absorver duas garrafas de *scotch* sem que o álcool lhe altere os sentidos.

O mesmo não se pode dizer de Dimitri Borja Korozec. Apesar da parcimônia com que se serve, às quatro da madrugada Dimo encontra-se completamente embriagado. O pileque desperta uma personalidade oposta à sua, marcada por um sentimentalismo piegas e repetitivo. O irmão do ditador transforma-se no alvo da mais arrebatada amizade.

Dimitri abraça-se a Benjamim, rosto quase colado ao dele, e declara com a voz pastosa:

— Bejo, tu sabes que eu te amo, Bejo. Não quero que nada de ruim te aconteça!

— Eu sei, Borjinha — responde o sóbrio Benjamim, com a paciência de quem está acostumado a aturar a cantilena e o hálito de centenas de bêbados.

— Pra mim, tu és família. Pai é pai, mãe é mãe, e família é família. Não é verdade?

— Claro, Borjinha.

— Bejo! Me dá um beijo, Bejo! Te amo, Bejo! Me dá um beijo!

As juras de apreço são entrecortadas por exclamações de um inimaginável fervor religioso:

— Que Deus Nosso Senhor te abençoe e te proteja, Bejo!

— Amém, Borjinha.

Um remorso inesperado toma conta de Dimitri:

— Sabes quem eu sou? Sou um filho da puta! E sabes por quê? Porque pai é pai, mãe é mãe, mas avô é avô! Por isso é que tu és um grande amigo e eu sou um grande filho da puuuuta!

Dimo chora copiosamente e adormece nos braços de Benjamim Vargas.

O barman, que a tudo assiste impassível, oferece ajuda:

— Pode deixar, coronel, que a gente bota o Borja num táxi.

— Não é preciso. Já vou me recolher e antes o deixo em casa. Sabes onde ele mora?

O barman fornece o endereço e os dois carregam Dimo desacordado até o automóvel de Bejo. No saguão, o ronco surdo do anarquista provoca o riso abafado das faxineiras que iniciam a limpeza dos salões.

Ao contrário do que Dimitri planejara, o pretenso raptado despeja o suposto raptor à porta da pensão do Catete.

13

A jangada saiu com Chico, Ferreira e Bento
E a jangada voltou só.
Com certeza foi lá fora, um pé-de-vento
E a jangada voltou só.

O TRISTE LAMENTO da canção de Caymmi parecia prenunciar a tragédia ocorrida com um pescador conhecido como Jacaré. Ele e mais três companheiros viajaram sessenta e um dias de jangada, de Fortaleza ao Rio, para reivindicar junto a Vargas a extensão dos direitos trabalhistas à sua classe. A jornada, autêntica epopéia, comoveu o país. Ao desembarcarem na praça Mauá, a jangada foi posta num caminhão com os quatro heróis, que seguiram rumo ao Palácio Guanabara acompanhados por uma verdadeira romaria. Vargas não lhes negará o pedido.

Algum tempo depois, Orson Welles, que estava no Brasil dirigindo *It's all true*, resolveu incorporar a aventura ao documentário. A viagem foi reencenada para as câmeras e os pescadores lançaram-se ao mar. Em meio às filmagens, uma onda mais alta emborcou a tosca embarcação afundando seus tripulantes. Um deles não conseguiu voltar à tona: justamente o líder daquela expedição, o jangadeiro Jacaré.

Em 15 de novembro, seis meses antes desse fatídico acidente, a jangada ainda é um símbolo de coragem e esperança. No final da tarde, Getúlio receberá em palácio os quatro cearenses.

Dimitri Borja Korozec tem um interesse particular na mesma data por razões que nada têm a ver com a proeza dos valentes navegadores nordestinos. É também nesse dia que acontece, no Jockey Club Brasileiro, o Grande Prêmio Getúlio Vargas, com a presença do presidente.

A bebedeira homérica que impedira seu absurdo propósito de seqüestro, obrigara Dimitri a afastar-se do Cassino da Urca. Não que houvesse sido demitido; ao invés de prejudicá-lo, o episódio granjeara-lhe maior popularidade, pois Bejo se divertira com a situação. Dimo despede-se do emprego por puro constrangimento, não obstante os insistentes apelos de Rolla para que permaneça como crupiê.

O pileque causou igualmente a ira de Maria Eugênia, aflita ao vê-lo chegar em casa embriagado e quase de manhã. O fato motivou a primeira altercação entre os dois. Pequetita começa a se irritar com as atitudes infantis do anarquista.

Sem ligar para as queixas da viúva, Dimitri mergulha de cabeça num novo projeto. Lera em *O Globo* a respeito do Grande Prêmio, evento que faz parte das comemorações do aniversário da República. Como de costume, Getúlio assistirá ao páreo batizado em sua homenagem. Vargas gosta de desfilar em carro aberto pela pista, sugestão de Lourival Fontes, diretor do Departamento de Imprensa e Propaganda, a fim de promover-lhe a imagem. Uma semana antes, Dimitri vai ao prado para avaliar a possibilidade de eliminar Getúlio Vargas no Jockey Club.

Passeando pela pelouse, sua atenção é despertada pelos catadores de pules rasgadas das corridas
anteriores. Esses funcionários uniformizados recolhem os bilhetes jogados na grama utilizando um
cabo de madeira com um espeto na ponta e os colocam num saco que trazem a tiracolo. Dimitri fica
observando a rotina dos apanhadores. Nota que os
turfistas, absortos no estudo dos cavalos, nem lhes
fazem reparo. Quando termina o último páreo,
Dimo aborda um dos empregados e, dizendo-se co-
lecionador, oferece-lhe um bom dinheiro pelo jale-
co e o casquete. Compra também o saco e o catador, a haste com ponta de ferro usada para fisgar as
pules no chão.

Ao voltar para casa, ele já sabe como assassinar
Getúlio.

💣💣💣💣

Na pequena oficina montada por ele na garagem
da pensão, Dimitri dá os últimos retoques no objeto
que preparou para o atentado.

ESPINGARDA CASEIRA CONSTRUÍDA
PRECARIAMENTE A PARTIR DE UM CATADOR DE PULES

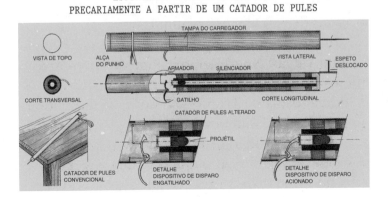

Aproveitando um tubo de alumínio, fragmentos de um cano de descarga e peças de um velho revólver do ex-marido de Pequetita, ele reproduz em metal o catador de madeira, transformando o cilindro numa espingarda calibre 22 de tiro único. Sob a aparência inócua da haste esconde-se uma arma silenciosa com forte poder de penetração.

Resta testar a eficiência do instrumento. Sabedor de que Maria Eugênia foi às compras, ele dirige-se ao fundo do quintal, onde uma mangueira carregada de frutos serve perfeitamente aos seus intentos. Seus dotes de atirador, que tanto impressionavam os camaradas da Skola Atentatora, continuam inalterados. Ele regula a pontaria, corrigindo o ângulo e a trajetória, usando as mangas como alvo. Em pouco tempo, acerta o centro das frutas quase automaticamente.

Sábado, no Jockey Club, uma bala certeira na testa do ditador porá fim ao Estado Novo.

A chuva da véspera encharcara o solo macio do gramado e as moças que desfilavam pela pelouse exibindo os últimos figurinos manchavam seus sapatos forrados de tecido na terra úmida.

Faltam alguns minutos para o Grande Prêmio Getúlio Vargas. No cânter, o galope de apresentação que os cavalos fazem antes do páreo, agradou a esplêndida forma de Trunfo, um dos favoritos, montado por Agostín Gutierrez.

Também brilharam Tenor e Albatroz, todos com possibilidade de vencer naquela grama pesada.

Da tribuna de honra, cercado de autoridades e

No Grande Prêmio,
o ministro Salgado Filho
e um menino exibido.
Ao fundo, Dimitri disfarçado
de catador de pules

bajuladores, o presidente saúda a multidão sorrindo e balançando lentamente o braço, num aceno que se tornara característico. Volta e meia cochicha algo no ouvido do amigo Salgado Filho, presidente do Jockey e primeiro ministro da recém-criada pasta de Aeronáutica. Vargas deixará o prado da Gávea logo após o Grande Prêmio, pois terá que receber os jangadeiros cearenses no Palácio Guanabara.

Do outro lado da pista, os cavalos se alinham na marca dos dois mil metros. Até os catadores de pules interrompem sua tarefa para não perder a largada. Somente um deles, de costas para o evento, continua limpando a pelouse, espetando na grama os bilhetes rasgados. O gesto é mecânico. Seus olhos não desgrudam do presidente.

O catador indiferente é Dimitri, que aguarda o início do páreo, quando as atenções estarão concentradas na corrida, para alvejar Getúlio. Sem descuidar das pules, ele toma posição em frente à tribuna de honra. Qualquer ruído que escapar à ação do silenciador será coberto pela torcida dos apostadores. Dimitri está pronto para o tiro. Com raiva, ele espeta a última pule enlameada antes do disparo.

É dada a partida e os jóqueis esporeiam os animais, procurando, de saída, uma melhor posição junto à cerca interna. Os torcedores gritam o nome dos seus escolhidos: "Vai, Adonis!", "Atropela, Tenor!".

Ao contornarem a curva final, Trunfo, nas mãos do bridão chileno, distancia-se do pelotão, livrando dois corpos sobre Albatroz, o segundo colocado. Mais distantes, Tenor e Adonis mantêm a terceira e a quarta posição. Centenas de binóculos acompanham a decisão do Grande Prêmio. Dimo ergue o catador, aponta para a cabeça de Getúlio e puxa o gatilho. Há um estouro abafado e o anarquista cai contorcendo-se de dor.

Existe uma explicação científica para o que aconteceu com Dimitri quando acionou seu engenhoso artefato. Como a grama da pelouse ainda estava empapada com a água da chuva de sexta-feira, cada vez que ele fincava o instrumento no chão para recolher os papéis picados, a terra molhada ia se acumulando no cano da arma, vedando a saída do projétil. Os gases provocados pela explosão, bloqueados pelo entupimento do tubo, expandiram-se no sentido inverso, projetando a tampa traseira do cilindro de encontro ao rosto de Dimitri. A força do impacto derrubara o atirador. Por sorte, os turfistas estavam tão entretidos na corrida que ninguém se apercebera do incidente.

Dimitri Borja Korozec safa-se da aventura com um olho roxo e o orgulho em frangalhos.

14

Nunca vi fazer tanta exigência,
Nem fazer o que você me faz.
Você não sabe o que é consciência,
Não vê que eu sou um pobre rapaz?
[...]
Amélia não tinha a menor vaidade,
Amélia é que era mulher de verdade.

♪ ♪ ♪ ♪

Das páginas de **Memórias e lapsos**

▪ RIO, 30 DE ABRIL DE 1942

Dou corda na vitrola e escuto Ataulfo Alves cantar o samba pela quinta vez. Estou sozinho no meu quarto. A música me faz lembrar Mira Kosanovic, a bela albanesa que foi meu primeiro amor. "Mira não tinha a menor vaidade, Mira é que era mulher de verdade", cantarolo o refrão, trocando o nome. Não que eu tenha perdido o interesse pela viúva. Seria injusto ignorar tudo aquilo que Maria Eugênia fizera por mim, pondo em risco a própria liberdade. O que me incomoda é que, cada vez mais, Pequetita se preocupa com as minhas atividades. Em vez de incentivar-me, como deveria fazer a companheira de um anarquista, desestimula qualquer ação que me ponha em perigo.

O mais curioso é que tenho certeza de que, ao ler meus apontamentos, ficou fascinada pelo meu passado revolucionário. Certamente não a quero como cúmplice e entendo que sua formação religiosa condene a violência, entretanto gostaria de fazê-la entender que a minha vida é dedicada à destruição da tirania, custe o que custar.

Ainda me lembro de sua reação quando voltei do Jockey Club depois do malsucedido atentado no hipódromo. Ralhou comigo como se eu fosse uma criança que houvesse praticado uma travessura. É claro, tratou com desvelo o meu ferimento, o que, por sinal, não evitou que eu perdesse cinqüenta por cento de visão no olho direito como conseqüência de uma infecção produzida pela pólvora, porém lançou nas águas da lagoa Rodrigo de Freitas a minha automática 45 dos tempos de Chicago. Quando a interpelei, disse-me que não queria mais saber de armas dentro de casa.

Obrigou-me também a desmontar a oficina que eu preparara com tanto cuidado e mandou instalar quatro trancas de segurança na porta da garagem. Agora, sou forçado a esconder dentro da caixa de descarga do meu vaso sanitário, enrolados em sacos de plástico, os trinta bastões de dinamite que roubei de uma pedreira em Jacarepaguá. Cada vez que vou ao banheiro, não posso me esquecer de desarmar a válvula. Sinto-me como um menino fumando escondido da mãe.

Não sei por quê, às vezes penso que Pequetita tem dúvidas quanto à minha sanidade mental. Desejo partilhar com ela meu próximo projeto e vê-la vibrar de entusiasmo, mas sinto que preciso mantê-lo em segredo. Amanhã, 1º de maio, Getúlio vai comparecer a um grande comício dos trabalhadores no estádio do Vasco da Gama, em São Januário, comemorando o Dia do Trabalho. Conheço o itinerário e sei que o ditador não usa batedores nessas ocasiões. Pretendo abalroar seu automóvel com o carro de Maria Eugênia carregado de explosivos. Minha única preocupação é saltar do veículo em movimento antes da batida. Algo me diz que Pequetita não verá esse plano com bons olhos.

Na manhã de 1º de maio, Dimitri sofre uma decepção. Ao retirar da caixa de descarga os explosivos com os quais quer confeccionar o carro-bomba, nota que o plástico protetor rompeu-se, molhando as bananas de dinamite. Por um momento, pensa em adiar a operação; depois, refletindo melhor, conclui que os cartuchos são desnecessários. O Cadillac usado por Getúlio não é blindado. Se atingir a lateral do automóvel na altura das portas com força suficiente, a colisão causará a morte do ocupante. As ruas estão vazias devido ao feriado, o que facilitará o acidente. Dimitri instala-se ao volante e, fazendo uma ligação direta no velho Ford de Maria Eugênia, segue para a rua do Russell. É lá que vai aguardar a passagem de Vargas.

O Cadillac Fleetwood, modelo 41, de estribos largos, é o preferido do presidente. Getúlio, baixote e gorducho, sente-se mais à vontade no espaçoso banco traseiro da limusine. O motorista toma o caminho da praia do Flamengo pela rua Silveira Martins.

Vargas, que desceu de Petrópolis para os festejos, aproveita para ler o discurso que pronunciará no estádio do Vasco. Tranqüilo, puxa os óculos sem aro para a ponta do nariz e prepara-se para acender outro charuto, quando um carro vindo em alta velocidade corta pela rua do Russell, arremessando-se como um bólido contra o Cadillac. O impacto o pega completamente desprevenido e Getúlio é projetado de um lado ao outro do carro, o corpo sem apoio saltando feito um boneco invertebrado no interior do veículo.

Vargas escapa por pouco da morte, mas sofre fraturas múltiplas, na perna esquerda, no maxilar e numa das mãos.

A batida também não preservou ileso o perpetrador da façanha. Dimitri não conseguiu pular do auto-

O ACIDENTE COM O CARRO DO PRESIDENTE VARGAS

O acidente havido com o auto do presidente Getulio Vargas, quando este se dirigia ao local onde era comemorado com um desfile o "Dia do Trabalho".
O desastre teve lugar na Praia do Flamengo, e reuniu imediatamente um grande número de populares, que, como se pode ver nas fotos que publicamos, acorreram a prestar ajuda, sendo, então fotografados junto à limousine que conduzia o chefe da Nação.

Foto do desastre publicada
na *Noite Ilustrada*. Seta aponta bonde
em que Dimitri se escondeu

móvel em movimento. Ao tentar abrir a porta, a manga do seu paletó enganchou-se na maçaneta.

Talvez por castigo da Providência, o anarquista padece das mesmas lesões que infligiu à sua vítima.

O Fleetwood 41 resiste razoavelmente bem ao choque, ao contrário do Ford 34 de Maria Eugênia, reduzido a um emaranhado de metal.

Arrastando-se para fora das ferragens retorcidas do que sobrou da carroceria, Dimo busca refúgio num bonde cujo motorneiro parou a fim de observar o desastre. Quer esconder-se da turba enfurecida, que deseja linchar o causador do sinistro.

No instante em que a multidão se apronta para executar o verdugo do chefe da nação, escuta-se, vindo da limusine, a voz característica do amado líder distorcida pelo maxilar quebrado: "Não façam isso! Ele não fez por mal!".

O povo obedece, a contragosto, à ordem do presidente ferido. A ironia da situação deixa Dimitri mortificado e constrangido. A dor moral que experimenta é maior do que a das contusões. Sua vida acaba de ser poupada pelo homem que pretendia matar.

Getúlio Dornelles Vargas e Dimitri Borja Korozec são socorridos ao mesmo tempo. Um dos passantes se prontifica a levar o presidente ao Palácio Guanabara, onde ele será atendido pelos drs. Castro Araújo, Juscelino Albuquerque e Florêncio de Abreu. Logo depois, um táxi transporta Dimo para o Hospital Pedro Ernesto, onde ele é recebido por um anônimo quintanista.

Os ferimentos obrigam Getúlio a ficar três meses acamado no próprio palácio. Médicos e enfermeiras maravilham-se da sua capacidade de recuperação. Com fraturas idênticas, Dimitri leva o dobro do tempo para se restabelecer.

Dando provas da generosidade que os adversários políticos chamam de demagogia, Getúlio faz questão de pagar todas as despesas de Dimitri.

Durante o período em que se encontra preso ao leito com a perna sustentada por roldanas, a mão engessada e o queixo costurado, Dimo estranha a ausência de Maria Eugênia Pequeno. A viúva liga diariamente para a enfermaria do andar, a fim de saber notícias suas, porém não lhe faz nenhuma visita. "Deve estar zangada com a perda total do carro", ele pensa, sem dar maior importância ao fato. A verdade é que Pequetita, cansada das peripécias que colocam a vida do anarquista em perigo, após longas reflexões resolvera dar um basta àquelas loucuras. Continua amando Dimitri, apenas não suporta mais viver com o coração em sobressalto.

Em novembro, na manhã em que Dimo tem alta, Maria Eugênia o aguarda na porta da pensão. Ele se aproxima para beijá-la, mas Pequetita se esquiva, virando o rosto:

— Precisamos conversar.

— Já sei. Estás aborrecida por causa do automóvel.

— Se é isso que pensas, não me conheces nem um pouco.

Ela começa a andar pela rua do Catete e Dimo a acompanha, procurando abraçá-la:

— Então o que houve? — indaga Dimitri, intrigado.

Pequetita afasta o braço que lhe cinge a cintura:

— O que houve? Tens a coragem de perguntar o que houve!?

— Claro. É a primeira vez que te vejo tão irritada.

— O que houve é que não agüento mais ir dormir à noite ignorando se vais estar vivo no dia seguinte. Eu não suporto a idéia de ficar viúva novamente.

— Esse risco tu não corres.

— Como não?

— Nós não somos casados — sorri Dimitri, tentando um gracejo.

Maria Eugênia irrita-se mais ainda. Gira nos calcanhares e dirige-se de volta à pensão, lançando a ameaça por sobre os ombros:

— Pra mim basta. Ou tu desistes dessas maluquices ou não quero mais te ver.

O anarquista retruca, erguendo a voz:

— O que tu chamas de maluquice é a razão da minha vida!

Pequetita nem lhe responde, deixando Dimo possesso:

— Vai! Nunca precisei de ti pra nada! — grita ele, arrependendo-se na hora daquela imensa ingratidão.

Os moradores da rua do Catete chegam-se às janelas para assistir à cena insólita. Ao perceber que se transformara no centro das atenções, Dimo mete-se no primeiro botequim que encontra. Pede um cafezinho e um maço de Petit Londrinos. Lamenta as palavras injustas com que agrediu Maria Eugênia. Não sabe como resolver o dilema que se lhe apresenta. Tem de escolher entre o amor de Pequetita e a rota incerta do assassinato político.

Traga a fumaça do cigarro forte de fumo escuro, segurando-a nos pulmões até perder o fôlego. Está sozinho outra vez. Só, literalmente só. Talvez seja melhor assim. A solidão é o apanágio dos guerreiros.

15

Etelvina, minha nega,
Acertei no milhar.
Ganhei quinhentos contos,
Não vou mais trabalhar.

O UVINDO MOREIRA da Silva num cabaré da Lapa, Dimitri Borja Korozec, ligeiramente embriagado, se inspira para escolher sua próxima ocupação. Da mesma forma, a saudade ocasionada pela ausência de Maria Eugênia deve ter contribuído para a ofuscação de seu raciocínio, já que não existe motivo aparente para que, aos quarenta e seis anos de idade, Dimo resolva optar pelo ofício de bicheiro.

Seguindo a moda, aparara o bigode e voltara a esticar os cabelos encaracolados com gomalina, como nos tempos em que imitava o penteado de George Raft. Freqüentava as casas noturnas, inconformado com a separação.

Um dos seus recentes companheiros de boemia era Péricles de Andrade Maranhão, um jovem de dezenove anos, cartunista promissor dos Diários Associados, mais conhecido como Péricles.

É nos seus tímpanos que Dimitri despeja as lamentações habituais aos que sofrem de amor, sem contudo confessar suas atividades terroristas:

— Essa mulher não me entende. Não admira o meu trabalho.

— O que é que tu fazes?

— Faço uma coisa aqui, uma coisa ali, expedientes, entendes? — responde Dimo, desconversando.

— Elas gostam que a gente tenha uma profissão estável, Borjinha. Eu também sofro esse preconceito só porque sou desenhista.

— Por isso é que o samba do Moreira me deu uma idéia. Acho que vou me estabelecer como banqueiro de jogo do bicho.

Péricles se espanta com a declaração de Dimitri:

— Banqueiro de bicho? Pra isso é preciso muito dinheiro.

— Dinheiro há... Dinheiro há... — garante Dimo, com um sorriso enigmático.

Péricles dá de ombros e muda de assunto, atribuindo a afirmação presunçosa às batidas de maracujá.

O Amigo da Onça, de Péricles
Segundo consta, o personagem possui
alguma semelhança com Dimitri

Tamanha é a impressão causada por Dimitri em Péricles que há suspeitas de que, apesar dos olhos verdes e da beleza apolínea do anarquista, algo da sua fisionomia tenha lhe influenciado o traço, quando criou, sete meses mais tarde, o célebre personagem O Amigo da Onça.

Dimitri termina a bebida e despede-se do desenhista. Tem pressa de regressar ao seu novo domicílio. Atordoado pela resolução irrevogável da viúva e sem saber onde morar ao sair da pensão, Dimitri fora acolhido por Maturin no bordel da rua Júlio do Carmo.

Graças à capacidade de adaptação desenvolvida ao longo dos anos, logo ele se acomoda à vida no Mangue.

Seus dons de poliglota facilitam a amizade com as prostitutas estrangeiras arrebanhadas, nesses tempos de crise, nas aldeias miseráveis da Hungria, da Áustria e da Polônia por homens da Zwig Migdal, organização de caftens judeus que envergonhavam seu povo. Esses rufiões prometiam às pobres moças casamento e fortuna no Brasil. Desprotegidas e longe das famílias, não conhecendo o idioma, elas eram forçadas à prostituição. Algumas conseguem enriquecer e se tornam cafetinas famosas, outras não resistem e se matam. O instinto de sobrevivência, porém, leva a maioria a se ajustar à nova realidade.

Dimitri costuma observar as garotas que circulam seminuas pelo rendez-vous sob o olhar vigilante de madame Rosaly. Diverte-se ao vê-las à janela tratando o preço com os clientes ou recusando os que não inspiram confiança. Quando não querem oferecer seus préstimos, alegam que estão doentes, gritando em alemão, enquanto sacodem a cabeça:

— *Nein! Ich habe eine Krankheit! Eine Krankheit!*

— Ih, vamos embora que a puta hoje está com *encrenca* — é o que entendem os fregueses, criando, para sempre, o neologismo.

O tino comercial de Maturin não passara despercebido à cafetina. Madame Rosaly dera-lhe sociedade desde que o ex-arrombador sugerira expandir os negócios abrindo uma filial em Laranjeiras.

Ao chegar da Lapa naquele sábado, 6 de março, Dimitri informa ao amigo sua decisão. Pragmático, Maturin pergunta:

— O que tem a ver o jogo do bicho com o terrorismo político?

— Nada. Isso é o melhor de tudo. Não percebes?

— Não.

— Posso convencer Maria Eugênia de que abandonei de vez o anarquismo. Depois, a banca de bicheiro é um disfarce perfeito para a minha tarefa revolucionária.

Maturin pesa os prós e os contras:

— Sabes que o bicho não é muito bem-visto pela polícia. É tolerado, mas proibido. Além do quê, a concorrência é grande.

— Quem trabalhou com Al Capone não teme concorrência nenhuma.

O projeto não agrada a Maturin. Como último recurso, usa o argumento lembrado por Péricles:

— E dinheiro? Onde vais arranjar o dinheiro para bancar o jogo?

Dimo encara o antigo camarada com ares de quem tem resposta para tudo:

— Pensei nisso. Vou vender as libras esterlinas de ouro que Dragutin me deixou.

Se pudesse ouvir as palavras de Dimitri, o velho coronel sérvio certamente estremeceria no seu túmulo.

Em 1892, tendo sido cortado o auxílio que recebia do governo para o sustento de seu jardim zoológico na Vila Isabel, o barão de Drummond inventou um método para estimular a venda de entradas. Cada ingresso de mil réis era marcado com os algarismos assinalados nas jaulas dos animais. À tarde havia um sorteio e os visitantes premiados recebiam o equivalente a vinte vezes o valor do bilhete. Estava criado o jogo do bicho. O sucesso foi imediato. Os tickets, agora vendidos nos armazéns, geraram a existência de intermediários, os futuros banqueiros do jogo do bicho.

Em pouco tempo, o jogo iniciado de forma inocente se transmuda em jogatina desenfreada. Os banqueiros organizam a loteria. Os números correspondentes aos vinte e cinco bichos divididos em "grupos" se desdobram em cem dezenas, mil centenas e dez mil milhares.

Para se saber a dezena do animal escolhido, multiplica-se seu número por 4 e baixam-se três casas. Exemplificando: as dezenas do camelo, grupo 8, são 32, 31, 30 e 29.

A grande atração dessa engenhosa loteria zoológica é o milhar. Quem acerta num milhar recebe cinco mil vezes o valor da aposta. Os "pontos", como chamam os lugares onde se recebe o jogo, proliferam por toda a cidade.

No começo do século o jogo do bicho foi interditado pelas autoridades, o que contribuiu para a sua propagação. É mais saboroso, o fruto proibido. Não há quem não faça a sua "fezinha" ao menos uma vez por semana.

Tudo é palpite: quem sonha com rio joga no jacaré; com gordo, no elefante, e sonhar com leite é vaca na certa.

Quando morreu Rui Barbosa, a Águia de Haia, o povo em peso apostou no grupo 2 e deu águia no primeiro prêmio, quebrando algumas bancas.

Com a competência de financistas internacionais, os banqueiros passaram a diluir entre eles as apostas altas para evitar derrocadas semelhantes.

A essa atividade fascinante e perigosa entrega-se, de corpo e alma, Dimitri Borja Korozec. Investe parte da pequena fortuna obtida com as moedas de ouro no aluguel de uma "fortaleza", nome dado às sedes dos bicheiros, na rua Benedito Hipólyto, e o resto lhe serve de capital de giro. Satisfeito, ele se pavoneia em frente à casa, envergando um terno de panamá branco feito sob medida.

Contudo, não está completamente feliz. Ao contrário do que imaginara, Maria Eugênia Pequeno desaprova seu trabalho. Tentou explicar-lhe ao telefone os novos afazeres:

— Foi por ti que embarquei nesta profissão.

— Profissão!? Chamas isso de profissão? O jogo é fora da lei. Tu me dizes que desististe do anarquismo, o que eu não acredito, mas continuas a ser o marginal de sempre.

— Não entendes que exerço uma função social?

— De social, o jogo do bicho só tem mesmo o elevador dos prédios dos bicheiros! — exaspera-se Pequetita.

— Não sabia que eras tão reacionária. Vais me dizer que nunca jogaste?

— Nunca, mas se algum dia sonhar contigo, jogo na cobra — grita a viúva, batendo-lhe o fone na cara.

Ofendido, Dimo resolve desprezar o episódio, e procura esquecer Maria Eugênia dedicando-se com afinco à banca. Com o tempo, pretende ampliar seu território; antes, porém, quer firmar-se como o maior bicheiro da zona do Mangue.

Nas primeiras semanas tudo parecia correr a contento. Até Maturin, que no início fora contra o empreendimento, se conformara com a idéia de ver Dimitri desfilando de contraventor.

Essa serenidade paradisíaca se transformaria em pesadelo na sexta-feira, 23 de abril, dia de São Jorge. A inexperiência e a ignorância dos meandros do ofício impediram que Dimo descarregasse, junto a outros banqueiros, as volumosas apostas cravadas no grupo 11.

Para seu desespero, deu cavalo na cabeça.

Em menos de vinte e quatro horas, Dimitri Borja Korozec, o popular Borjinha da zona do Mangue, fica sem dinheiro, sem banca, e sem viúva.

Num desatino inexplicável, Dimo responsabiliza Getúlio Vargas pela súbita ruína. A bancarrota desperta nele o anarquista adormecido e a necessidade de justiçar seu inimigo figadal. Quer vingar os oprimidos do regime.

À uma da madrugada, após pagar o último acertador com as poucas notas que lhe sobram, ele fecha a fortaleza e entrega as chaves para Maturin.

— Aonde vais? — pergunta o amigo, preocupado.

— Não sei.

Uma nuvem escura em forma de mariposa cobre a lua que iluminava a calçada, como uma bruxa negra de mau agouro. Dimitri alça os olhos para o céu e vaticina:

— Amanhã vai dar borboleta.

Levantando a gola do paletó amarfanhado, ele desce a rua Benedito Hipólyto em direção ao centro e, evitando os lampiões, perde-se nas trevas da noite.

16

Você sabe de onde eu venho?
Venho do morro do Engenho,
Das selvas, dos cafezais,
Da boa terra do coco,
Da choupana onde um é pouco,
Dois é bom, três é demais.

Venho das praias sedosas,
Das montanhas alterosas,
Do pampa, do seringal.
Das margens crespas dos rios,
Dos verdes mares bravios,
Da minha terra natal.

Deixei lá atrás meu terreiro,
Meu limão, meu limoeiro,
Meu pé de jacarandá.
Minha casa pequenina
Lá no alto da colina
Onde canta o sabiá.

Por mais terras que eu percorra,
Não permita Deus que eu morra
Sem que eu volte para lá.
Sem que leve por divisa
Esse V que simboliza
A vitória que virá.

O BRASIL DO ANO de 1944 é marcado por dois fatos relevantes. Primeiro, tendo declarado estado de guerra ao Eixo há quase dois anos, em repúdio ao afundamento de vários navios da sua frota, o país envia para a Sicília os primeiros soldados da FEB, a Força Expedicionária Brasileira. Os bravos rapazes são saudados pelos versos de Guilherme de Almeida na "Canção do expedicionário". Segundo, o misterioso desaparecimento de Dimitri Borja Korozec.

Quanto ao primeiro, há uma farta documentação sobre a coragem dos vinte mil homens armados pelos Estados Unidos, como na heróica tomada do monte Castelo, na região dos Apeninos. Os pilotos da FAB, a Força Aérea, nas carlingas da esquadrilha Senta a Pua, deixaram a marca de sua valentia nos céus da Itália. A participação das mulheres nada ficou a dever à dos homens. Desde a primeira hora, centenas de jovens formavam filas para se alistar como enfermeiras nos hospitais de campanha.

Uma serpente de cachimbo bordada nos brasões dos uniformes era o símbolo da tropa. Dizia-se que era mais fácil uma cobra fumar do que o Brasil entrar na guerra. Pois a cobra fumou.

O conflito motivou todos os brasileiros. Pirâmides de metal eram amontoadas nas ruas para contribuir com o esforço de guerra. Devido ao racionamento de gasolina, os automóveis circulavam movidos a gasogênio, com as chaminés enfiadas nas traseiras dando-lhes a aparência de cozinhas ambulantes. Sem esquecer do blecaute, precaução contra os possíveis ataques aéreos. À noite, Copacabana às escuras lembrava épocas remotas. As famílias, que temiam pelos filhos embarcados para os campos de batalha, receavam a convocação dos que ainda não haviam sido recrutados.

Em relação ao segundo acontecimento, decerto o mais intrigante, é necessário admitir que não há registro confiável do paradeiro de Dimitri durante os dez anos seguintes.

Malgrado exaustivas investigações, de 1944 a 1954, seu destino se constitui num verdadeiro enigma. Nada se conhece de concreto sobre os desígnios do anarquista. As páginas manuscritas do caderno intitulado *Memórias e lapsos*, manancial imprescindível para a realização desta biografia, com anotações referentes ao período perderam-se no decurso das andanças de Dimitri ou foram destruídas pelo próprio autor.

Cabe salientar que existem as costumeiras balelas, de origens espúrias, às quais nenhum pesquisador digno deste nome daria crédito.

Seria leviano afirmar, como garantem certos indivíduos, talvez bem-intencionados, que, em 45, quando Getúlio Vargas fora obrigado a renunciar, Dimitri, munido de um fuzil com mira telescópica, encontrava-se numa árvore da rua Farani, em Botafogo, por onde passaria o ditador rumo ao exílio.

Enganam-se aqueles que asseguram tê-lo visto rondando a fazenda de São Borja, para onde Getúlio se retirara, à espera de uma oportunidade para envenenar seu chimarrão.

Só a mente mais delirante poderia crer no episódio fantasioso que o coloca como o *camera-man* que inutilizou a câmera na inauguração da TV Tupi, em São Paulo, em 1950.

Mais absurda ainda é a noção de que o terrorista partira para a Europa, onde confeccionara, para os generais alemães, a bomba utilizada na tentativa frustrada de eliminar Adolf Hitler, em 20 de julho de 1944, e a de que seu rosto havia sido identificado em meio à multidão colérica que linchara Mussolini.

A versão menos implausível do que ocorreu com Dimitri nesses dez anos, mesmo assim sem qualquer documentação que substancie o fato, é a de que, após sua malfadada experiência como bicheiro, ele sofrera uma violenta crise de depressão e fora recolhido por monges caridosos a um mosteiro trapista em Friburgo.

Nessas horas é que o biógrafo escrupuloso tem a obrigação e o dever de verificar exaustivamente as fontes, separando o joio do trigo e a verdade histórica da mentira forjada em torno do mito.

Na realidade, a primeira notícia incontestável que se tem de Dimitri, desde que desapareceu em 1943, surge, em seus apontamentos, no mês de agosto de 54.

Vencendo as eleições de 50, Vargas voltara ao poder nos braços do povo. Três anos depois, Dimo regressava de um passado incógnito nas asas da vingança.

As anotações genuínas que restaram principiam na metade inferior de uma folha rasgada do diário de Dimitri Borja Korozec.

> [...] com as saias dobradas na altura dos joelhos e, apesar da insistência, nenhuma das duas soube me explicar por quê. Continuamos rindo e bebendo até o amanhecer.
>
> No domingo, 1º de agosto de 1954, com cinqüenta e sete anos, eu havia quase desistido do meu intento de matar Getúlio. Ficava cada vez mais difícil aproximar-me do presidente, agora eleito pelo povo. Foi totalmente por acaso que nossos caminhos se cruzaram mais uma vez.

Quando fecharam os cassinos, em 46, vários crupiês e boleiros passaram a trabalhar nos parques de diversões. Operavam, por trás dos balcões, os estandes onde se faziam sorteios, da mesma forma que anteriormente administravam os jogos no pano verde. Para sobreviver, haviam sido forçados a trocar os elegantes salões de jogo pelo ambiente vulgar das feiras.

Fazia algum tempo, eu me empregara num desses parques itinerantes manejando a Roda da Sorte, uma espécie de roleta vertical que premiava com prendas, e não com dinheiro, os jogadores.

Numa das vezes em que estávamos montados em Petrópolis, no largo dos Prontos, ouvi alguém gritar meu nome de um automóvel que circulava a praça:

— Borjinha! Não acredito! Borjinha!

Era o coronel Benjamim Vargas.

Parecendo feliz com o reencontro, Bejo obrigou o motorista a estacionar e saltou acompanhado de seus guarda-costas. Não acreditava que eu pudesse estar trabalhando num mafuá:

— O que fazes aqui?

— Sou o responsável pela Roda da Sorte — expliquei, muito digno.

— Não te vejo há mais de dez anos. Vamos tomar umas copas.

— Agora não posso. Meu intervalo é só daqui a meia hora.

— Estás brincando? Sou fiscal de Diversões Públicas. Se não te deixam vir agora, fecho esta merda.

Nessa altura, o dono do parque, reconhecendo o irmão do presidente, já se aproximava desdobrando-se em salamaleques:

— Borja, como é que você nunca me disse que era amigo do dr. Bejo? Pode sair que eu tomo o seu lugar. Não há pressa! Não há pressa!

Na tendinha de bebidas do parque, Bejo encomendou um uísque de procedência duvidosa, e eu, um cubalibre. Saímos a passear entre as barracas sob as vistas dos dois seguranças. Bejo queria saber o que eu havia feito nos últimos anos. Desconversei sem dizer nada de concreto. O coronel tomou minha discrição por acanhamento, pensando que eu tinha vergonha do que fora obrigado a realizar nos últimos anos para sobreviver. Dispôs-se a me conseguir um emprego melhor:

— Não sei em que repartição, mas tenho certeza de que podes ficar encostado em algum ministério.

Nossa conversa foi interrompida pelo choro de uma criança. A menina, de cabelos cacheados presos por uma fita de veludo azul, não podia ter mais do que dez anos e seu pai procurava consolá-la:

— Filhinha, papai errou o alvo. Por isso é que o moço não pode te dar o ursinho.

Estávamos diante de um estande de tiro com armas de ar comprimido. Quem acertasse nos oito patinhos de gesso que giravam na esteira rolante ao fundo, tinha direito a um dos prêmios dispostos na prateleira. A prenda que tanto despertara o interesse da menina era um urso de pelúcia azul vestido de marinheiro. O pranto convulsivo da criança comoveu-me. Pagando o preço da carga de chumbinhos, empunhei a espingarda Daisy, réplica inofensiva da Winchester 73. Disparei da altura dos quadris. Mesmo sem fazer pontaria, despedacei todos os patinhos giratórios. Atrás do balcão, meu colega de mafuá passou-me um olhar irritado. Mandei que ele entregasse o ursinho à menina. A criança não cabia em si de contentamento e o pai não parava de me agradecer.

Vi que o coronel a tudo assistia embasbacado:

— Barbaridade! Não sabia que tu eras tão bom no gatilho, chê! Onde aprendeste a atirar?

— Por aí — respondi vagamente.

— Só com espingarda de ar comprimido?

— Não, atiro bem com qualquer tipo de arma. Acho que é um dom.

— Já sei qual é o emprego que vou te arranjar — disse ele, muito contente.

Rabiscou um bilhete num cartão de visita com o brasão da República e o colocou no meu bolso:

— Amanhã tu voltas para o Rio e na quarta-feira procuras pelo Gregório no Palácio do Catete. Entrega a ele esse meu cartão. Vais trabalhar na guarda pessoal do Getúlio.

Foi assim que, sem o saber, Benjamim Vargas me ofereceu a grande oportunidade de matar seu próprio irmão.

✠ ✠ ✠ ✠

17

- RIO DE JANEIRO – PALÁCIO DO CATETE –
QUARTA-FEIRA, 5 DE AGOSTO DE 1954

> *Vento do mar no meu rosto*
> *E o sol a queimar, queimar.*
> *Calçada cheia de gente*
> *A passar e a me ver passar.*
> *Rio de Janeiro, gosto de você.*
> *Gosto de quem gosta*
> *Deste céu, deste mar,*
> *Desta gente feliz.*

GREGÓRIO INTERROMPE a canção de Antônio Maria e Ismael Neto desligando o vistoso rádio Ballade, da Standard Electric, com caixa de baquelite marfim, presente de um general. Ao ouvir a música, sempre se pergunta como um pernambucano e um paraense puderam compor uma valsa tão linda sobre o Rio de Janeiro.

Gregório Fortunato, o Anjo Negro, era um homem de origem humilde, alto e corpulento, criado nas estâncias de São Borja. Havia quase trinta anos acompanhava Vargas servindo-lhe de guarda-costas e factótum. A fidelidade canina que lhe dedicava granjeara o afeto de Vargas.

Quando Bejo se afastou do comando da guarda pessoal, o tenente Gregório ocupara o posto. Sua proximidade com o chefe fez com que ele começasse a ser incensado pelos que procuravam cair nas boas gra-

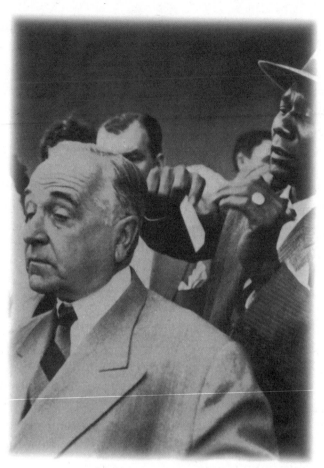

Gregório, o Anjo Negro,
penteia um cabelo rebelde
do presidente Vargas

ças de Getúlio. Chegara a ser condecorado pelo ministro da Guerra com a Medalha Maria Quitéria, uma das mais altas homenagens outorgadas pelo Exército. Devido aos favores concedidos por seu intermédio, Gregório era um homem rico. Muitas vezes, a influência que exercia à sombra do trono ultrapassava a dos ministros de Estado.

Iliterado, despreparado para o poder que possuía, revelara-se um homem arrogante e perigoso, cujos desejos eram interpretados como ordens diretas do presidente. A guarda pessoal, chamada pelos inimigos de "guarda negra", cumpria suas ordens sem pestanejar.

O Anjo Negro analisa de cima a baixo o homem de pé em frente à mesa do seu gabinete. Lê, com certa dificuldade, o bilhete escrito no cartão de Benjamim Vargas que Dimitri lhe entregara. Guardando o bilhete, como fazia com qualquer documento, por menor que fosse, assinado por uma autoridade, dirige-se a ele:

— Demétrio Borja. Tu és gaúcho?

— Não, sou de Vassouras.

— Vens muito bem recomendado. O Bejo diz que tu és de confiança e que tens boa pontaria. Tu foste militar?

— Servi o Exército, como todo mundo.

— Começas hoje. Depois te apresento o pessoal da guarda.

— Obrigado, tenente — agradece Dimitri, chamando Gregório pela patente ganha na Revolução Constitucionalista de 32.

O Anjo Negro acaricia o punhal inseparável sobre a mesa e, com o olhar vago, comenta como se falasse para si mesmo:

— Pena que não te conheci antes. Senão, tinha um serviço bem a teu jeito.

No dia seguinte, ao ler as edições extras dos jornais, Dimo desconfia do que Gregório insinuara com aquelas palavras.

Fac-símile da *Tribuna da Imprensa*
no dia 5 de agosto de 1954

O SANGUE DE UM INOCENTE

Hoje, que mais posso dizer? A visão de Rubens Vaz, na rua, com duas balas à queima-roupa; a viagem interminável que fiz com ele até o hospital, vendo-o morrer nos meus braços, impedem-me de analisar a frio, neste momento, a hedionda emboscada desta noite. Mas, perante Deus, acuso um só homem como responsável por esse crime. É o protetor dos ladrões, cuja impunidade lhes dá audácia para atos como o desta noite. Este homem chama-se Getúlio Vargas.

Sentado na sala de plantão da guarda pessoal, Dimitri lê o artigo de Carlos Lacerda. Há meses os libelos do jornalista da *Tribuna da Imprensa* tornavam-se cada vez mais violentos. Acusava Vargas de acobertar negociatas, beneficiar amigos e de mergulhar o país numa corrupção desenfreada.

Em fevereiro, o "Memorial dos coronéis", reclamando dos salários e da "negligência a que fora lançado o Exército", aliado ao descontentamento da Aeronáutica e da Marinha, obviamente contrárias a Vargas, deixava clara sua falta de sustentação junto aos militares. A inflação corrói os cem por cento de aumento dados por Getúlio ao salário mínimo.

Com a esperteza política que o caracterizava, Vargas não se manifestava, esperando que as acusações se diluíssem com o passar do tempo, administrando a crise "sem pausa mas sem pressa". Não contava que o vigor dos inimigos crescesse com a veemência dos ataques de Lacerda, não apenas na *Tribuna da Imprensa*, mas também através de um novo e poderoso veículo colocado a seu dispor pelo dono dos Diários Associados, Assis Chateaubriand: a televisão. Esplêndido orador, seus pronunciamentos pela TV Tupi mobilizavam a opinião pública como nunca acontecera antes.

Para evitar agressões, um grupo de oficiais da Aeronáutica prontificou-se a cuidar da segurança de Lacerda. Um deles, o major Rubens Vaz, o acompanhou na quarta-feira, 4 de agosto, a uma palestra realizada no Colégio São José.

Por volta de meia-noite e meia, Lacerda, seu filho Sérgio e o major regressaram à rua Tonelero, onde morava o jornalista. Quando se despediam em frente ao carro, foram surpreendidos por disparos de pistoleiros atocaiados. Lacerda escapou da emboscada com um tiro na perna, porém o major Rubens Vaz morreu no atentado.

Dimitri pressente que a desastrada tentativa fora organizada por Gregório Fortunato. Teme que a guarda pessoal seja dispersada antes que ele consiga matar Getúlio.

Os dias subseqüentes são os mais alvoroçados da história do Catete. O Palácio das Águias transforma-se num paiol prestes a explodir. Civis e militares ligados ao governo confabulam em voz baixa, comentando as últimas notícias. Um telefonema anônimo à redação da *Tribuna da Imprensa* afirma que a ordem do crime partira da guarda pessoal. O informante alega não poder estender-se por pertencer ele mesmo à guarda.

A Aeronáutica cria a "República do Galeão" na Base Aérea e, sobrepondo-se à autoridade policial, principia um inquérito por conta própria. As investigações conduzem as suspeitas do homicídio para o Catete. Há provas de que Gregório mantinha ligações com conhecidos criminosos.

Surgem denúncias de corrupção no círculo próximo à Presidência. Os indícios não apontam Getúlio diretamente, no entanto mostram o "mar de lama" em que seu governo mergulhara. Uns dizem que Getúlio será forçado a renunciar. Outros garantem que Vargas só sairá morto do palácio.

Dimitri aproveita-se do tumulto reinante para estudar minuciosamente a planta do Catete. Utilizando a credencial da guarda fornecida por Gregório, ele percorre as dependências do prédio, examinando os andares, memorizando cada detalhe do edifício.

Como fora admitido na véspera do atentado, é o único membro da guarda sobre quem não paira qualquer suspeição. Por isso não tem dificuldades em entabular amizade com Albino, o velho zelador do Catete. Magro e silencioso, Albino entrara para o serviço ainda no governo Nilo Peçanha.

Alzira Vargas narra um episódio invulgar protagonizado pelo zelador. Quando Washington Luís foi deposto em 1930, confiou-lhe a faixa presidencial com o escudo de ouro e os vinte brilhantes representando os estados do Brasil, recomendando que só a entregasse a quem de direito. Temeroso de que a faixa desaparecesse, ele passou a usá-la sob as roupas e só a retirava para tomar banho. Até entregá-la a Vargas, o zelador do Catete dormia e acordava presidente da República sem que ninguém o soubesse.

Dimitri e Albino conversam longamente, lamentando o drama palaciano que se desenrola. Albino admite que jamais vira Getúlio assim desgostoso, magoado com a traição que o cerca.

Na segunda-feira, a guarda pessoal é dissolvida. Todos os investigadores à disposição de Gregório retornam às repartições de origem. Dimitri, entretanto, que não pertence aos órgãos de segurança, continua visitando Albino, levando-lhe pequenos presentes, cativando o zelador com suas atenções. Pouco a pouco aprende a rotina do palácio e os hábitos do presidente.

Na quinta-feira, 12 de agosto, quando as tensões políticas atingem seu auge, Vargas parte para Belo Horizonte, onde deve inaugurar as instalações da usina siderúrgica Mannesmann. Nesse dia Dimitri faz mais uma visita a Albino. Encontra-o abatido pelo clima sombrio do Palácio das Águias:

— Parece mais o Palácio dos Abutres — comenta ele, sarcástico.

— Calma, você vai ver que tudo se arranja — anima-o Dimitri.

Albino afeiçoou-se a ele. Acha reconfortante trocar idéias com aquele homem afável e atencioso.

Num dado momento, a pretexto de usar o banheiro, Dimo desculpa-se com o zelador e dirige-se ao interior do Catete. O lúgubre palácio está quase vazio devido à viagem do presidente. Dimitri encaminha-se célere para o terceiro andar do prédio e entra no quarto de Getúlio.

A aparência austera dos aposentos deixa-o perplexo. Em contraste com a ala cerimonial do palácio, o recinto é mobiliado com móveis escuros e pesados, nada acolhedores. Há uma cama de madeira lisa, uma cômoda, armários e um espelho. Nenhum tapete luxuoso aquece o ambiente. A pintura desgastada das paredes e o teto apresentando sinais de rachaduras contribuem para a atmosfera de desolação. As janelas são cobertas por longas cortinas desornadas.

Dimitri aproxima-se e afasta uma delas. O espaço entre a janela e a cortina serve para ocultar um homem. Ele puxa de volta os cortinados e desce as escadas rapidamente, antes que Albino perceba sua ausência prolongada.

Satisfeito, Dimo já sabe onde se esconder para executar o tão aguardado assassinato.

💣💣💣💣

Transcrito de **Memórias e lapsos**

- RIO, SEGUNDA-FEIRA, 23 DE AGOSTO DE 1954

Instalado num quarto de fundos do Hotel Novo Mundo, na esquina da praia do Flamengo com a rua Silveira Martins, perto do Palácio do Catete, avalio os acontecimentos. Ontem, oficiais da Aeronáutica pediram a renúncia de Vargas, no que foram apoiados hoje pelos generais do Exército. Comenta-se que Getúlio aceitaria licenciar-se pelo período dos inquéritos policial-militares, mas que jamais renunciaria em definitivo. Prevê-se uma reunião ministerial de urgência.

Em poucos dias, os encarregados da investigação conseguem identificar os homens que participaram da emboscada. Alcino do Nascimento, pistoleiro profissional, Climério de Almeida, investigador de polícia da guarda pessoal, Nelson de Souza, motorista de táxi que conduziu os assassinos, e Gregório Fortunato, o mandante do atentado, estão presos no Galeão.

Os arquivos de Gregório foram abertos pelos militares, trazendo à luz revelações inacreditáveis. Cartas comprometedoras de generais, deputados e até do presidente do Banco do Brasil, bajulando o Anjo Negro, estarrecem a nação. Os eventos se precipitam com uma velocidade vertiginosa.

Sinto que devo agir enquanto é tempo. Tenho que desferir o golpe final antes que a presa me escape novamente, refugiando-se nas estâncias de São Borja.

Nesse momento conturbado, com o auxílio involuntário do meu recente amigo Albino, não me será difícil penetrar no Catete e, encoberto pelas cortinas, aguardar na triste alcova do antigo caudilho. Mesmo que passe a noite em claro, só deixarei seu quarto tendo cumprido a missão que justificará toda uma vida ponteada por desacertos. Para quem esperou tantos anos, algumas horas insones não farão diferença.

Enquanto escrevo estas linhas, talvez as últimas deste diário, pois caso eu seja descoberto não tenciono entregar-me vivo, penso, com saudade, em Dragutin, Mata Hari, Bouchedefeu, Marie Curie, George Raft,

Capone, Maturin e em Maria Eugênia, viúva dadivosa. Recordo os sonhos de terrorista frustrado do meu pai e, principalmente, penso em minha mãe, mulata brasileira exilada em terra estranha.

Desta vez, nada impedirá que o neto bastardo do velho general Manuel do Nascimento Vargas extermine o ex-ditador-déspota-tirano-presidente Getúlio Vargas, meu tio.

💣💣💣💣

- PALÁCIO DO CATETE — TERÇA-FEIRA, 24 DE AGOSTO DE 1954 — 8H

VESTINDO UM PIJAMA listrado, o presidente Getúlio Vargas senta-se no leito inóspito do quarto de pobreza franciscana. A reunião com o Ministério, que iniciara às três horas da madrugada, terminara num impasse. A maioria dos ministros civis tendia para uma solução que não terminasse num banho de sangue, ou seja, o afastamento. O general Zenóbio da Costa era a favor de que se pusessem as tropas na rua. Osvaldo Aranha declarara-se solidário à resistência, mas ponderara que a decisão cabia a Vargas.

Pela primeira vez em sua vida, o hábil político de setenta e um anos, o presidente considerado pelos oprimidos como o Pai dos Pobres, dá-se por vencido.

Existe apenas uma maneira de transformar a derrota em vitória. Ele coloca sobre a mesa-de-cabeceira um envelope branco e tira do bolso do pijama o Colt calibre 32 de carga dupla com cabo de madrepérola que o acompanha há anos. Contempla a arma perdido em pensamentos.

Dimitri a tudo observa do seu esconderijo atrás das cortinas. Pretendia estrangular Getúlio, cerrando-lhe o pescoço no torniquete mortal de seus doze dedos. Percebe, no entanto, que não pode permitir o suicídio do presidente. Morto pelas próprias mãos, derrotado, cercado pelos inimigos, Vargas se converterá no mártir do povo. Dimitri entende num relance que, se deseja cumprir sua meta de anarquista e destruir o homem, nem mesmo ele deve matá-lo nessas circunstâncias.

O melhor modo de extinguir o mito é obrigá-lo a viver. A verdadeira vingança será vê-lo execrado e perseguido longe do poder, como uma besta acuada. Assim são aniquilados os opressores.

Precisa abortar o ato final daquela tragédia. Afasta a cortina e grita:

— Não!

Por um momento, Getúlio queda-se atônito ante a invasão inesperada. Recuperando-se do susto, ele pergunta:

— Quem és tu?

— Dimitri Borja Korozec.

— O que fazes aqui?

— Vim impedir teu suicídio.

— Por quê?

— Porque tu só morrerás permanecendo vivo.

Vargas fita-o confuso. Há algo de familiar naquele semblante. O rosto do homem mescla-se às memórias que guarda do pai quando era jovem, nas estâncias do Rio Grande.

— De onde vens? — pergunta o presidente, ainda intrigado.

— Da Bósnia. Sou teu sobrinho, filho de uma irmã que nunca conheceste.

Vargas lembra-se de repente da mulher de Sarajevo que lhe mandara uma carta há muitos anos afirmando a mesma coisa. Na sua mente, a semelhança entre o intruso e o velho general acentua-se cada vez mais. Nesse instante decisivo, não sabe se delira imaginando fantasmas do passado.

Getúlio esforça-se por conservar a lucidez e retoma a iniciativa do gesto interrompido, engatilhando o pequeno Colt com cabo de madrepérola.

Num mergulho felino, Dimitri projeta-se sobre ele e segura-lhe o braço que empunha o revólver. O presidente luta pela posse da arma. Os dois rolam em silêncio pela cama espartana. Afinal, Dimo consegue envolver a pistola com as mãos.

Quando Dimitri julga ter vencido a batalha, Getúlio, num safanão, puxa o Colt para junto do peito. Inadvertidamente, o indicador de Dimo dispara o gatilho.

Horripilado, Dimitri Borja Korozec conscientiza-se de que seu dedo acaba de suicidar Getúlio Dornelles Vargas.

Dimo tenta reanimar a lenda agonizante prostrada na cama. É inútil. Vargas continua inerte em seus braços. Amaldiçoa-se pelo atabalhoamento, sina que o atormenta desde a infância. Sua falta de jeito fez com que ele matasse, com um tiro no coração, o único homem que não poderia matar.

Dimitri escuta passos nervosos no corredor, de pessoas atraídas pelo estampido. É necessário abandonar aquele quarto transfigurado em câmara mortuária. Abre as janelas e prepara-se para galgar as paredes rumo ao topo do edifício. Sabia previamente como escapulir dali.

Antes, porém, uma curiosidade quase mórbida o constrange a retroceder até a mesa-de-cabeceira. Abre o envelope branco e desdobra as folhas da carta. Alguém bate à porta aos gritos. Dimo só tem tempo de ler a última frase no papel timbrado da República:

"Serenamente dou o primeiro passo
no caminho da eternidade e saio da vida
para entrar na História."

Ele fecha com pressa o envelope e num salto atravessa a janela em direção ao teto do Catete.

Alquebrado pelo fracasso, Dimitri Borja Korozec se desvanece nas brumas da manhã de agosto escalando os telhados do Palácio das Águias.

EPÍLOGO

- FRANCE-PRESSE – ASSOCIATED PRESS –
  REUTERS – AGÊNCIA TASS EGITO –
  ALEXANDRIA – QUARTA-FEIRA, 27 DE OUTUBRO
  DE 1954

O PRESIDENTE Gamal Abdel Nasser escapou ontem da morte quando vários tiros foram disparados contra ele por um fanático durante uma solenidade popular nesta cidade. Preso, o terrorista Mahmoud Abdel Latif declarou-se membro da seita radical Confraria Muçulmana. Baseado em suas informações, um comando militar encarregado de desbaratar a organização realizou, com presteza, verdadeira façanha ao prender vários membros da seita que estavam refugiados num esconderijo próximo ao mercado do bairro de Anfushi. No covil dos assassinos, apreenderam farto material que levará à aniquilação final do grupo guerrilheiro.

Entre os documentos, foi encontrado um caderno semidestruído intitulado *Memórias e lapsos — Apontamentos para uma autobiografia,* de Dimitri Borja Korozec. A julgar pelo nome, certamente seu autor não é de origem árabe.

Apenas um dos terroristas logrou evadir-se, numa fuga espetacular, atirando-se de um terraço no quarto andar dos fundos do edifício. Ziguezagueando pelas ruas em desabalada corrida, ele foi reconhecido por um comerciante dos arredores que, transtornado pelo tumulto, berrava com toda a força de seus pulmões: "Etnashar esbaa! Etnashar esbaa!", o que no dialeto egípcio de Alexandria significa "doze dedos".

BIBLIOGRAFIA

AMADO, Gilberto. *Presença na política.* Rio de Janeiro, José Olympio, 1958.

AVRICH, Paul. *Sacco and Vanzetti — The anarchist background.* Princeton, Princeton University Press, 1991.

BEAUPRÉ, Fanny & GUERRAND, Roger-Henri. *Le confident des dames.* Paris, Éditions de la Découverte, 1997.

BERGER, Paulo. *Dicionário histórico das ruas do Rio de Janeiro.* Rio de Janeiro, Olímpica, 1974, 4 vols.

BERGREEN, Laurence. *Capone — The man and the era.* Nova York, Simon & Schuster, 1994.

BERNETT, Phillippe. *Les taxis de Marne.* S. l., s. e., s. d., p. 93.

BORNSTEIN, Joseph. *The politics of murder.* Nova York, William Sloane Associates, 1950.

BORSA, S. & MICHEL, C.-R. *La vie quotidienne des hôpitaux en France au XIXe siècle.* Paris, Hachette, 1985.

BRAGANCE, Anne. *Mata Hari.* Belfond, Paris, 1995.

CÂMARA, José Sette. *Agosto 1954.* São Paulo, Siciliano, 1994.

CARNEIRO, Glauco. *História das revoluções brasileiras.* Rio de Janeiro, Edições O Cruzeiro, 1965, 2 vols.

CARRILLO, E. Gomez. *Le mystère de la vie et de la mort de Mata Hari.* Paris, Charpentier et Fasquelle, 1926.

CHARRIÈRE, Henri. *Papillon.* Paris, Robert Laffont, 1969.

COARACY, Vivaldo. *Memórias da cidade do Rio de Janeiro.* Rio de Janeiro, José Olympio, 1955.

COLLIER, Richard. *The plague of the Spanish lady.* Londres, A & B, 1974.

Crapouillot, s. d., n° 20, p. 50.

CRESPELLE, Jean-Paul. *La vie quotidienne à Montmartre au temps de Picasso*. Paris, Hachette, 1986.

CROWLEY, Aleister. *Aleister Crowley — An autohagiography*. Londres, Penguin Books, 1979.

CRULS, Gastão. *Aparência do Rio de Janeiro*. Rio de Janeiro, José Olympio, 1965, 2 vols.

CURIE, Eve. *Madame Curie*. Nova York, Da Capo Press, 1937.

DARAUL, Arkon. *A history of secret societies*. Nova York, Citadel Press, 1995.

DELPORTE, Christian. *Histoire du journalisme et des journalistes en France*. Paris, Presses Universitaires, 1995.

DULLES, John W. Foster. *Anarquistas e comunistas no Brasil*. Rio de Janeiro, Nova Fronteira, 1973.

EDMUNDO, Luiz. *O Rio de Janeiro do meu tempo*. Rio de Janeiro, Imprensa Nacional, 1938, 3 vols.

FACER, Sian (ed). *On this day*. Nova York, Crescent Books, 1992.

FAUSTO, Boris. *A Revolução de 30*. São Paulo, Companhia das Letras, 1997.

FLAMINI, Roland. *Thalberg, the Last Tycoon*. Nova York, Crown Publishers, 1994.

FONSECA, Rubem. *Agosto*. São Paulo, Companhia das Letras, 1990.

FORD, Franklin L. *Political murder from tyrannicide to terrorism*. Cambridge, Harvard University Press, 1985.

FREIDEL, Frank. *Franklin D. Roosevelt — A rendezvous with destiny*. Nova York, Little, Brown and Company, 1990.

GOLDMAN, Emma. *Living my life*. Nova York, Dover Publications, 1970, 2 vols.

GORDON, David George. *The compleat cockroach*. Berkeley, Ten Speed Press, 1996.

GRAHAM JR., Otis L., & WANDER, Meghan R. *Franklin D. Roosevelt, his life and times*. Nova York, Da Capo Press, 1985.

GRUN, Bernard. *The timetables of history*. Nova York, Simon & Schuster, 1991.

GUÉRIN, Daniel. *O anarquismo da doutrina à ação*. Rio de Janeiro, Germinal, 1968.

GUERRAND, Roger-Henri. *Les lieux — Histoire des commodités*. Paris, La Découverte, 1997.

GULLEMINAULT, Gilbert. *Le Roman Vrai de la IIIᵉ Republique*. Paris, Robert Laffont, 1991, 2 vols.

————— & MAHÉ, André. *L'épopée de la revolte*. Paris, Denoël, 1963.

HARTESVELDT, Van. *The 1918-1919 pandemic of influenza*. Nova York, Edwin Mellen Press, 1992.

HENRIQUES, Affonso. *Ascensão e queda de Getúlio Vargas*. Rio de Janeiro; São Paulo, Record, 1966, 3 vols.

HOWARD, Michael. *The occult conspiracy*. Nova York, MJF Books, 1989.

HUGO, Victor. *Les misérables*. Paris, Seuil, 1963.

JOYEUX, Maurice. *Reflexões sobre a anarquia*. São Paulo, Archipélago, 1992.

KUPFERMAN, Fred. *Mata Hari*. Bruxelas, Complexe, 1982.

LANCASTRE, Maria José de. *Fernando Pessoa, uma fotobiografia*. Lisboa, Centro de Estudos Pessoanos, 1981.

LENTZ, III, Harris M. *Assassinations and executions — An encyclopedia of political violence, 1865-1986*. Carolina do Norte, McFarland & Company, Inc., 1988.

LESSA, Orígenes. *Getúlio Vargas na literatura de cordel.* Rio de Janeiro, Editora Documentário, 1973.

LUDWIG, Emíl. *Julho de 1914.* Porto Alegre, Livraria do Globo, 1931.

MACHADO, Carlos & PINHO, Paulo de Faria. *Memórias sem maquiagem.* São Paulo, Cultura, 1978.

MACKENZIE, David. *Apis — The congenital conspirator.* Nova York, Columbia University Press, 1989.

—————— *The "Black Hand" on Trial Salonika 1917.* Nova York, Columbia University Press, 1995.

MAGALHÃES JR., Raimundo. *O fabuloso Patrocínio Filho.* Rio de Janeiro, Civilização Brasileira, 1957.

MALCOLM, Noel. *Bosnia — A short history.* Nova York, Nova York University Press, 1994.

MATTOS, Betty & TRAVASSOS, Alda Rosa. *Colombo cem anos.* Rio de Janeiro, Companhia Brasileira de Artes Gráficas, 1994.

MCNEILL, William H. *Plagues and peoples.* Nova York, Anchor Books, 1976.

MONESTIER, Martin. *Histoires et bizarreries sociales des excréments.* Paris, Cherche Midi, 1997.

MORAIS, Fernando. *Olga.* São Paulo, Alfa-Ômega, 1989.

MYATT MC, Major Frederick. *Pistols & revolvers.* Londres, Salamander Books, 1980.

NATAF, André. *La vie quotidienne des anarchistes en France.* Paris, Hachette, 1985.

O Cruzeiro, 13/8/1955.

OLIVEIRA, Júlio Amaral de. *Circo.* São Paulo, Biblioteca Eucatex de Cultura Brasileira, 1990.

PARTNER, Peter. *Templiers, francs maçons et sociétés secrètes.* Paris, Pygmalion, 1992.

PEIXOTO, Alzira Vargas do Amaral. *Getúlio Vargas, meu pai.* Porto Alegre, Globo, 1960.

PEIXOTO, Celina Vargas do Amaral. *Getúlio Vargas — Diário*. São Paulo; Rio de Janeiro, Siciliano; Fundação Getúlio Vargas, 1995, 2 vols.

PEIXOTO, Paulo Matos. *Atentados políticos de César a Kennedy*. São Paulo, Paumape, 1990.

PÔRTO, Agenor. *Da vida de um médico*. Rio de Janeiro, Irmãos Pongetti, 1961.

PRASTEAU, Jean. *La merveilleuse aventure du Casino de Paris*. Paris, Denoël, 1975.

QUINN, Susan. *Marie Curie, a life*. Nova York, Addison Wesley; Simon & Schuster, 1995.

RABAUT, Jean. *Jaurès assassiné*. Bruxelas, Complexe, 1984.

RAMOS, Graciliano. *Memórias do cárcere*. 20ª ed., Rio de Janeiro; São Paulo, Record, 1985, 2 vols.

REBÉRIOUX, Madelaine. *Jaurès — La parole et l'acte*. Paris, Gallimand, 1994, p. 15. Découvertes.

REOUVEN, René. *Dictionnaire des assassins*. Paris, Denoël, 1986.

RICHARDSON, John. *A life of Picasso*. Nova York, Random House, 1996.

ROBERTSON, Charles L. *The International Herald Tribune — The first hundred years*. Nova York, Columbia University Press, 1987.

SCHEVILL, Ferdinand. *A history of the Balkans*. Nova York, Dorset Press, 1991.

SCHIRMANN, Leon. *Mata Hari*. Paris, Tallandier, 1994.

SEVERIANO, Jairo & MELLO, Zuza Homem de. *A canção no tempo*. São Paulo, Editora 34, 1997.

STEVENS, Serita Deborah & KLARNER, Anne. *Deadly doses*. Cincinnati, Writers Digest Books, 1990.

TAYLOR, Meadows. *Confessions of a Thug*. Nova Delhi, Asian Educational Services, 1988.

TORRES, Antônio. *O circo no Brasil.* Rio de Janeiro, Funarte, 1998.

Tribuna da Imprensa, ago. 1954, ano VI, n.º 1402.

VANKIN, Jonathan & WHALEN, John. *50 greatest conspiracies of all time.* Nova York, Citadel Press, 1995.

WAAGENAAR, Sam. *Mata Hari.* Bruxelas, Fayard, 1965.

WELLS, H. G. *História universal.* São Paulo, Nacional, 1970, 9 vols.

WHEELWRIGHT, Julie. *The fatal lover — Mata Hari and the myth of women in espionage.* Londres, Collins and Brown, 1992, prancha 3. Juliet Gardiner Book.

WOODCOCK, George. *Anarchism and anarchists.* Ontário, Quarry Press, 1992.